歷史小說

周瑜外傳

耿崢 著

目次

上部　周瑜知遇孫策

第一回　避江東喬玄遇強人，探名士周郎救弱女

初平二年（西元一九一年），天下大亂，社稷丘墟。淮河以北，各路豪傑擁兵一方、相互兼併。這源於漢室之末，建寧年及光和年間，桓靈二帝寵信宦官、禁錮善類、苛横征暴，豪強地主大量兼併土地、為富不仁，遂使天下民不聊生，於是有了中平元年（西元一八四年）張角等人發動黃巾起義。此後朝廷催動各路官軍和州府義兵傾盡全力方才撲滅黃巾主力，但黃巾餘部仍然在北方各地活動。而漢室經此一擊，已是殘喘吁吁，朝廷對各地的制約之力空前削弱。中平六年（西元一八九年），靈帝駕崩，靈帝所寵幸的十宦官擅權朝中，株殺了大將軍何進。司隸校尉袁紹、典軍校尉曹操等人領兵撲殺十常侍。素有不臣之心的西涼刺史董卓借著平定宦官之名領大軍殺入京城，從此控制了朝政，横行京都。董卓擅自廢除天子劉辯，另立董太后之子劉協為天子，是為漢獻帝，改年號初平。後又令人將劉辯及何太后一併殺死，又自立為相國，贊拜不名，入朝不趨，劍履上殿，威福莫比，順之者昌，逆之者亡。一時天下震驚，忠義之士莫不憤慨。司隸校尉袁紹憤然懸節東門，奔冀州而去。董卓原要遣人捉拿他，因顧慮他家世代公卿、門生遍佈，恐物極必反，遂改打壓為招撫，表奏獻帝授

他以渤海太守之職。典軍校尉曹操欲行刺董卓，被董卓覺察，倉皇逃出京城，在陳留投奔友人，然後招募義兵，檄文四方，率先起兵討伐董卓。各州刺史、各郡太守紛紛響應。一時間，十七路大軍浩浩蕩蕩雲集洛陽四周，共赴國難。聯軍推袁紹為盟主，烏程候、長沙太守孫堅為先鋒，直奔汜水關，向董卓挑戰。孫堅是春秋武聖孫武之後，雄烈過人，一戰而斬董卓名將華雄，此後雙方各有勝負。相峙多日後，董卓自思無法取勝，遂一把大火，燒了洛陽南北兩宮，劫持漢獻帝並洛陽數十萬口百姓遷往長安。討董聯軍趁機攻入洛陽。曹操建議一鼓作氣西追董卓，即使不勝，也可佔據險要，高壘森壁，與董卓對峙，則天下可順勢而動，董卓勢必滅亡，但袁紹等各路諸侯卻以將士疲困為由拒絕。曹操只好領本部軍追擊，因力量懸殊，在滎陽一帶被董卓部將徐榮打敗。曹操僅帶數十騎得以生還。回到洛陽後，曹操見袁紹等諸雄傑毫無進取之心，孫堅等雄烈之人又受袁術等人牽制，於是憤然離去，領所部往揚州募兵，以圖再起。此後，各路諸侯也紛紛散去，各自擁兵自重，開始爭奪地盤。一時間，北方群雄割據，陷入戰亂。百姓流離失所、餓殍遍野。而長江流域一帶和江南、江東地區，卻相對安寧。於是，冀州、徐州、青州、南陽及楊州北部一帶不堪戰火之苦的士人及官吏紛紛往江東、江南躲避戰亂。

這是深秋的季節，尚未被戰亂光顧的一望無際的江淮平原上，落葉蕭蕭，秋風瑟瑟，一片秋意綿綿風景。黑沉沉的沒有五穀稼穡的土地靜靜地寂寞地裸露著。從廬江郡的舒城縣往九江郡曆陽縣的官路上，兩個未及弱冠的翩翩少年正縱馬奔馳。一個騎著白馬，身著白色薄棉長袍，腰束一條黃色繡花腰帶，身上背著一個黃色的綢布包袱，腰帶上懸一把寶劍。寶劍的棕色劍鞘上鑲著一顆深綠色翡翠，劍把上綴著紅色的流蘇。他年約十六、七歲。因為奔馳多時，俊美如玉的臉蛋上紅撲撲的，好像還冒著熱氣。一雙烏溜溜的丹鳳眼黑寶石一般。眼珠轉動，如秋波蕩漾，目光深邃又充滿力度。眉毛濃密又亮，刀裁一樣齊整。鼻樑挺拔俊俏，緊閉著的嘴唇稜角分明、紅潤動人。頭髮綰起，紮著一條青巾，顯得簡潔俐落。雖然年少。身材頎長挺拔，約有八尺四、五，比一般的成年人要高。骨架勻稱挺拔，虎臂狼腰，既有少年郎君的青春氣息，又有成年男子的陽剛之氣，一望便知是習武之人。身材頎長，又勻稱健壯，寬肩細腰，且束著腰帶，所以，看上去，瀟灑飄逸、手姿秀麗，既玉樹臨風，又英武非凡。再配上那秀麗無比的臉蛋、眉眼，堪稱絕世美少年。誰都看得出這是一位家世不凡、讀書習武的翩翩公子。他旁邊的少年騎著一匹棗紅色的馬，年紀看上去長他二、三歲，個頭和他差不多高。穿一身藏青色薄棉袍，也束了腰，腰上也懸了劍。但那劍明顯要短些，劍鞘也不如白衣少年的講究。他方正面龐，雖比不上白袍少年俊美，但也算一表人材，個頭也和白袍少年差不多高。但只是骨架大而已，體形卻顯得單薄，遠不白袍少年健壯瀟灑，一望便知是很少習武的人。他頭上戴著一隻青色的船形幘，因為縱馬奔馳，被風吹歪了，這使他顯得有些滑稽。身上也背著個黃色綢緞包袱。

兩人在官道上飛快奔馳著。一枚秋日的落葉從道邊的樟樹上飄落，悠悠地朝正疾馳著的白袍少年面前飄來。他目不斜視，猛地一揮手，將落葉抓住，輕輕拈在手中，用凝重的目光看一眼這枯黃的落葉，嘆道：「山河破碎，帝室蒙難，百姓流離，恰如這秋葉之飄零！」

青袍的少年聽見了，慢慢勒住馬頭，喘息著哈哈笑道：「公瑾！人道你風流無雙，哪裡知道你如此迂腐不堪！漢室氣數將盡，你卻還叨嘮不已！哈哈哈！」

白袍少年眉頭皺起，朗星般的目光閃了一閃，猛地勒住轠繩。白馬嘶鳴一聲，緩緩放下步子。青袍少年也趕了上來。兩匹馬並肩走在一處。

「子翼兄！」白袍少年微蹙眉頭，正色道：「董卓擅權，漢室蒙難，我輩理當慷然奮發，豈有幸災樂禍之理？」

青袍少年不屑地笑著搖頭：「迂腐！氣數已盡，實屬天意，匡扶又有什麼用？就是你崇拜的曹孟德興了義兵又怎樣？如今不也落得個四分五裂，各自擁兵自重了！哈哈！」

白袍少年默然了，掃視一下原野，又凝望遠方，不吭聲了。然後，他將拈在手中那枚落葉用食指一彈，落葉如一枝飛鏢一樣飛了出去。又一拍胯下白馬，喝道：「駕！」那馬四蹄生風，奔跑開來。

青袍少年也拍一拍馬喊：「公瑾！你跑慢點！你知道我追不過你的！」跟著追了上去。

兩匹馬踏起一陣煙塵，載著一白一青兩團輕霧一般的人影，風一般朝前奔馳而去。

這個被稱著「公瑾」的白袍少年姓周名瑜字公瑾，盧江郡舒城縣人，這年十七歲。旁邊那個青袍的少年是他的同窗好友，姓蔣名幹字子翼，盧江九江縣人，年長周瑜二歲。周瑜出生官宦世家。從祖父和伯父都做過朝中太尉。父親周異，曾任洛陽令，現為朝中侍郎，和獻帝一道在董卓的爪翼下求生。周瑜自小喜讀《左傳》、《春秋》、《孫子》、《六韜》，也習武擊劍，練得一身武藝。這年代的漢代子民，特別是書香門弟之家和官宦之家的公子，多是抱著齊家治國平天下的雄心，修身省性讀書習武的，身上都浸潤著不少的漢代風骨。而周瑜在這方面更為出色。雖只是十幾歲的少年，學識卻遠勝於當地儒生、士人，劍術騎射更是一般武夫所不能比。此外，他自小喜愛音律，彈得一手好琴，並搜集整理了散佚的樂府詩，裝訂成冊。聽人彈琴，無論此曲他聽沒聽過，但有一絲走音，就會覺察，並回首示意。即使是酒過三巡，微有醉意，也會半醉半醒之間覺察。故在當地有「曲有誤，周郎顧」一說。此外，他聰明有禮、豁朗大度、禮賢他人、孝敬母親。見過他或與他交往過的人都說，以他的才學和品德，日後必會成為朝中安邦定國的重臣、名臣，遠甚於他在朝中做過太尉的叔祖父和伯父。可惜，偏偏時運不濟，趕上天下大亂、漢室傾頹，像祖父和父輩們那樣憑藉學識和忠誠入朝為官、輔佐皇上，安邦定國的機會顯得很渺茫了。但天下大亂的另一個好處便是亂世出英雄，忠義之士正好振奮壯志匡扶漢室！所以，此前，廬江郡府曾舉他為孝廉，並辟他為舒城縣尉，被他婉拒了。他想一面埋頭讀書習武，一面打探天下形勢，結交天下英雄，一當年齡稍長或機會成熟，便聯合有識之士，興起義兵，匡扶漢室，像中興漢室的吳漢、鄧禹等英雄一樣立不世之功業。他認為漢代近四百年基業，成就了博大精深的儒家文化，是不會一夕毀滅的。當今天下大亂，並不表明大漢從此氣盡。想昔日王莽篡位之時，漢室連國號都被王莽改掉了，不也有了光武中興？但，他的這個想法卻遭到同窗蔣幹的嘲笑。蔣幹以為，漢室歷經近四百年風雨，氣數已盡，難再中興，識時務者為俊傑，當今之時，只管期待明主，做一新朝的開國之勳臣，何苦死抱著漢室這一行將就木的王朝去做什麼鄧禹、吳漢？那麼，漢室到底氣數有沒有消亡？到底會不會有中興之日？作為大漢子民，到底又當如何去做？

有時候，他自己也有些迷茫，有些苦悶。這年，雖然北方及中原為戰火侵襲，但江東江南一帶，除了有些山賊外，相比之下仍是一塊寧靜的避難之地，不少北方名士都往江東避難。周瑜自然不會放過機會，但聽說有北方名士路過舒城附近，他便前往探訪，找他們打探北方戰事，討教天下形勢及自己的困惑。可惜的是，此前拜訪了幾位，多是二、三流的名士，有的令他失望，不夠盡興，有的嫌他年齡太小，竟不屑與他談論，所以，也未有多少收穫。昨日，蔣幹來到舒城他的家中，告訴他說徐州名士張昭避難江東，據說已到了曆陽，行將過江往曲阿等江東之地。周瑜大喜。他久聞張昭大名，此人博覽群書，忠烈剛直，少有才名。弱冠之時被舉孝廉，不就。此後徐州刺史陶謙舉他為茂才，請他做官，也不應，惹怒了陶謙，被陶謙關了數月，幸得友人救出。不久前，袁術占了淮南，也要請他做官，又為他所拒。現在，他竟然南下江東了。周瑜怎會放過這個機會？於是，他立馬就和蔣幹直奔曆陽來了。

周瑜、蔣幹兩人縱馬奔馳一陣，蔣幹喘著氣說撐不住了，要求放慢速度。周瑜笑了笑，就依了他。蔣幹雖然身材也比較長大，卻不愛習武。經史之書自是讀了不少，可謂飽學之士，口才也十分了得，自稱是當世張儀。周瑜多次告訴他，大丈夫讀書習武當齊頭並進，但蔣幹向來不以為然，總以為入朝為仕的人只需腹有詩書再加上一張縱橫天下的嘴，就足夠了。在他看來，習武乃是下等武夫所為，縱使天下大亂，也是如此。西漢開國之際，張良、蕭何、陳平等輩皆非習武之人，而位在眾武將之上。就是韓信，也只通兵法、懂謟略，並不習武，所以受了胯下之辱，卻統百萬雄兵！而況，他自以為天性怯懦，不喜打殺，縱使習武，也無益處。因為不愛習武，他的騎射自然也不精，哪裡敢長途縱馬奔馳？

忽然，前面傳來救命的呼喊聲。周瑜的耳朵豎了起來，劍眉聳動，目光如炬，直刺前方，道：「前面定有盜賊出沒！」然後，雙腿一夾馬肚，箭一樣朝前衝去。這匹馬叫「白雪飛」，以毛色雪白，健步如飛而名，時年三歲。

蔣幹氣喘吁吁地跟了上去。

沒跑幾步，只見前面拐彎處連滾帶爬地滾出一個家僮打扮的男子，看見周瑜，如見救星，連喊：「公子！快救救我家主人！快救救我家主人！」

周瑜打馬從他身邊飛奔而過，拐過彎口，只見前面停著二輛馬車，一輛帶著布縵的篷，想必是坐人的。一輛沒帶布縵，堆著木箱等雜物。馬車下蹲著數十大戶人家打扮的人。男女老少都有。有的跪著，有的趴著，有的摟成一團。都面無血色、戰戰兢兢。二個強盜手裡拿著大砍刀押著他們。刀片上閃著寒光。地上有一具血淋淋的家僮屍體。還有三個強盜在那輛沒有帶車篷的馬車上翻撿著東西。

一個瘦長個、單耳、頭目模樣的強盜從箱中提出一包顯得很沉的黃色綢緞裹著的包裹，打開，一道金黃、銀白的光芒立刻照亮了他貪婪的驚喜的面孔和瞪大了的小眼睛。他趕緊紮好包裹，將包裹斜掛在肩上。他的腰帶上，已經綁了一個小的包裹。然後他用得意的淫邪的目光在跪在地上的人群中搜索。目光停在一個少婦懷中兩個小女孩的身上。這二個小女孩模樣長得極像，都是十多歲的樣子。臉蛋如花一樣嬌嫩美麗，眼睛如湖水清澈透明。頭目臉上綻開了猙獰的邪笑，朝她們走去。少婦旁一個三、四十歲的身著紫色官服、頭戴方正的博士冠的男人似乎意識到了什麼，面色蒼白又竭力鎮定對強盜頭目道：「你們要拿東西儘管拿！不要傷害我家裡人！」

頭目對他笑道：「兩個小美人胚子正可以賣個好價錢！哈哈哈！你夫人風韻猶存，就給本大王享受！」

他好像聽見了周瑜的馬蹄聲，轉過臉來，只見周瑜已縱馬奔到面前。他臉色大變，橫起手中的刀。

與此同時，周瑜勒住馬，拔劍出鞘，指著頭目，大喝道：「光天化日之下，竟敢攔路搶劫！還不速速受擒！」

頭目打量了一下周瑜，對身後的強盜道：「哪裡來的乳臭未乾的小孩！殺了他！」

身後三個強盜喊叫著揮著刀朝周瑜衝了過來。

周瑜身後，蔣幹勒住馬頭，雙腿微微發抖，臉色蒼白、表情緊張，他對周瑜喊：「公瑾老弟！為兄有俠義之心，卻無俠義之膽！與人廝殺非吾之所長！為難足下了！」拔轉馬頭，往後跑。

一個強盜撲上來照著周瑜的馬腿揮刀就砍。

周瑜舉劍攔住。

另一個強盜揮刀照周瑜頭部砍下來，周瑜又揮劍攔住。

寶劍與砍刀空中對撞，發出匡噹的聲響。周瑜趁勢一揮劍，一道寒光的空中閃過。這個強盜慘叫一聲，首級飛出，無頭的頸上噴出一股鮮血，跟著，身子痙攣一下，直直地栽倒在地。

砍馬腿的強盜一愣，手中舉起的刀還沒落下，周瑜一夾馬肚，從他身邊衝了過去，迎頭朝奔上來的第三個強盜砍去，那個強盜舉刀接住。這時，後面砍馬腿的強盜一刀砍在周瑜馬的後腿上，周瑜的「白雪飛」嘶鳴一聲，撲倒在地，將周瑜顛下馬來。

這兩個強盜緊跟著逼了上來，兩把砍刀直朝周瑜砍來。

周瑜在地上一滾，避開刀鋒，就勢爬了起來，揮劍與他們格鬥。

瘦長個的強盜頭目領著剩下一名強盜也舉刀衝了上來。

周瑜揮劍與四個強盜拚打，打得有些吃力，但毫不畏懼，閃展騰挪、左砍右擋、揮灑自如。他額頭上沁出了汗珠，抿著嘴唇，黑寶石般的大眼睛閃爍著從容、鎮定還有打殺的歡愉與頑皮，俊美的臉蛋泛著紅暈，挺拔勻稱的身材洋溢青春氣息與矯健瀟灑的丰姿。

蔣幹往後奔跑幾步後，就停下了，拔轉馬頭，看著周瑜廝殺。他恨恨地舉著劍，對著空氣亂砍一氣，似在砍強盜，又似在恨自己的軟弱。棗紅馬團團打轉，踢起一陣塵埃。

周瑜與強盜格鬥多時，雙方均無法分出勝負。周瑜看了看地上蹲著的面無血色的眾人，眉頭掀了一下，眼珠忽然一亮，閃出智慧與興奮的光芒，他邊與強盜格鬥邊扭頭對蔣幹喊：「子翼兄！縣尉領兵在後，怎還未過來！速催他們上前殺賊！」

蔣幹一愣，莫明所以。

周瑜繼續喊：「這幫縣府兵，走得也恁地慢些了！還不喚他們過來！」

蔣幹恍然大悟。他拔轉馬頭，邊往回跑邊朝遠處喊：「弟兄們！快過來！殺賊！殺賊啊！」

與周瑜格鬥的幾個強盜愣了一下，都朝蔣幹那邊望去。

周瑜趁他們這一愣之機，一劍又刺中一個強盜的肚子，強盜呻吟一聲，倒地。瘦長個的強盜頭目惱羞成怒，大喝：「殺了這個小子再走！」

於是三個強盜又圍著周瑜力拼。對付三個強盜，周瑜輕鬆多了，三個強盜漸漸招架不住了，更何況，三人都有些心慌，他們似乎相信後面還有官軍殺過來。

強盜頭目因身上背著金銀珠寶，也有些力不從心，此刻臉上也掛起驚慌、緊張與焦慮，他小眼睛轉動一下，對周瑜虛晃一刀，趁周瑜一閃之際，跳出去，轉身就跑。另兩個強盜見他跳開，也亂了刀法，周瑜大喝一聲，一劍砍倒其中一個，另一個轉身撒開腿朝路旁的林中狂奔。周瑜不理睬他，提著劍追趕強盜頭目。

獨耳的強盜頭目原要上馬的，因周瑜趕得快，他來不及跨上馬，只好背著包裹沿著馬車打轉。周瑜則圍著馬車追趕。

跑了一陣，頭目又累又怕，自知不敵，喘著氣拍著肩上的包裹哀求道：「公子！放了在下！這裡面的金銀，你我一人一份！」

周瑜凜然道：「你速速就擒方是上策！」

強盜頭目哀求道：「公子！大路朝天，各走一邊，你何苦管閒事？」

周瑜道：「光天化日，豈容你殺人越貨？」

強盜頭目臉上的肌肉顫動一下，露出惱羞、憤怒又恐懼的表情，此時，他正轉到那個摟著兩小女孩的婦人身邊，忽然眼珠一轉，一把從婦人懷中抓住一個女孩中年齡偏小的一個，抱在懷裡，眼露凶光，瞪著周瑜，惡恨恨道：「把馬牽過來！放我走！不聽話我就殺了她！」

說完，用刀背在小女孩身上拍了拍。

小女孩哇地大哭開來，兩手亂抓，對旁邊的中年男人哭喊：「阿爹！救我！阿媽！救我！」

婦人一邊摟著另一個女孩一面跪在地上心疼地哭喊：「小喬！小喬！救我的小喬！」

周瑜用劍指著強盜頭目，逼過去：「把人放了！」

強盜頭目邊往後退邊吼：「不要過來！過來我便殺了她！」

少婦放開懷中的大女孩，跪在地上爬向他，邊爬邊喊：「我的孩子！不要傷了我的孩子！小喬！嗚……求你放了她。」

婦人身邊的大女孩也跪在地上哭喊道：「妹妹！妹妹！不要抓走我的妹妹！」

周瑜猶豫了，站著不動了。

半晌，他用劍指著強盜頭目道：「你上馬走吧！把小孩留下！」

強盜頭目眼睛露出狡猾的光芒，如釋重負地退到一匹紅色的馬旁，抱著小女孩就上了馬。

中年婦人哭喊著爬過去：「放下我的女兒！」

中年男人含著眼淚拉著她，一面對強盜喊：「強盜！放你走了，為何還要搶走我兒？」

強盜頭目不理他，抱著孩子，勒過馬頭，一夾馬肚，打馬奔跑。此時，周瑜也縱身飛上一匹馬，一夾馬肚，追了上去，邊追邊大喝：「速將小孩留給我！若言而無信，便死於我劍下！」

強盜頭目不理他，繼續奔跑。

周瑜揮劍縱馬急追。

強盜頭目因背了財物，又抱了小孩，漸被周瑜追上。他看著周瑜快追了上來，就將抱著的小女孩往周瑜身上一扔。

周瑜輕舒猿臂，接住小女孩。

與此同時，強盜頭目拔轉馬頭衝過來，大喝一聲，狠狠地揮刀直朝周瑜砍過來。

周瑜左手抱住小女孩，右手揮劍相迎。兩馬相交，劍與刀在空中相撞發出銳利的撞擊聲。

周瑜一手抱住小姑娘，一手揮劍與強盜頭目格鬥。

戰不二合，強盜頭目抵擋不過，拔轉馬頭就跑。

周瑜舉起劍，朝他擲去。

綴著流蘇、鑲著翡翠的寶劍帶著寒光像流星飛出，又如閃電劃過去，直插進強盜頭目後背。

強盜頭目慘叫一聲，從馬上栽下來。

周瑜上前，下馬，將小女孩放在馬上，要她抓著馬鞍坐好。從死去的頭目身上拔出寶劍，放回自己的劍鞘。又摘下強盜身上的裝滿金銀的包裹，掛在身上，然後，牽著兩匹馬，往回走過來。

剛才蹲在地上的幾十口人在身著官服的中年男人和那婦人帶領下全部圍了上來。周瑜將肩上的兩個包裹取下交給他。

那身著官服、頭戴博士冠的中年人接過包裹，交給身後的家僮，眼含熱淚撲通拜倒在地，向周瑜謝道：「多謝小壯士救命之恩！」

那婦人顯然是他的妻子，跑上前，從馬上抱過周瑜救下的小姑娘，含著眼淚抱在懷裡親了一下，放下，又拉過大女孩，面對著周瑜一同跪下，對兩女孩道：「兒啊！快快跪下謝恩人救命之恩！」

兩個姑娘一同跪下。那大一點的姑娘給周瑜叩頭：「謝恩人救命之恩！」

小一點的姑娘卻不跪，站了起來，一邊揉著胳膊，一邊仰起秀麗的掛著淚痕的臉蛋，瞪著亮晶晶的眼睛，噘著嘴看著周瑜。

婦人摁一摁她的肩：「我兒！快給恩人磕頭！」

周瑜跳下馬，行個作揖禮，請他們起身，道：「拔刀相助，理所應當！請不要多禮！」

眾人都起了身子，那少婦卻仍要被周瑜救下的小一點的姑娘給周瑜行禮，姑娘瞪著清澈的大眼睛，噘著紅潤的小嘴，歪著頭，帶有幾分怒氣與不滿的口氣道：「恩人剛才弄疼了我的胳膊！」

眾人都笑了。

婦人嗔怒地瞪一瞪她：「小喬！不得無禮！是這位恩人救了你！」

「雖然救了我，卻也弄疼了我的胳膊！」小女孩不依不饒地噘著嘴道。

周瑜笑了，彎一彎腰，憐愛地看著她，拱一拱手，笑道：「大哥給你賠不是了！」

「嗯！」小喬亮晶晶的眼睛看著他，對他做個鬼臉，笑了。

眾人也笑。

然後，中年男人令一個家僮從包裹中取出一錠銀子，捧到周瑜面前，道：「感謝公子搭救之恩！一點微薄之禮，望公子笑納！」臉上溢滿感激與誠摯。

周瑜推開他的手，正色道：「先生多禮了！路見不平，拔刀相助，乃大漢讀書之人俠義本色，豈有圖報之理？先生如此，是陷我於不義了！」

中年男人執著道：「公子身冒刀刃救在下一家於大難，若不收，喬某我過意不去！」說完，又要將銀子往周瑜懷裡塞。他夫人也在一旁勸周瑜收下。

周瑜仍然執意不收。早已走過來並站在周瑜身邊的蔣幹對中年男人道：「先生！周公子斷然不會收的！你自留下吧！」

那中年男人見周瑜鐵了心不收，又有蔣幹這樣說，也就不再勉強了，嘆了一聲：「江東果然民風多俠氣！我喬某不虛此行！」便將銀子交還家僮，對周瑜道：「但請公子留下大名？」

周瑜未及開口，身旁的蔣幹笑道：「哈哈！你等恩人姓周名瑜，字公瑾！廬江舒城人氏！其父曾為洛陽令，現為朝中侍郎！」跟著又指指自己的胸口，笑道：「在下姓蔣名幹！九江人氏，字子翼！與公瑾乃同窗好友！」

那中年男人聽完，拱手對周瑜高興道：「原來是洛陽令周大人的公子！果然氣度不凡、少年英雄！我也曾與令尊大人有過一面之交！周公子！失敬了！」

周瑜高興道：「那先生何處高就？」

中年男人：「某姓喬名玄！濟南人氏。也曾在朝中做過小官。後因朝綱混亂，就辭官回故里濟南，經營祖上留下來的千畝良田。不料北方戰火紛起，自思難以安身，就變賣了家財良田，領著一家人往江東來避難了！剛從曆陽輾轉過來，欲要往皖城去，那裡有我一位相交多年的友人！」

他又將身邊人一一介紹給周瑜，旁邊的婦人是他的妻子，兩位姑娘是他的女兒，大的喚做大喬，小的就是周瑜剛才救的那位，喚著小喬。還有十來個同族親戚。其餘的是家僮和使女。

周瑜聽他說與父親相識，臉上露出歡喜的微笑，便向他打聽了一下北方的情況，抬頭看看天色已晚，就同他一家告辭。喬玄見周瑜的「白雪飛」被砍傷了，正趴在地上喘息，就要家僮牽過周瑜一匹馬給周瑜騎。

周瑜道：「不可！你們長途跋涉，自需要馬！而況，我也捨不得我的『白雪飛』！」

喬玄勸道：「公子何必拘執！你的馬我幫你養著，日後有緣相見，再還給你！」

周瑜想了想，點頭：「好！那就有勞先生了！」然後，從身上解下包袱，取出金創藥，敷在馬腿的傷口處。那傷口約有一掌多長、白骨森然。又從包袱中取出一件白色的內袍，將馬腿受傷處裹好，然後抱著馬頭，親了一下，又拍拍牠的頭：「寶貝！後會有期！」

那「白雪飛」似乎聽懂了他的話，眼含熱淚，昂頭輕輕哀叫了一聲，咬住了他的衣袖。周瑜輕輕用手去揩牠眼中的淚，又抱住了牠的腦袋。半晌，他嘆了口氣，站了起來，果斷地對喬玄道：「在下實在捨牠不下！就帶著牠好了！」

「你帶著牠？莫非要牠騎你？」蔣幹愕然道。

周瑜扭頭看著他的樣子，笑了：「既非我騎牠，也非牠騎我！我倆人都騎你的馬！再牽著牠走，豈不兩全其美？」

蔣幹大吃一驚，瞪著眼，頭搖得像潑郎鼓，「兄弟！如此豈不把我的馬壓個半死！何況，牽著受傷的白雪飛，須走到何時？」

「丟了我的馬，就如同丟了你這個朋友一樣！你要不許，便先行，我只好牽了馬自往前行！」

周瑜故意虎著臉，做著怪相道。

「你這傢伙！素來在我面前使機靈！」蔣幹愕然，然後故做生氣地板一板臉，聳聳肩，氣哼哼道：「由你好啦！只怪我倆人朋友一場！」

周瑜對他眨眨眼，笑了。眾人也都會意地笑了。

然後，周瑜蹲下，拍拍「白雪飛」的頭，輕輕吆喝一聲，「白雪飛」用力地站了起來，尾巴自豪地搖動幾下。周瑜起身，牽著「白雪飛」，騎上蔣幹的棗紅色的馬，對蔣幹一擺頭。蔣幹氣哼哼地斜他一眼，搖搖頭，嘀咕道：「喧賓奪主！豈有此理！」也上了馬，坐到周瑜後面，將手中的「白雪飛」的韁繩牽了過來。然後兩人同喬玄一家拱手道別。「白雪飛」被蔣幹牽著，蹣跚地但堅定地一走一拐地往前走去。

喬玄一家也自收拾了被害家僮的屍體，繼續往前趕路。

第二回　大江邊周郎抒豪情，曆陽城張昭薦孫策

當曆陽城門出現在他們眼前時，已經是第二天下午了。

曆陽是長江江北的一個縣城，隸屬楊州的九江郡。此前曾為楊州刺史治所。長江在距其三十公里的西南方折而往北。從此處渡江往南可達牛渚、秣陵，往北可到江南重鎮曲阿。因長江在其南面折而往北，呈西南東北向流淌，故在此過江被稱之為「東渡」。它不僅是過江重鎮，也是連接南北東來西往的交通樞紐。北接楊州現治所壽春，南往江東數郡；西連廬江、豫章，東達大海之濱。從徐州等地南下江東、江南的人士多要經過此城，再由此城過江或往東西方向而去。因此，曆陽城人口稠密、十分繁華，客舍旅店一時興盛。

周瑜、蔣幹抵達曆陽城後便一個客店一個客店地打探。他倆想，張昭乃是江北名人，但凡住店，店主一定知道。果不其然，找到城南一家旅店時，店主告訴他們，有個從淮南往江東去避難的張先生住進來後，本地不少名士都來拜訪過他，就是曆陽縣令也來看過他，不知是不是他們要找的那位張昭張子布先生。周瑜一聽大喜，掏出一兩銀子給店主，說明來由，請他照看好馬。店主見了銀子自

然高興，趕緊令夥計將馬牽到後槽餵食，便領周瑜與蔣幹逕往後院去。周瑜特意叮囑夥計好生調理受傷的「白雪飛」。

進了後院，沒走幾步，便聽得西南角的房中傳來一陣悠揚的琴聲。周瑜凝神聽了一下，微微笑了，用手往那裡一指道：「子布先生一定住在那裡！」

店主驚訝地看著周瑜，問他如何知道。

蔣幹撇撇嘴道，「這位公子聞音樂之聲便知了！」

周瑜笑道：「正是！其所彈樂曲為北方之音，調琴拔弦用力可知彈琴人年歲在四十上下，且個性剛直果敢，心中有鬱悶之氣騰躍，發乎指間，傳諸音樂，十有八九是剛直的張先生！」

店主連稱周瑜高人，道那位姓張的先生便正住在那裡。周瑜笑了，請店主留步，自與蔣幹走了過去。

一個家僮攔在門口，問他們找誰。蔣幹興沖沖地道：「快去告訴你家主人，舒城周瑜、九江蔣幹前來拜訪子布先生！」

家僮上下打量他二人一下後就進了屏風後面的裡屋。不一會，裡面琴聲停下了，一個很洪亮的帶有幾分怒氣的聲音傳了出來：「我沒空見乳臭未乾的公子哥！」

蔣幹顯然聽見了這句話，鼻子裡哼出聲來，氣呼呼小聲道：「豈有如此待客的？」

周瑜擺手止住了他。

不一會，家僮出來了，對周瑜、蔣幹道：「對不起！兩位公子，我家主人不見客！」

裡面的琴聲又響了起來。

周瑜微微一笑，笑出幾分豐神飄逸。他提高嗓音對家僮道：「這位大哥！麻煩你轉告子布先生！他現在所彈曲名為《昭君出塞》，是王昭君遠嫁匈奴單于之時，含淚請樂師為其譜的曲。之後就帶此曲遠去他鄉。因曲子為昭君帶走，所以在宮中和坊間並未流傳，會者寥寥無幾。子布先生果然名士，竟能如此嫻雅彈奏此曲，只是子布先生所彈唯有三處走音，且多處音質沉悶，宮音過激，微音黯淡，想必是多日勞累所致，又或許是憂慮國事心神不寧！」

屋裡的琴聲戛然中斷。

裡面傳出近似怒喝的聲音：「門外何許人？進來！」

周瑜莞爾一笑，對蔣幹做個鬼臉，和蔣幹一道往裡屋走去。

轉過屏風，走過過道，進入內屋，只見屋中央架著一架朱紅色的焦尾琴，張昭席地撫琴而坐，正冷冷地看著他們。他是一個三十五、六的人，身材高大，面容清瘦，目若朗星，炯炯有神。頭戴博士方冠，身著青色麻棉夾袍，表情幾分嚴肅而倨傲。

周瑜、蔣幹拜倒施禮。

張昭眼皮抬了抬，威而不怒怒而不威的語氣道：「請起！兩位有何貴幹？」

周瑜和蔣幹起身，在一邊的席上恭敬地跪坐。周瑜恭敬道：「當今朝綱廢馳，漢室傾頹，周瑜自幼熟讀漢書，深知齊家治國平天下之道，欲有所作為，卻不知當如何作為，更不知天下竟欲何往，久聞子布先生大名，特來討教！」

張昭眼睛直直地從上到下打量周瑜片刻，倨傲而不屑的口氣道：「送客！」

周瑜愕然，和蔣幹面面相覷。

張昭又喊一聲：「送客！」然後低下頭，手指在琴絲上抹出一串刺耳的旋律。

侍立一旁的家僮上前，恭身對周瑜道：「公子！請吧！」

蔣幹喊：「子布先生！怎可以如此待我們！我蔣子翼雖然年少，卻也博學多才，江淮之間也見了不少名士，足可與先生一辯！」

張昭眼一瞪，對家僮喊：「送客！」

周瑜看了看張昭，拉了拉蔣幹：「算了！走！」

蔣幹扭頭瞪了他一眼，悻悻跟著他起身。兩人退了出去。

走到院子裡，蔣幹憤然道：「這算什麼？他竟如此打發了我們？未免太端架子了！有何了不起？我蔣子翼到他那把歲數，不知強出他多少！」

周瑜道：「算了！以剛才情形，你就是暴跳如雷也無辦法！逼急了只會使他更厭惡我二人！不如先住下，再做打算！」

蔣幹依然憤憤道：「哼！我蔣幹找他討教是敬他名士！你當我蔣幹真的服他？」

周瑜笑道：「不須如此！既是求教，我等總得虛心一點才是！足下不是素有辯才嗎？要是以足下三寸不爛之舌說服張昭，我周公瑾算服了你！哈哈！」

此時已近日入，太陽往西傾斜，秋日餘光如爐火灑在院子裡，拴在馬樁上的馬的影子被拉得悠長，如同憂鬱淒涼的旋律。二人找店主要了一間客房，又去馬廄裡看了馬。周瑜「白雪飛」被夥計刷了毛，又重新裹了傷口，正躺在馬廄閉目養神。周瑜欣慰地用手拍拍牠的頭。蔣幹也拍了拍他的棗紅色的馬的頭。然後兩人就在這家旅店用飯。張昭的酒飯是家僮來叫，店主派人送過去的。蔣幹見了，憤憤道：「不過如此！我若到他歲數，並不比他差多少！」

不一刻，酒足飯飽，周瑜提議往曆陽之南去看大江。蔣幹贊同。於是，蔣幹乘自己的馬，周瑜使銀子找店家租了一匹馬，兩騎馬穿過曆陽城，直往城南而去。

到了江邊，已近夜半。一輪圓月當空，銀輝揮灑大地。長江如巨劍一般劃破大地的胸膛，直往東北去。正是深秋，大江兩邊蔓延著萬傾蘆葦。蘆花瑟瑟，一片銀白。江風駘蕩，一陣一陣掠過波濤，在蘆葦中掀起白色的波濤。

「果然好氣勢！」周瑜充滿豪情地叫一聲，打馬衝入蘆葦中，直抵江邊，勒住馬轠繩，臨風而立，凝望江水。只見江濤鼓動著、湧動著，有節奏地拍擊著兩岸，以永遠如一的聲音和永遠如一的力度往東奔流而去。江對岸，幾星漁火閃爍。

「子翼兄！這便是養育我兩岸數百萬生靈的長江！壯哉斯江！偉哉長江！」周瑜立在馬上，激動道。秋風吹起他的衣袍，使他身材更顯挺拔，月光下如臨風之玉樹。小時探親，他見過長江，但那畢竟是兒時的記憶。此時，再見大江，已是翩翩少年，又正逢亂世之秋，自是別有一份情愫，奔放之情直如一江之水決堤而出。

蔣幹是九江縣人，自幼常見長江，此刻見了，雖無周瑜的奔放，但也是歎賞不已。

「哈哈！大哉大江！西接岷、峨，南控三吳，北帶九河。彙百川而入海，歷萬古以揚波，蓋夫鬼神之所依憑，英雄之戰守也！」蔣幹在馬上搖頭晃腦道。

周瑜笑道：「子翼兄好記憶！古人的《大霧垂江賦》開首幾句用在此處恰到好處！」跟著，他下了馬，將馬韁繩拴在身邊一株葉片落盡的小楊樹上，佇立江邊，看著月夜下的大江風景。蔣幹也下了馬，如他一樣，將馬韁繩繫在樹上。

「氣勢磅礡、一瀉千里！多少英雄，多少是非成敗，都隨這浪花淘盡！」周瑜嘆道。

「聽公瑾語氣，人生當無所追求才是？」蔣幹不解道。

「非也！人生在世，無論英雄或梟雄，都免不了轉頭成空。唯其如此，人方才有所重，有所不重。忠君愛國、守正惡邪，澤披當時，雖如大江東去，但名留後世，英雄之業仍為後人傳頌，當重之！逆天而行、好亂樂禍、殘賢害善、追歡逐樂、驕奢淫逸，縱使歡樂一時，仍免不了轉頭成空，反落下千古罵名，當棄之！」周瑜慷然道。

「原來如此！」蔣幹笑了，「我以為公瑾是看淡了功名，原來是說立不世之英名！哈哈哈！」

周瑜又舒一口氣，及目遠眺，望望對面沉沉原野，又將目光放向東面，融入夜色深處的奔流的江面，再收回目光，凝望眼前寬闊的鼓蕩不已的江面，如同要盡情將大江的一切收入眼底，永存記憶一樣。濃眉微蹙、目光沉靜，胸膛起伏如大江之波濤。半晌，嘆道：「真是壯美之至！我周公瑾生不在大江之上，但願死在大江之上，更願今生如同驚濤拍岸，在歷史長河留下此許微名與聲響！」

「有道理！我蔣子翼也如公瑾一般，但願人生在歷史長河留下些許聲響！如若不成，便獨步江河，行遊江畔，倚江而眠，樂做個江中隱士！反正此生以大江為友也！」蔣幹笑道。

然後，兩人相視對望，哈哈大笑開來。

兩人回到曆陽城中的客棧時，已是三更時分。

走進後院，往馬廄裡拴了馬，周瑜和迎上來的「白雪飛」親熱了一下，就同蔣幹往客房裡走。忽然，西南角張昭客房裡傳來一陣喊叫聲：「什麼人？幹什麼？」話還沒說完，就聽見一聲慘叫：「啊！」跟著傳來女人的尖叫聲和慘叫聲，還有劈哩啪啦的茶几被打翻的聲音。

「不好！」周瑜輕聲叫了一下，拔出寶劍，衝了過去。蔣幹也趕緊跟上。

張昭客房的大門仍然關著，周瑜一腳踹開大門，借著明月之光，他看見客廳屏風旁倒著先前領他們見張昭的那個家僮。他從家僮身上跳了過去，直入臥室。只見裡面正打成一團，二個蒙面的劍客正揮劍追趕穿著身穿睡衣的張昭。張昭驚慌地將手中的厚書砸向刺客，又抓起床上的玉石枕頭砸向刺客。一個看著像張昭之妻的女人摟著小兒驚恐地縮在牆角發抖，不停地喊救命。一個丫環也縮在他們身邊喊救命。還有一個婢女橫屍地上。在另一個角落，一個婢女抱著頭縮在牆角一動不動，月光映照著她驚恐萬狀、慘白的臉。

看見周瑜衝進來，一個矮個兒刺客猛地轉身。

周瑜喝道：「你們是什麼人？敢來行刺？」

矮個兒刺客不答話，舉劍朝周瑜砍來。周瑜揮劍迎了上去。

另一高個的刺客直奔張昭，舉劍就要朝張昭砍去。

張昭夫人尖叫一聲，鬆開懷裡的孩子，撲向高個刺客，抱著他的腿：「不要殺他！不要殺我丈夫！」

高個刺客一翻手腕，就要朝跪在地上的張昭夫人捅去。正與矮個刺客博鬥的周瑜看見了，趁對手閃身躲他的劍之機，將劍朝高個刺客擲去，正插到他背上，他身子一顫抖，一手抓住從胸口捅出來的劍鋒，一手提著劍回轉身子，垂死的目光惡恨恨地瞪著周瑜。此時，與周瑜對打的矮個劍客見周瑜擲劍殺傷同伴，就舉著劍朝周瑜連連進招，周瑜連閃過二劍，順手抓起一個小案几，抵擋著對方的劍。那一邊，中劍的高個刺客提著劍轉過身舉著劍用盡最後氣力要朝張昭砍去，張昭此時已鎮定下來，或者是看見刺客已命懸一線，膽也大了，抓起被踢到在一邊的焦尾琴，大罵一聲：「豎奴！找死！」舉起琴砸在高個刺客身上。高個刺客慘叫一聲，倒在地上，插在胸口的周瑜那把劍的劍鋒上仍然滴著血。

此時，蔣幹也衝了進來，在周瑜身後大叫：「有刺客啊！抓刺客啊！」

與周瑜對打的矮個兒刺客心中一慌，被周瑜一案几打在手上，手中的劍被打落。然後，周瑜飛起一腳踢在他的肩上，將他踢得連連後退幾步。此時蔣幹喊一聲：「公瑾！接劍！」將手中劍朝周瑜扔過來，周瑜空中接劍，順勢一翻手腕，劍指刺客胸口。刺客既已領教周瑜的劍法，此刻手中無劍而周瑜手中又有劍，哪裡敢動？只好跪了下來。此時，外面傳來喧嚷聲，店老闆和幾個夥計湧了進來。

張昭令人在房間四處點上燈蠟，房間頓時大亮。

周瑜一劍挑開刺客蒙在面上的黑紗，卻不認識。

「為什麼行刺子布先生？」周瑜用劍指著他問。

刺客跪地不語。

周瑜晃一下手中劍喝道：「不說我砍死你！」

店裡夥計們湧上來，拿刀架住刺客，吼道：「快說！」

刺客低著頭依然不語。

周瑜又道：「你行刺既已不成，回去必死無疑！何不招來？可保你不死！」

刺客看了看周瑜和眾人，眼神黯淡了，伏地一拜道：「在下是袁術將軍所派！袁術將軍欲請張昭先生為官，為張先生所拒！恐先生為他人所用，故令在下二人前來追殺，務要帶張先生首級回去請功！」

張昭怒道：「可惡袁術！何其毒也！」他對周瑜作揖施禮道：「周公子！謝你救張某一命！」

周瑜趕緊收了劍，還禮道：「拔刀相助，理所應當！」

幾個店夥計嚷著要押著刺客去報官。

周瑜道：「此人已從實招來，若報官，枉送他一條性命！不如放他回去向袁術報個信！」

一個店夥計惡聲道：「你是什麼人？你說放他就放他？」

張昭不高興道：「我張子布也說放了此人！」

蔣幹上前對店夥計道：「你等也太無禮了！周公子幫你們拿了刺客，你們非但不謝，還口出惡語！可知周公子是何許人？他乃是當今朝中侍郎周異之子，廬江舒城周瑜周公瑾！」幾個店夥計未必知周瑜大名，但聽說是朝中侍郎之子，就恭敬地看著周瑜，不敢吭聲了。店老闆趕緊上前點頭哈腰對周瑜拱拱手，道：「既是張先生和周公子吩咐，我等哪敢不依？」於是，令店夥計們拿開了架在刺客身上的刀和棍。

刺客跪拜在地，對周瑜行了個大禮，謝了不殺之恩，起身離去。

當下，店主人叫幾個夥計幫忙收拾了屋裡。一個丫環和一個家僮被砍死。另一個刺客也被周瑜的劍捅死。張昭出錢託店主人領夥計一同抬出去埋了。周瑜也從被刺死的刺客身上取回自己的劍。待收拾完畢，天已放亮。張昭客氣地邀周瑜和蔣幹到另一房裡坐下敘話。周瑜蔣幹欣然領命。

寒暄一番後，張昭臉上露出了難得的笑容，道：「哈哈！原來周公子令堂大人乃是洛陽令周異大人？公子的從祖父和伯父都曾做過朝中太尉！哦！怪不得如此少年英雄！前一次失敬了！」

周瑜謙恭道：「哪裡！是我兩人年少無知，多有冒犯！」

張昭道：「周公子拜訪張某，意欲如何？」

「當今漢室不振，各路諸侯，擁兵自重，小生特來向先生討教天下之勢！」周瑜道。

張昭搖頭道：「當今形勢，路人皆知，何需討教？」

周瑜想了想，道：「若我等有匡扶漢室之心、平定天下之志，請問先生，當何以實現？」

張昭打量他一下，嘆一口氣道：「周公子志氣非凡！只可惜漢家氣數已盡，豈是幾個所謂忠義之士所能匡扶得了？識時務者為俊傑，公子如有志氣，不妨靜觀時勢，以待明主！」

蔣幹高興地拊掌道：「先生之言太好了！我與先生所見略同！」

周瑜看著張昭，不快道：「這……先生身為大漢名士，何以有如此言語？」

蔣幹對張昭辛災樂禍的口氣道：「子布先生！周公子就是如此食古不化！」

「我哪裡是食古不化？」周瑜瞪了蔣幹一眼，又對張昭道：「董卓固然專權，但天子猶在！近四百年的漢威猶存！豈可另擇明主？如果我等大漢子民，都做忠義之士，扶助漢室，清理奸邪，又如何不會重振文景之治，再現光武中興？」

張昭臉上現出幾分不快，跟著冷笑道：「公子主意已定，何須討教？」

周瑜低下頭，困惑道：「如今，天下英雄各懷私心，就算小生有匡扶漢室之心，又何來同道之人？而況，諸多名士，皆以周某為迂腐之論，故特向先生討教！」

張昭冷冷道：「公子志存高遠，張某不敢苟對！公子請回吧！」

周瑜失望地看著他：「這……莫非小生對先生多有得罪之處？」跟著又恭敬地拜伏在地道：「小生賠禮了！萬望先生為小生解疑答惑，以開教益！」

張昭看著周瑜，拈著鬍鬚沉吟一下，不快的語氣道：「道不同，不便久談！公子少年高志，與長沙太守、烏程候、破虜將軍孫堅孫文臺的長子、孫策公子頗有相似之外！孫策公子字伯符，年方十七！英氣逼人，抱負遠大，剛烈果敢，小小年紀便四處結交拜訪當地賢達人士，有領袖之才，住在離此地三百公里的壽春！張某以為，周公子不妨結交與你同齡的孫公子，或可增廣教益！」

周瑜道：「先生說的孫堅，莫不就是虎牢關前力斬華雄的孫堅孫文臺將軍？」

張昭拈著鬍鬚道：「正是！孫堅領軍駐在南陽，與袁紹、公孫瓚相對峙，便將兩位夫人和子女託付給弟弟孫靜，一同住在袁術佔據的壽春。周公子不妨前往結交！縱使道不同，也不負彼此英雄相惜！老夫這裡無可奉告了！」

周瑜拱手：「謝謝先生告我以孫公子事！但仍需向先生討教！」

張昭臉上露出自負的不易覺察的微微一笑，然後，板起臉對一家僮道：「送客！」

周瑜、蔣幹趕緊起身，拜辭了張昭。

第三回 扮乞丐周郎入孫府，論國事奴僕斥主人

兩天後的一個下午，周瑜與蔣幹騎著馬趕到了壽春城。

蔣幹仍騎自己的馬，周瑜將「白雪飛」寄養在那家旅店，又租了旅店一匹深紅色的馬。然後，他們便直奔壽春。

壽春原是楊州刺史治所所在地，不久前，北方勢力最大的豪傑袁紹的同父異母弟弟、後將軍袁術從南陽領軍過來，殺楊州刺史陳溫，占了楊州，壽春便成了袁術的將軍府所在地。因未經戰火，加上一直是楊州刺史治所，故城中很是繁華。兩人入城之時，已是晡時，夕陽將城門樓的影子斜斜地拉長甩在大街上。乾冷的秋風吹起發黃的樟樹葉、楊樹葉在街市上飛舞。街上的攤販三三兩兩開始拆卸攤位。偶爾有袁術的軍士三三兩兩從攤子邊走過。有的順手從小販攤子上抓走一隻雞和幾隻水果什麼的，而小販們大多也只嘀咕兩聲，未敢叫真。

走到街市中心，兩人打聽到孫策一家住在城北郊外，就逕往城北趕去。到孫府門前時，已是夜色蒼茫。蔣幹要叩門，周瑜將他攔住了，將嘴附到蔣幹耳邊嘀咕說他不想這樣直接就見孫策！他要喬

裝打扮以真實地瞭解孫策其人！蔣幹不解道：「何須如此？」周瑜笑道：「不如此何以見其真面目？又如何結為知已之交？」蔣幹笑著用手指點點他的額頭，答應了。於是兩人離去，在附近一村莊找一富戶討一間房住下了。

第二天，周瑜出現在孫府大門前。穿一身破爛的麻衣，披頭散髮，臉上抹著汙泥，一手裡拿討飯棍，一手裡拿著一個破的陶碗，立在門口不輕不重地拍打厚重的朱漆楠木大門。門前立著兩個虎虎生威的大石獅子，怒目金鋼似地瞪著遠方。

門開了，一個二十來歲的家僮打開門，上下打量周瑜。他身材結實、相貌粗俗。

周瑜：「大哥！給點吃的吧！」

家僮瞪了周瑜一眼，轉身進了院子。

周瑜從門縫看見寬廣的大院裡面，一幫家奴和幾個公子正在習武，一個身材頎長的公子居中指點著。

不多一會，這家僮出來了，將兩個餅塞到周瑜手裡，惡聲道：「走吧！走吧！」

周瑜拿過餅，裝著可憐的樣子道：「大哥行行好！讓我進去喝口水吧！」

家僮一愣，瞪眼訓斥道：「快滾開！給你吃的就不錯了！你還要喝水？」

周瑜故意提高聲音嚷：「怎了？怎了？憑什趕我？都說孫公子禮賢士人，怎麼可以怎樣待人？」

家僮冷笑：「好個叫花子，不知好歹！只有我家公子吩咐給你餅吃，別人家裡，哪有得吃！再說，我家公子禮賢的是士人，不是下人叫花子！快走快走！」

周瑜不滿地大聲嚷：「不對啊！兄臺！你家公子原來是嫌貧愛富啊！徒有虛名嘛！叫你家公子出來！出來！出來！」

一個聲音傳了過來道：「吵什麼？」

跟著，家僮身後閃出一個人來。

家僮回頭一看，臉上換上恭敬討好的表情，趕緊閃到一邊。周瑜看清就是剛才指點家奴們習武的那個公子。

「公子！我給了這個叫花子一點吃的，他卻不走，口稱要到裡面喝水歇息！」家僮躬身對這個公子道。

家僮說話時，周瑜不動聲色打量著這個公子。只見他年約十六、七歲，估計與自己年齡相仿；高約八尺有二，略比自己矮一點，身材挺拔。有一張年輕英俊剛毅的臉。濃眉大眼，目光炯炯有神，鼻樑高挺，既英俊，又有幾分剛毅豪放氣色。身穿淺黃色束腰長袍，頭上用黃色頭巾束著髮，腰裡懸著寶劍。周瑜想此人或許就是孫策。

家僮說話時，這個公子也上下打量著周瑜。

他好像被周瑜無法遮蓋的不卑不亢、俊朗飄逸的氣質神態和破衣汙垢遮蓋不住的不俗的外形所打動，眼裡流露出似曾相識的關注的光芒。

看了半晌，這個公子收回目光，對那個家僮道：「讓他進來歇息！給他水喝！」然後，轉身離去。

家僮順從地打開門，將周瑜放了進去。

周瑜見這孫府，和自己家有幾分相似：裡面有前院和後院。前院寬約五、六丈，長約七、八丈。兩邊院牆下是兩排廂廡。廡前有長長的遊廊。前院盡頭是高大的正堂屋，五、六級臺階拾級而上可進得屋去。正屋兩邊有高牆連著兩邊院牆，和正屋一道將整個孫府分成前後兩半。兩邊開了圓穹形角門，穿過角門，可以抵達後院。後院裡排列著有數十間房，還有後花園。當然，從正屋裡也有後門直通後院。時下大戶人家府宅多是如此構造規模。後院裡自然少不了有亭、有假山、有後花園，還有數十間房屋。前院兩邊有廡和遊廊。不同的是：孫家大院前院種的是海棠樹，而自家裡種的是樟樹。孫家大院前院有一排放兵器的架子，上面陳列著各種兵器。而自家的兵器架放在後花園。因他喜在後花園裡習武。

周瑜在院子裡站定後，令他進來的那個公子對站在遊廊下正看著家奴們練劍的一個婢女模樣的女孩道：「草兒！去給這人端碗水來！」就繼續帶眾人練武。

那個叫草兒的丫環應了一聲，走進院右的廡房裡。不一會，端出一碗水，客氣地送到周瑜手裡。這女孩年約十三、四歲，模樣清純俊俏，有兩個小酒窩。她把水遞到周瑜手裡時，不經意地笑了一下，兩個小酒窩裡的一絲善意便笑了出來。周瑜接過碗，卑微又恭敬地點頭致謝，然後一手拿著餅，一手端著碗，做饑餓狀地站在一邊邊吃餅邊喝水，邊看那個孫公子教眾人習武。

一共約有十多個家奴和三、四個小公子在習武。一個十來歲的碧眼少年公子亮出一個白鶴亮翅的招式。周瑜一看便知，架子很花，著力不夠。方才要周瑜進來的那個公子走了過去，把著碧眼公子的肩道：「權弟！此動作著力不夠！來！我教你重做一遍！」於是便抓著那個碧眼公子的手教他做。

周瑜於是猜定了，這個要他進來的定是孫堅的大公子，他要找的那個孫策孫伯符。而那個碧眼的公子自然是二公子孫權。還有二個年齡更小點的小孩，想必是三公子孫翊、四公子孫匡或者孫堅之弟孫靜的兒子們了。

家奴中，一個長得黑壯如塔的，年約二十來歲，拿一把大砍刀很賣勁地喝斥地舞得像風輪一樣，邊舞邊大聲叫喚。孫策對他笑道：「李柱子！不需如此大聲！只管將力使在刀刃上便可！還有，需照我教你的刀譜練！」

這個被稱著李柱子的家奴停了手，挺胸收腹，聲若洪鐘道：「是！公子！」跟著又舞開來。

這時，碧眼的孫權收了劍勢調皮地對孫策道：「大哥！我們都練得累了，想看大哥給我們舞一回劍！」

眾公子與家奴一齊道：「是啊！我們想看公子舞劍！」

周瑜也在一旁笑嘻嘻道：「是啊！是啊！久聞孫公子武藝高強，我等雖為行乞之人，也很想見識一下！」

將周瑜放進來的那個家奴吼道：「住嘴！要飯的！這裡哪裡有你說話的份？」

周瑜一撇嘴，故做委屈：「要飯的也是人麼！再說，這裡也沒有你說話的份啊！」

那家奴氣得臉色鐵青，吼：「臭小要飯的！」

跑過來便要打周瑜。

「張平！住手！」孫策喝住這個家奴。

這個叫張平的家奴住了手，悻悻地：「是！公子！」

「日後不許以臭要飯的稱呼他人！」孫策又道。

張平又恭敬地應諾了。

周瑜看著孫策，眼裡閃出一縷欣賞的目光。

張策對眾人道：「我今日給你們舞一回失傳已久的張良刺秦劍！相傳是漢初開國功臣張良發明的！這劍柔中有剛，剛有有柔，很是精彩！我也是學了多日，方才悟得其中之一！」

說完，他一揮手中劍，拉開架式。

周瑜大叫：「嗨——等等！」

眾人都愕然看著他。

孫策也愣住了，奇怪地看著他。

張平吼道：「你又要怎樣？」

周瑜不理他，擠眉弄眼地對孫策頑皮地笑道：「孫公子一個人舞劍，太過於乏味！小人為公子伴奏怎樣？」

說完，對張平喊：「拿琴來！」

張平：「臭要飯的！你叫誰拿琴來？」

孫策奇怪地打量一下周瑜，對張平道：「去吧！」

孫權還有那個叫草兒的丫環也用奇怪的目光打量周瑜，似乎不明白這個叫花子在堂堂孫府竟如此大膽放肆。

那個張平悻悻地進了堂屋，將一臺錯金焦尾琴搬了出來，擱在院中，琴下扔一張小座席。周瑜坐了上去，雙腿盤起，輕舒十指，從容地又優雅地用手指一抹琴，一串音符從琴上跳起，清脆悅耳，原是《高山流水》的曲子。

孫策和眾人都被琴聲打動了，呆呆地望著他，打量他。

周瑜停了手，對孫策莞爾一笑，道：「孫公子！我要彈一曲漢武帝的《秋風辭》！此曲氣勢恢宏，想必配得上公子淋漓劍法！公子請！」

說完，一抹琴弦，琴聲響起，如一片瀑布飛瀉而出。彈的是漢武帝的《秋風辭》。那聲音時而如樓船浩蕩逆行江中，時而如大風驟起、白雲翻滾、草木凋零、大雁南歸！時而如風暴驟起，時而如和風細雨，時而如江南燕呢，時而如鐵馬金戈，時而如荊柯刺秦，時而如沙場點兵。而孫策在琴聲中亮一個姿式，揮劍舞起來。矯健瀟灑，身手不凡，劍式嫻熟，柔中有剛，剛中亮柔，一招一式都與琴聲配合得天衣無縫。

孫策舞完了，收式，周瑜的琴聲也恰到好處地戛然而止。

「妙極了！」孫權大喊一聲，鼓掌，眾人一起鼓掌。那個叫草兒的丫環臉色緋紅，癡癡地看著周瑜。而一邊的張平的目光一會落在草兒身上，一會恨恨地落在周瑜身上。

孫策插劍入鞘，走了過來，好奇地對周瑜道：「你一手琴彈得可算是驚天動地！談吐也有不凡之處，你到底是什麼人？怎落得這一地步？」

周瑜故作難受道：「奴僕以前也是書香門弟！只因戰亂，父母病故，獨剩小奴一人，只得四處流浪以行乞為生了！」

孫權同情的語氣道：「真是不幸！哥哥！我們就留下他吧！他彈得一手好琴，日後也可教我們彈琴了！」

孫策看了看孫權，微微一笑，對周瑜道：「日後你就留在我府上，專門陪我諸弟弟練琴！如何？」

周瑜「噗通」跪拜在地，做受寵若驚狀道：「太好了！謝謝公子了！」

孫策令他起來，問：「你喚做什麼名字？」

周瑜起了身，歎口氣道：「小人自小愛琴如命，家裡沒有遭變故時，就被喚著琴癡，公子就叫我琴癡好了？」

孫策啞然失笑：「琴癡！呵呵！我孫策也被家人喚著武癡呢！你我二人都有癡迷處，有緣！」

此後周瑜就留在了孫府。他就住在前院廡房裡，和李柱子、張平等家奴住在一處。周瑜的活兒就是教孫權幾個兄弟練練琴，有時跟著李柱子和張平做些雜事。他漸也知道，李柱子、張平都是看家護院兼打雜的家奴。那個叫草兒的丫環是孫策母親吳太夫人的貼身丫環，年十三歲，因為聰明又善解人意，很討太夫人喜歡。周瑜很滿意以這種方式接觸孫策。有二次他藉機溜出去去見蔣幹，蔣幹一直催著他快些亮出身分，他們好與孫公子一起喝喝酒，談些天下大事，但周瑜總是眉飛色舞地說起在孫府做奴僕實在有趣，趁還未到亮出身分的時候，蔣幹只得依他。

這日，周瑜和幾個家奴與婢女在廚房內圍桌吃飯。張平忽然放下碗對周瑜道：「新來的！給我端碗水去！」

周瑜抬頭，本能道：「你自己不可以去嗎？」

張平：「媽的！臭要飯的！老子叫你去！」

周瑜不服氣道：「兄長怎可以罵人？」

張平一伸手，在周瑜頭上拍了一掌：「媽的！罵了你怎麼啦！老子還要打你！」

周瑜平靜地瞪著張平。

張平瞪著眼珠：「你會彈琴就恁不得了？到這裡就得聽我的？快去！」

草兒生氣將碗往桌上一頓：「張平！憑甚欺侮人家新來的！」

張平見草兒幫他說話，火更大了：「欺負又怎樣？要不是我開門領他進來，他現時都不知在哪裡要飯！」

「要飯又怎樣！我們若不是在公子家做活，不都得去要飯啊！」草兒反駁。

張平冷笑：「草兒！你是不是看上這個臭要飯的！他長得是一張小白臉哦！」

草兒臉紅了：「你胡扯什麼？」

張平沮喪地瞪著周瑜，一把抓起周瑜的衣領，惡狠狠道：「小子！你要打我草兒的主意！我就揍你！」

一個丫環跑進來，對周瑜：「琴癡！太夫人請你去一下！」

周瑜應了一聲，掙脫張平的手，站了起來。張平眼一瞪，悻悻地又要動手。身邊的李柱子拍了拍他的肩：「算了！太夫人找他！你不要找事了！」

張平只好悻悻地恨恨地瞪著周瑜道：「臭要飯的！」

門口那丫環又對草兒說：「大夫人叫你吃完了趕快去替換我！」

草兒高興地放下碗：「好啊！我這就去！」然後她走過來，拉著周瑜的胳膊：「走啊！我帶你去！」

周瑜和草兒走進孫策母親吳太夫人臥室，只見吳太夫人懷裡正抱著哇哇地哭個不停的二歲的女兒孫尚香端坐在椅上。吳二夫人坐在太夫人一旁，孫權侍立在她另一邊。

對於吳太夫人，周瑜已有所知。吳太夫人本姓吳，與孫堅同為吳郡人，早年喪父母，和弟弟吳景相依為命。因父母留下頗多資產，加上親戚們多為讀書做官之人，所以生得知書達理，聰明溫婉。孫堅時為吳郡司馬，要娶她為妻，她眾多親戚都孫堅個性強悍而不同意。而她怕給吳家惹禍，自作主張同意了。不料兩人成親後，相處甚好，也算恩愛。她為孫堅生了四子一女，這女兒最小，就是她懷中的孫尚香。弟弟吳景則隨孫堅征伐，屢立戰功，現在正做著丹陽太守。吳太夫人旁邊的二夫人是孫堅不久前才納的一個小妾，亦姓吳，尚未有生育。

見周瑜和草兒進來，孫權忙對大夫人介紹：「母親！他就是琴癡！」

周瑜趕緊躬身施禮：「琴癡聽從夫人吩咐！」

太夫人打量一下周瑜，溫婉口氣道：「哦！聽說你彈得一手好琴！」

周瑜謙恭道：「小的只是略會而已！不敢稱好！」

太夫人道：「也無妨！我這小女兒，性情暴躁，稍有不如意就哭啼不休。聽權兒說，一日你彈琴曲時，曾令孫匡、匡兒悄然入夢，我想以此法哄哄香兒如何！你且試試看吧！」

「遵命！」周瑜躬身受命。

一個丫環將他引到一邊的琴旁。周瑜從容又恭敬地坐下，撫弄一下琴弦，輕輕彈起《幽蘭》一曲。

只彈了一小段，太夫人就悄然動容，她一面哄著懷抱裡仍然啼哭不已的香兒，一面入神地凝聽。

不多一會，太夫人懷中的香兒就不再哭鬧了，肥嫩的小手抓著太夫人的衣襟，小嘴咂吧著，一雙大眼睛呆呆地看著周瑜。在太夫人旁邊站著的孫權見她這樣子，得意地笑了。

在這同一時刻，蔣幹叩開了孫府大門。給他開門的是李柱子。

「江東名士蔣幹來拜訪孫策公子！」面對李柱子打量的目光，他昂首挺胸自報家門。

李柱子顯然被他的「名士」頭銜打動了，恭敬地將他迎了進去。到了正屋臺階下，他要蔣幹稍等，然後上了臺階，進了大廳。不一會，他出來了，恭身對蔣幹道：「公子請！」將他引著直入孫策書房。孫策在書房門口接住他，彼此寒暄一陣，入書房分賓主坐下。婢女上了茶水。孫策此前並未聽說蔣幹其人，但對慕名來訪的公子或名士一向禮待，自然十分客氣。兩人就談了些天下大事，以及曹操、袁紹等當今英雄，也談孔融、張昭等名人。蔣幹素來喜歡高談闊論，且素有辯才，此刻談得更是神采飛揚。

就在這時，周瑜的琴聲傳了過來。

蔣幹笑道：「好聽的音律！不知是孫公子府上哪位高人在彈奏？」

孫策道：「是本府剛收的一位家僮，原是一個乞丐，因彈得一手好琴，就留他下來！有時做些雜活，有時教我諸弟弟彈琴！大概此刻在我母親房裡彈曲吧！」

蔣幹故做高興地：「哦！那請來讓在下欣賞一下如何？」

在太夫人臥室裡，周瑜一曲又終。太夫人懷裡的孫尚香已酣然入睡。太夫人看了看懷裡的香兒，高興道：「夠了！夠了！琴癡啊！真是彈得好啊！恰如天上仙樂一般！」

周瑜恭敬地欠身：「謝夫人誇獎！」

太夫人對草兒道：「賞他一兩銀子！」

草兒高興地從懷中取出一兩銀子，走過來放在周瑜手上，多情的熱烈的目光朝他射了過來。太夫人又對周瑜道：「你先出去吧！以後若要聽曲就叫你！」

周瑜：「是！夫人！」

施個禮告退。

剛走出太夫人臥室，一個家奴已候在門口，要他到孫策書房裡。周瑜跟了他去。書房與太夫人的臥室同在正屋，拐了兩拐便到了。一走進書房，他愣住了，只見蔣幹正與孫策席地而坐，高談闊論。見他進來，蔣幹對他偷偷擠個眼，然後問孫策道：「這便是貴府那個會彈琴的奴僕？」

孫策高興對周瑜指著蔣幹介紹道：「這位蔣公子乃是江東名士！適才聽見從太夫人房裡傳出琴聲，連聲誇獎！很想聽你彈上一曲！」然後他令周瑜在蔣幹對面坐下。

周瑜趁孫策不注意時，狠狠瞪了蔣幹一眼。

蔣幹擠眉弄眼得意道：「孫公子果然不同凡響，就是家僮彈的琴，竟也勝過舒城周瑜！」

孫策看著他：「舒城周瑜？哦？你認識周瑜周郎？」

蔣幹故作驚訝：「公子也聽說過周瑜周郎？」

「有所耳聞！聽說此人年歲與我相當，志氣高遠、為人寬豁！且喜讀書、善擊劍、通音律，方圓一帶有『曲有誤，周郎顧』一說！本公子一直想去拜訪！他現在可還在舒城？」孫策幾分神往的表情道。

蔣幹拍著手掌擠眉弄眼哈哈大笑：「哦！你們真是心心相印！這個周公子啊！他此刻便

在——」正要指周瑜，猛然見周瑜憤怒地瞪著自己，趕緊住了嘴。

孫策眼睛一亮：「在哪裡？」

蔣幹嘻笑道：「呵呵！就在舒城！以孫公子的名望，招之即來可也！」

孫策正色道：「豈敢！周郎風流倜儻、少年有為，某豈敢招之即來？待有機會！孫某前去拜訪他！」又意猶未盡地問蔣幹：「蔣公子看來與周公瑾頗為友善了？可否說說周公子人品風度？」

蔣幹笑道：「這個周郎確實風流倜儻、才華出眾，只是迂腐頑固、食古不化，恐怕與公子你我背道而馳！」

孫策吃驚地瞪起了眼：「哦？迂腐頑固，食古不化？可否說來聽聽？」

周瑜氣恨恨地瞪著蔣幹，當孫策的目光不經意掃過來時，他又立刻低眉順眼，做出恭敬的表情。

蔣幹得意地瞥一瞥周瑜，趁孫策不注意時衝周瑜眨眨眼，然後對孫策道：「譬如，你我都以為，漢朝氣數將盡，就是有高祖在世、光武重生，也難有回天之力了，故，識時務者為俊傑，大可不必死抱大漢殭屍食古不化！」

孫策點頭：「正是！」

蔣幹揶揄道：「那個周瑜卻自以為讀過幾部漢書，祖父輩又食過漢朝的俸祿，便時刻想著要為漢家去殘除穢，重現大漢的榮光！嘻嘻！你說他迂腐不迂腐？」

孫策聽蔣幹說完，笑道：「哦！我等都是漢朝的子民，自小都受忠君報國的教誨，周郎有此想法，果然是忠義之人！」停了停，又搖搖頭道：「只是，勢移時易，漢朝氣數已盡，偌大天下，也並非劉家私有，何苦定要抱著漢家天子食古不化！」

周瑜臉色呼地變了，喉嚨咕隆一下，好像一口憤懣湧上喉管。他想真是知人知面不知心，幸虧他喬裝打扮化著家奴，要不，貿然拜訪孫策，卻志向不合，那才叫退不可退，進不可進了！「公子！」他漲紅了臉打斷了他們：「漢朝今日為奸臣董卓把持，各地刺史郡守擁兵自重，正是我等忠義之士勵志奮發，為漢家除殘去汙之時！怎可以身懷異心，以識時務自勵？」

孫策轉過臉愕然地看著他，眼裡先是流露出驚訝，也流露出賞識，好像沒有想到一個奴僕會說出這種話來似的，也沒有想到奴僕會插話頂撞他。「琴癡！你倒有些忠義之心！本公子原諒你的不禮！」孫策笑道：「只是，你只知其一，不知其二。漢家到這一步，已是無可挽救。正如一個人病入膏肓，無論如何用藥，已是不濟！而況否極泰來，盛宴必散，榮辱自古周而復始，世上哪有不衰的江山！」

周瑜：「未必！昔日王莽篡位，不也有鄧禹、吳漢等人扶保劉秀中興漢室？今日董卓之禍，尚不足以與王莽相提並論！」

孫策笑道：「今日董卓固不可與王莽相提並論，但今日之形勢，也不可與王莽之時相比！王莽之時，人心思漢，天下豪傑皆恨王莽暴政，故光武以神武英姿拔地而起，天下豪傑竟相擁附，遂有漢室中興！如今，各路諸侯擁兵自重，名為尊漢，實則視漢室為招牌而已！又有幾個還把天子放在眼裡？縱使果有能攘除董卓，平定天下之人，又為何定要奉劉氏為天子？哈哈哈！」說完他豪爽地笑了。

周瑜此時已完全忘了自己的身分，慍怒道：「孫公子竟可說出如此謀逆不道的話！倘為那個周郎所知，又豈會與你交友？」

「大膽！」孫策見周瑜如此頂撞自己，也有些慍怒了。

周瑜一愣，意識到自己的身分，趕緊拜伏在地謝罪。

「算了！起來吧！」孫策皺著眉，揮揮手。周瑜又坐了起來。

「就算那個周郎食古不化，就衝他這番忠義之心，我孫某也定要結交他！」孫策目光炯炯地看著蔣幹，語氣堅決地說。

就在這時，前院傳來亂哄哄的喧譁聲，其中有怒罵聲、刀劍鏗鏘聲，還有婢女們尖聲大叫聲。喧譁聲中，一個男人粗暴兇惡的喊叫聲格外刺耳：「孫策！給我滾出來！」

孫策眼睛一瞪，濃眉掀起，跳了起來，抓起掛在牆上的劍就衝了出去。

周瑜也立馬站起，跟著衝了出去。

第四回　申大義周瑜揮刀，泄羞憤袁術興兵

院中，一群身披甲冑的軍士正手執兵器氣勢洶洶地站在院中，要往堂屋衝，李柱子帶著十幾個家奴拿槍執棍攔著他們，與他們對峙著。門口，一個家奴已經橫屍血泊之中。為首的一個軍官模樣的軍人二十幾歲，個不高但很壯，滿臉的鬍鬚，模樣兇惡蠻橫。他全身慣甲，手提一把滴著血的劍惡恨恨地對攔在他面前的李柱子道：「蠢奴！快叫孫策出來！否則老子要你做劍下之鬼！」

李柱子橫一橫手中習武用的木棍，道：「這是孫堅將軍的家！孫將軍和你們袁將軍是結盟兄弟！你不要亂來！」

那軍官冷笑：「老子今天就是要來踹你孫府！」

說完，他舉起劍就朝李柱子砍去。李柱子揮棍將他的劍打開。

此時，孫策已走出堂屋大門，他站在臺階上大喊一聲：「住手！」

那軍官看見孫策，收了劍，怒氣衝衝用劍指著孫策：「孫策！你做的好事！快還我兄弟彭二毛的命來！如若不然，我彭大毛今日見人殺人，見鬼砍鬼！」

「原來是彭二毛之兄？」孫策從臺階上走了下來，邊走邊冷笑著說，「那你該知彭二毛調戲並搶劫我家使女草兒之事？如若不是我叔父孫靜趕到，我家使女怕已遭毒手！國家軍人，汙辱調戲王候家的使女，理當斬首！你還有何話可說？」

「我弟犯法，也當由袁術將軍處置！與你什麼干係？」彭大毛也怒道。

孫策瞪著他凜然道：「彭二毛調戲乃是我家使女！我孫伯符替袁將軍處置他，有何不可？」

臺階上傳出太夫人的聲音：「正是！大漢破虜將軍的公子處置漢朝的一個軍士也不無不妥？你等現在又有何理由擅闖朝廷公卿的府宅？」

眾人回頭，只見臺階上站著吳太夫人及草兒等幾個丫環。

彭大毛冷笑：「哼！好一個大漢破虜將軍！我不認識什麼大漢烏程候、破虜將軍！我也不是什麼大漢的軍士！老子是袁術將軍的人！只聽袁將軍的！」

孫策眼睛瞪起，正要發怒，周瑜從孫策後面走上前，怒喝道：「大膽！身為大漢軍人，吃漢朝俸祿，竟敢辱罵朝廷和朝廷王候！你反了不成？」他劍眉高聳，俊目噴著怒火，喉結嚅動著。

彭大毛打量著周瑜，不屑的語氣冷笑道：「小奴才！你也敢教訓老子！老子罵了朝廷又怎麼樣？」

周瑜怒道：「斬首示眾！」

彭大毛忍俊不禁地笑了：「哈哈！老子先斬你的首！」

說完，他臉色一變，眼裡冒出一縷凶光，上前一步，猛地一劍朝周瑜胸口刺過來。

周瑜敏捷地閃開，彭大毛刺了個空。

彭大毛連刺帶劈，周瑜連連閃開。

孫策吃驚地看著周瑜，他看得出周瑜這幾閃是習武人才有的功夫。

彭大毛惱羞成怒，對手下喊：「給我殺了他！」

他身後兩個軍士揮刀上前逼住周瑜。

孫策臉色凜然喝道：「住手！誰敢殺我的家奴，我孫伯符立馬取他項上人頭！」

兩個軍士不敢動了。

彭大毛用劍指著孫策，惡恨恨地冷笑：「孫公子！你如果不想全家玉石俱焚，你就識相一點！你往四周看一看吧！」

說完，他將手指放入口中，吹一聲呼哨，頓時，左右兩面廂廡上響起一片吶喊聲，無數的士兵從外面爬上屋頂，整齊地蹲在廂房頂上，張弓搭箭，對準院中孫策、周瑜等人。其中，有幾個士兵舉著的是沾了松脂等易燃物的火箭，只待點火發射。

孫策怒視彭大毛：「賤奴！怎敢如此？」

周瑜對孫策道：「孫公子！你快去保護太夫人和弟弟們！這裡的事交給我了！小奴我今兒要為大漢去殘除汙！」

彭大毛用劍指著周瑜喝道：「給我殺了這個奴才！」

原先逼著周瑜的二個士兵揮刀衝上去，圍著周瑜砍殺。

周瑜一面躲閃，一面往牆角退，忽然，他趁一個士兵揮刀砍來時，飛起一腳，踢掉他手中的刀，然後抓起還在空中的刀，順勢用刀擋住另一個軍士朝他砍下來的刀。兩把砍刀在空中發出刺耳的撞擊聲。那個軍士還沒有收回刀，周瑜已收回刀，並就勢捅了下去，刀鋒如劍，直取軍士的咽喉，正好捅進，一股鮮血從那軍士頸上噴出。周瑜迅速地拔出刀，軍士慘叫著，捂著血流如注的咽喉慢慢往地上倒去。被奪了刀的軍士嚇呆了，轉身要跑，周瑜順手一刀，砍下了他的頭。紮著頭巾、束著髮的血淋淋的頭在地上彈了一下，滾到了彭大毛的腳下。然後周瑜用血淋淋的刀指著彭大毛等眾人，凜然喝道：「凡大逆不道的，就此下場！」

一連串的動作不僅讓彭大毛看呆了，而且讓孫策、太夫人以及張平、李柱子、草兒等眾多家奴奴婢都看呆了。他們沒有想到這個要飯的琴癡還有如此手段。而草兒驚呆了的臉蛋上浮現紅暈，一種心動不已的感覺讓她眼裡含滿多情的目光。

彭大毛臉上的鬍鬚顫抖著，瞪著周瑜，臉上遊動著仇恨、羞憤、惱怒。「孫公子！你的家奴倒有本事！看我來收拾他！」他惡恨恨地咬牙切齒地大吼一聲，舉著劍直撲周瑜。

周瑜迎上去揮刀與他打在一處。

兩人戰了十多合，周瑜使個破綻，放彭大毛砍過來，然後用刀背打掉他手中的劍，衝上前，一隻手摟緊他的脖子，另一支手把劍擱在他的肩上，對彭大毛喝道：「叫他們統統放下兵器！」

所有的軍士們都愣住了，呆呆地看著周瑜與彭大毛。

周瑜用胳膊使勁夾一夾彭大毛的頸脖喝道：「快說！」

彭大毛翻翻眼，悻悻道：「都給我退下！」

兩邊廡房上的士兵都跳了下去。

院裡的士兵也順從地往後退。

忽然，一個像個小頭目模樣的士兵猛地提著一把刀撲向周瑜想殺周瑜一個措手不及，未等他舉刀砍過來。孫策抓過身邊一個家奴手中的刀擲過去。那個小頭目只急急地瞪著周瑜，沒提防孫策的飛刀過來，被刀紮進胸口，他雙手捂著胸口的刀，瞪著呆滯的目光，往後倒下。

孫策對周瑜：「琴癡！把這人交給我！這裡沒你的事了！」

周瑜堅決果斷道：「不！我今天要為漢家殺賊！」

說著他推著彭大毛往大門走去。門口的士兵們被逼得紛紛後退。

周瑜押著彭大毛走出大門口，站在門外石獅子前，士兵們成半包圍圈圍著他。

孫策拔出寶劍領著眾家奴們也跟了出來。

彭大毛臉憋得通紅，在周瑜懷裡掙扎著：「姓孫的！你快放了我！你不放我，袁將軍會帶人馬踏平你這裡的！」

孫策站在周瑜身邊對周瑜命令道：「琴癡！你把他交給本公子來處置！」

周瑜正氣凜然道：「不！我要替朝廷除奸！為漢家除穢！」

然後對眾士兵喝：「你們聽著！我乃是孫公子府上家奴琴癡！這個彭大毛擅闖朝廷大將府宅，又殺孫府家僕，更口出反言，辱沒大漢朝，罪當斬首！我今日替天子行道，斬了這個反賊！你們回去如實稟告袁術就可！此事與孫公子無關！」

說完，他鬆開彭大毛，一腳將他踢倒。

彭大毛一個翻滾，爬起就要跑，周瑜趕上一步，一刀砍了下去。彭大毛慘叫一聲，一片鮮血從頸上噴出，碩大的頭從頸上飛出幾步遠，落下，又滾到軍士們面前。那雙眼睛還痛苦又驚愕地瞪著。士兵們驚慌地後退幾步，有的發出一聲驚恐的慘叫。周瑜後面的家奴中也有人嚇得驚叫連連。

周瑜用刀指著眾軍士：「再有敢大逆不道者，和他一樣下場！」

手拿兵器的軍士們都愣住了，呆呆地看著周瑜，不知所措。

孫策上前一步，一揮手中劍：「首惡已除，你們還想怎樣？要領教孫郎手中的劍嗎？」

一個什長模樣的軍士對另一個什長咬耳朵道：「一個家奴都這般厲害，孫郎是更不用說的了！再說孫家和袁將軍素有交情，我們何必招惹？」

那個什長回應道：「是啊！反正彭司馬已死！我們還是回去稟告劉大人再做打算！」

於是他喊了一聲：「兄弟們！撤！」

於是，眾士兵們亂哄哄撤去了。

等士兵們跑遠了，孫策驚愕地看著周瑜問：「琴癡！看不出你有如此好功夫！告訴我！你到底是什麼人？」

孫策身後的蔣幹張嘴要說什麼，周瑜瞪了一下他，蔣幹趕緊住了嘴。然後，周瑜對孫策恭敬道：「琴癡幼時在家中習過武！僅此而已！」

他反過來問孫策這些軍人怎麼敢如此大膽殺上孫將軍府上。孫策身後的李柱子告訴周瑜：前些時，草兒和另一個丫環奉太夫人命到城中拿藥，遇上這個叫彭大毛的人的弟弟彭二毛。彭二毛也是袁術手下軍士。看見草兒長得得俏麗迷人，就上前搶走草兒身上帶的銀兩，又調戲草兒和另一個丫環，並令幾個軍士將草兒要搶往軍營，幸得孫策叔叔孫靜正在城中辦事，撞見了，喝住了彭二毛，方才作罷。孫策在家中聽了草兒的哭訴後，大怒，查明為首者是袁術軍營的軍士彭二毛，當天騎馬提劍趕到壽春城下彭二毛軍營，將彭二毛斬首，然後揚長而去。現在，這個自稱是彭二毛之兄的彭大毛自然是來為他的兄弟報仇了。

正說著，一個婢女過來對孫策道：「公子！夫人要你帶琴癡到堂上去一下！」

孫策點了點頭，帶著周瑜往正屋走去。

進了堂屋大廳裡，只見太夫人坐在堂中，太夫人旁邊的使女草兒手中捧著一個托盤，盤中放有一錠銀子。太夫人示意孫策、周瑜、蔣幹依次兩邊擺放著的七八張大椅上坐下，然後開口道：「琴癡啊！今天多虧了你！沒有想到你真是武藝絕人的少年英雄！」

周瑜欠身恭敬道：「夫人！您過獎了！身為家奴，為主人分憂，理所應當！」

孫策轉臉對周瑜誠摯道：「琴癡！我孫策日日盼望結交天下人才，不想差點錯過了身邊的少年英雄！讓你做家奴，未免委屈！我倆人結為兄弟，不知你意下如何？」

周瑜一本正經道：「公子出身名貴，小奴怎敢高攀！再說！小奴今日已負案在身，不可連累夫人與公子！小奴當去袁術處自首才是！」

太夫人含笑打斷他：「琴癡！你就不要推辭了！我家策兒就喜歡結交有為之人有識之士！你們結拜為兄弟甚為合適！」

周瑜想了想，微微一笑，謙恭又不卑不亢道：「琴癡是食古不化之人，怕與公子志趣不投！免了吧！」

吳太夫人愕然：「這！」

孫策愕然地看了看周瑜，跟著大度地笑道：「琴癡兄弟！你我道雖有所不同，但皆為彼肝瀝膽之人，英雄惜英雄，並不妨礙結為總角之好、刎頸之交！」

蔣幹揶郁對周瑜眨眼道：「是啊！琴癡！莫要拘執了！」

周瑜看著孫策，淡然一笑：「呵呵！公子！不必了！今天的事，袁術不會甘休！琴癡不想連累太夫人和公子！此刻去袁術那裡自首去了！」

說完，他起身就要走。

吳太夫人命令道：「琴癡！站住！」周瑜站住了。太夫人指了指身邊草兒手中的托盤，對周瑜道：「我這裡有五十兩銀子！你快拿了去！當今天下大亂，各路英雄並立，你一身本事，不擔心無用武之地，你去憑本事立個功名吧！」

跟著道：「我也給我夫君文臺將軍修書一封了！放在一處，如果你要投奔我夫君，就把這封薦書交給他！」

周瑜感動地看了看她，又抿了抿嘴，躬身但仍正色道：「夫人！這樣豈不是累了貴府！夫人放心！為朝廷誅漢賊，小奴死而無憾！」

孫策站起來，走過去拍拍他的肩：「兄弟你好糊塗！為了一個小小司馬枉送性命，就算有匡扶漢室之志，日後又如何建功立業？」

蔣幹也著急道：「是啊！兄弟！你不要迂腐了！三十六計，走為上！」

吳太夫人：「我家與袁術素有交情！他不會把我家怎樣的！你只管放心離去！」

周瑜想了想，道：「夫人！孫公子！琴癡就領情了！但，銀兩和書信我都不要，我去投江東周瑜去了！」

孫策一愣，道：「江東周瑜？」

周瑜微微一笑：「小奴與那周瑜或許志同道合！」

孫策臉上有些沮喪，跟著果斷道：「好！遇見周瑜，萬望代本公子問好！」

蔣幹：「恰好在下也要回九江！我送琴癡一道過去！」

孫策看著他點頭：「那再好不過了！」

然後孫策吩咐李柱子給周瑜備馬，並準備裝束。要草兒拿出他的錦紅棉袍給周瑜換上。周瑜比孫策略高一點，穿上也還合身。準備停當，周瑜、蔣幹就辭別孫策一家，打馬而去。

送走周瑜，草兒對身邊一個丫環嘆道：「琴癡把公子的衣服一穿，真的好帥，一點也不像個要飯的，倒像個玉樹臨風的翩翩公子！」

那婢女白了她一眼，笑道：「你不聽說，人家原本就生在富貴人家！只因中道破落了！」一邊的張平聽見草兒的話，帶著酸酸的表情對草兒道：「可惜他走了！要不請夫人做主，把你許配給琴癡好了！」

周瑜和蔣幹出了孫府大門，快馬飛奔到他們原先住進的那個村子時，已是薄暮暝暝。兩人找到他們借住的那戶人家，周瑜取出自己的劍及包裹，蔣幹也取了自己的包裹。然後周瑜將孫府的那匹馬交給房東，請他送還孫府，又給了些銀子給房東，就上了馬，沿著城牆，一路往南，快奔而去。

路上，蔣幹想起孫策竟不知琴癡就是周瑜，遺憾不已，感嘆：「唉！要是孫公子知道閣下就是他朝思暮想的周郎，該是如何歡喜！」

這句話讓周瑜心裡也有些酸酸的。在孫府幾日，周瑜對孫策已有所瞭解。在他眼裡，孫策踔厲奮發、英武非凡、性格豪放、為人豁達、仁義愛人，確有領袖丰采，絕對勝過他那勇烈過人，但暴躁莽撞的父親孫文臺將軍。如能與這樣的人結為刎頸之交並共創大業，實是幸事。可惜，孫策竟是腦有反骨的人，竟然敢對大漢如此不敬！這種大逆之人，豈可交為朋友？可是，放棄了這樣的朋友，又未免遺憾。更要命的是：因為他的原故，孫策一家大禍臨頭，至少是禍福未定，他豈可一走了之？可是，若不走，太夫人和孫公子又不依他！

忽然，他使勁勒住馬頭，對蔣幹道：「不行！我得轉回去！」蔣幹趕緊跟著一扯韁繩，差點從馬上掉了下來。

「不行！我不能殃及孫公子！」周瑜果敢道。

「公瑾！孫策之父孫堅與袁術素有深交，兩家必不會交惡的！」蔣幹勸道。

「未必！」周瑜搖頭道，「袁術心胸狹窄、目中無人，世人皆知，焉知他不會對孫家下毒手乃至吞併孫堅將軍？」

蔣幹連連搖頭：「老弟！張昭豈可與孫堅將軍相提並論？」

「不行！我不可禍及孫家！子翼你自回去吧！」周瑜道，拔轉馬頭。又回頭道：「此事不要告訴我母親！免她掛念！」

說完，他打馬往回奔去。

此時，夜幕已經從遠方合圍過來，西天只剩一點將熄的爐火般的晚霞。寒冷的風伴著烏鴉的叫聲在落木蕭蕭的天地間遊蕩，使得天地顯得更加清冷。

周瑜回到他們住過的莊子，仍將座下馬寄放在那個房東家中，換了孫府的馬，逕往孫府趕去。

等趕到孫府，叩開孫府大門時，開門的李柱子嚇了一跳，飛快領去見孫策。

孫策此時正坐在書房裡點上燈燭看兵書，聽說周瑜回來了，嚇了一跳，趕緊隨李柱子奔了出去，只見周瑜在屋外臺階下站著，如玉樹臨風。

「孫公子！好漢做事好漢當！我不能連累貴府！」周瑜看著他平靜道。

孫策臉上浮現一縷感動，很快又熄滅了。

「豈有此理！」他勃然大怒道，「來人！把他給我推出去！」

張平、李柱子跑過來要推周瑜。

周瑜拔出劍，往他們面前一橫道：「誰敢碰我！」

孫策大怒，看了看周瑜手中的劍，有些愕然，似乎不明白周瑜竟從哪裡弄來這把好劍。他走下臺階，拔出劍來指著周瑜：「放肆！你要快快離去，我孫策劍不認人！」

周瑜道：「那就來吧！我正想和你比試一下！」

孫策不答話，揮劍朝周瑜砍去。

周瑜舉劍相迎。二人揮劍打成一團。家奴們趕緊散開。

打了約七八個回合，孫策劍快，頂住了周瑜的咽喉，目光逼視著周瑜。

周瑜看了看寒光閃閃的劍鋒，望著孫策贊道：「好武藝！」

「少廢話！立馬給我離開此處！若不然，與其讓袁術殺了你辱沒我孫家，不如我一劍結束了你！」孫策喝道。

周瑜看了看眼前的劍平靜道：「那你就下手吧！」

孫策臉上現惱怒：「好倔一個傢伙！」

就在此時，外面傳來一陣喧譁，馬嘶人吼，腳步混亂。火光映紅了半邊天。一陣箭如雨一般飛進來，飛過院牆和兩邊的廡房，直落在正堂屋頂上和院子裡。

孫策院牆外的天空，叫一聲：「袁術過來了！」趕緊收了劍。

周瑜平靜道：「甚好！我正要去見袁術！」說完要轉身。

孫策趁周瑜不備，猛地舉起劍把朝周瑜頭上打去。

周瑜猝不及防，手中的劍啷噹落在地上，腿一軟，栽倒在地，暈了過去。

孫策對李柱子道：「把他給我藏到後院裡去！」

李柱子、張平上前拖起周瑜，穿過角門，抬往後院。

然後孫策對在場家奴婢女道：「有誰要說出琴癡是在我家，我孫郎立斬不饒！」眾家奴婢女趕緊應諾。

這時，大門已被撞得嘩啦地亂響，外面有人大喊：「開門！開門！」

一個家奴正要上前去開門，大門轟地被撞開。

一群手執兵器、全身慣甲的軍士湧進來，團團圍住孫策等人，刀戟如林，指向孫策。

孫策一揚手中劍，喝道：「大膽！你們想幹什麼？」

「世侄！久違了！」一個聲音傳過來，只見一個頭戴金盔身披金甲、身材高大、年約三十六七的將軍在眾將簇擁下繃著臉走了進來。

此人就是佔據著壽春的袁術。袁術字公路，是名震一時的袁紹的同父異母弟。其父袁逢為朝中司空，太祖父和祖父也做過朝中司徒，可謂四世三公、累代為官。少年時曾以俠氣聞名，被舉為孝廉，授郎中之職。後來做官至折衝校尉，虎賁中郎將。董卓進京後，為籠絡人心，升袁術為後將軍。但袁術害怕董卓暴虐，棄官逃到南陽避禍。正好長沙太守孫堅領兵北上討伐董卓，因南陽太守張咨招待不周，殺了張咨。袁術便與孫堅交好，同時以其累代為官的家族背景在南陽招兵買馬，佔據了南陽。然後和孫堅一道響徹雲霄應曹操檄文，討伐董卓。後來董卓西奔長安，各路諸侯各自為政，爭搶土地，袁術仍據南陽。南陽本來是富饒之地，有戶口數百萬，但袁術奢侈淫欲，徵斂無度，以致百姓怨聲載道。未幾，曹操與袁紹合擊他，將他打得大敗，就領軍東向，攻下九江治所壽春，殺了九江刺史陳溫，自領九江刺史。同時，董卓為籠絡他，也表他為左將軍，封陽翟侯。他照領不誤。此人驕奢淫逸，無勇無謀，但素有帝王之心，且毫無忌憚地宣揚其帝王之心。因為孫堅殺南陽太守張咨後將南陽讓給他，故與孫堅頗為友善，兩人結為盟友一同對付袁紹、劉表。袁術還表孫堅為豫州刺史，駐魯陽。孫堅治兵魯陽，便將家屬連同弟弟孫靜一家俱放在袁術佔據的壽春。袁術在壽春，對孫堅一家也算客氣。沒有想到，孫策竟然為一個婢女，先是擅殺他的軍士，後又殺他的長史、領九江太守劉勳手下的司馬彭大毛，這也太不放他在眼裡了！不由得他不親自領軍找上孫家來興師問罪了。

立在袁術左首的是袁術帳下第一大將張勳，徐州人，身披重鎧，舉止威嚴；在右首是袁術的長史、領九江太守的劉勳。他身著文士官服，頭戴紫金冠，身材微胖，一雙小眼總是閃動著狡詐與勢利。九江郡的治所也擱在壽春。彭司馬便是劉勳手下司馬。

孫策看見袁術，收劍回鞘，躬身施禮道：「袁伯父！侄兒有禮了！」又不滿道：「不知袁伯父為何興師動眾擅入小侄家中！」

「我是要向世侄興師問罪來了！」袁術提高聲音毫不客氣道。

未等孫策回答，吳太夫人的聲音傳了過來：「原來是袁將軍！如此興師動眾光臨有何貴幹呢？」

堂屋臺階上，吳太夫人站在中央，孫策的叔父孫靜及草兒等幾個丫環女左右站立。孫靜是孫堅的大弟，為人謙讓溫和，孫堅將家託付給他。他白日裡出去訪友方回。

袁術對吳太夫人拱手行了個禮道：「夫人！袁術有禮了！」然後板了臉道：「夫人！我是無事不登三寶殿！孫策小兒先殺死我一名軍士！此後你家家奴又殺死我部下彭司馬！不知夫人知不知此事！」

太夫人微微一笑道：「哦！原來如此！袁將軍有話請到屋裡說好了！」

袁術蠻橫道：「夫人！不必了！」

「袁伯父！」孫策發話了：「你家軍士彭二毛搶劫調戲我家婢女草兒，我替你斬首，何罪之有？我父乃是朝廷封的烏程侯、長沙太守、破虜將軍，你家司馬彭大毛領人手執兵器擅入我家，砍死我家一名蒼頭，又口出反言，我家家奴看不過去，奮而擊之，又何罪之有？這也需要袁將軍親動大駕，領上千精兵圍住我家？」

袁術哼了一聲道：「世侄！本將軍手下軍士犯法，理應由本將軍處置！豈可由你妄殺？更豈可容你府上一個家奴妄殺？世侄視我袁公路為無物乎？」

孫策冷笑：「哼！事已至此！伯父莫非要抓小侄回去，替那個彭司馬賠命不成？」

吳太夫人在眾人簇擁下走下臺階，打斷孫策：「策兒！休得多言！」然後對袁術含笑道：「袁將軍！請看在微妾的夫君份上，暫且息怒！」

袁術一仰頭，哈哈大笑，對孫策道：「夫人！我與文臺乃兄弟之交，豈可因一司馬為難世侄？但，此事若沒有個交待，我袁公路在眾將士面前也不好說話！看在文臺和夫人面上，弟妹你只交出那個行兇的家奴便可！如何？」

孫策朗聲大笑：「哈哈哈！袁伯父，真是不巧！那個家奴闖禍後，便被我趕出去了！」

袁術一愣，盯了孫策一會，笑道：「哈哈哈！世侄！你騙不了我的！這裡都是我袁術天下，一個小小年紀的家奴，能跑到哪裡去？又敢跑到哪裡去？一定被你藏在家裡了！」

孫策堅決道：「此人確被小侄趕出府門了！」

袁術臉色變了，惡狠狠道：「那我就要搜一搜了！」跟著一揮手，對眾軍士道：「給我搜！」圍在院中的軍士們手執兵器，忽地就往要往正屋裡和後院的兩邊角門裡湧。

孫策拔劍張開手臂，大喝道：「大膽！誰敢搜我孫府，我孫伯符立斬其首！」

孫策手下的家奴們也紛紛拿起兵器攔住軍士。

袁術的軍士們不敢動了，有的轉身看著袁術，有的與孫府家奴對峙著。

袁術鐵青著臉道：「那就給我統統拿下！」

門口又湧入一片手執兵器的士兵，將各種兵器對著被圍在中央的吳太夫人、孫策與眾家奴。外面，一片火光圍著孫府院牆，可以想見孫府已被手舉火把的軍士團團包圍了。

雙方這樣對峙著。

第五回　孫策大戰袁公路，周郎仗義入囚籠

後院一座屋宅中的一間小客房裡，被打暈的周瑜醒了過來。他發現自己被反綁著雙手扔在地上。張平拿著一根碗口粗的棒子在一旁看著他。他似乎隱隱聽見了前院和院牆外面傳來的喧譁聲，對張平道：「大哥！外面何故喧譁？是不是打起來了？」

「說話少給我來文縐縐的！」張平眼一瞪，沒好氣道：「都是你惹出的禍！袁術將軍帶人馬興師問罪來了！現在人都到了前院。外面也圍得跟桶似的！就你個奴才！害得我們大家都不安寧！」

周瑜吃了一驚，跳起來，拔腳就要往外跑。

張平大吃一驚，舉起棍狠命地一棍打在他頭上。周瑜眼冒金星，暈倒在地。

此時，前院裡，雙方仍僵持著。儘管吳太夫人再三告訴袁術說殺彭司馬的那個叫琴癡的家奴早就跑掉了，可是袁術卻不相信，一定要搜一搜孫府。其實，搜琴癡只是其一，趁亂搜出孫堅攻洛陽時取得的皇帝玉璽才是最重要的。原來，董卓西竄後，孫堅奮勇，領兵率先攻入洛陽，佔領皇宮。手下

軍士在皇宮的一口井裡搜出大漢的傳國玉璽。從此孫堅便將它留在府中。此事，各路諸侯均知。袁術素有帝王之心，對這塊玉璽自然垂涎三尺。他曾探過孫堅的口氣，得知玉璽放在家中，由吳太夫人保管著。他知道，向孫堅索要是不成的。正好借此機會亂中偷出了。於是，他對吳太夫人和孫策怒道：「一個小小家奴，就可以斬殺本將軍手下軍官，本將軍臉面何在？今日如不搜出，定不干休！」

吳太夫人凜然道：「微妾夫君不在府上，而你縱兵搜掠我家，日後我有何面目見我夫君？若你堅持要搜，只管叫人先殺了我！」

袁術愣住了。

孫策眼裡湧出了淚花，他回頭對吳太夫人喊：「母親！」然後他咬牙切齒用劍指著袁術：「袁術！你要敢往前動一步，明年今日，便是我孫伯符與你的忌日！」

一向文雅斯文穩沉的孫靜也怒氣衝衝地對袁術喝道：「袁將軍！你既我兄文臺有兄弟之交、盟友之誼，今日竟背著我兄縱兵擅入府中，欺凌孤母弱兒，日後你還有何面目見我兄長？又如何對得起我兄與你盟誓一場？以我兄烈性，若知此事，焉知不會割袍斷交，兵火相向？」

袁術被幾人的態度震住了，有些緊張地看了看孫策，額上冒出汗來。大將張勳也下意識地握緊了劍柄，直視孫策，但眼裡不經意流露著對孫策的賞識。長史劉勳膽怯地往後退縮了一步，然後，他看了看袁術，又看了看孫策和太夫人，眼珠轉了轉，臉上堆起皮笑肉不笑的笑容，對著吳太夫人打圓場道：「呵呵！夫人！請息怒！袁將軍絕無苦苦相逼的意思！夫人和孫公子不需為一個小小的家奴弄得大傷和氣！」

說完，看了看袁術，眨眨眼。

袁術懂得他的提醒，想了想，恨恨地看著太夫人和孫策道：「夫人！看在孫將軍面上，孤且退一步！給夫人三天期限，如不交出那個家奴！孤就只好進府上搜人了！孤以為，到這一步，文臺兄也必不會見怪了！」

說完，他氣恨恨地轉身離去。

眾將和軍士跟著他離去。

走到大門口，袁術對身邊緊緊跟著的大將張勳道：「你在此把守！裡面的人，一個也不許出！」

張勳沉吟了一下，對袁術道：「主公！這，孫將軍面上怕過不去！」

袁術瞪了他一眼道：「那本將軍的面子當如何？本將軍在眾軍士面前的面子又當如何？」

張勳：「若孫堅將軍出面求請，怎辦？」

袁術踩著一個軍士的背跨上金蹬金鞍的高頭大馬，轉臉看著張勳得意地笑道：「那就要他拿傳國玉璽來說話！」

跟在他後邊的劉勳趕緊奉承道：「是啊！要他拿傳國玉璽來說話！主公高明！實在高明！」然後也跨上軍士牽來的馬。

張勳默然不語。默默地看著他兩人在眾人簇擁下離去。

後院的那間黑屋子裡，周瑜醒來了。看見張平在身旁，想起剛才挨打的事，怒上心頭，對張平道：「你竟敢打我！」

張平大怒：「媽的！打了你又怎麼著？你當你是公子不成？」

說完，舉起棒子又要打。

這時，門口傳來腳步聲。

張平放下棒子趕緊開門。

孫策出現在門口，後面跟著李柱子、草兒等人。

孫策背著手，命令道：「掌燈！」草兒點亮了燈燭，屋裡瀰漫開來昏黃的光芒。

周瑜對孫策道：「公子！請給我鬆綁！讓我自首去！我不想連累公子一家！」

「現在就是去也晚了！我已對袁術稱你已跑掉，如現在又出現在我家，豈不是哄騙袁術？袁術豈可干休？」孫策道。

「那我就在壽春城中任他抓去好了！」周瑜道。

「不可！」孫策堅決道。停了一下，又看著周瑜，語氣誠摯地說：「你雖為家奴，但志氣高遠、文武兼備，我很賞識你！豈可讓你如此白白送死？你且安心留在此處，三日之內，我定設法送你出去！」

說完，孫策對草兒道：「草兒！琴癡就交你看管！要是他有個閃失！我就要你的腦袋！」

草兒高興地：「是！公子！」

孫策轉身，背著手，昂首闊步地離去了。

周瑜無奈地嘆了口氣，搖搖頭。

張平看見草兒眼中望著周瑜多情的目光，臉上現出嫉恨的表情。

過了兩日，隅中之時，初冬的溫暖的太陽將蛋黃的光芒塗灑在孫家府宅和包圍著府宅的軍士們身上。這片軍士約有一千餘人，都執著槍圍著偌大的孫府站著。他們身後，擺放著無數粗糙紗布和麻布織成的營帳，圍著孫府排列著。

袁術的將軍張勳從一個營帳裡走出來，跨上軍士牽過來的戰馬，接過鞭子，騎著馬巡視圍府的軍士，見有疲憊或蹲下的士兵，就給一鞭子提個醒。

忽然，一個士兵叫：「張將軍！前方有人過來！」

張勳順著士兵手指的方向轉過身子，只見孫府大門左前方，一個披掛齊整的將軍手提一支長矛，騎著馬，領著十多個騎馬的軍士往孫府奔來。後面還有一輛堆滿東西的馬車，馬車由軍士駕馭著。

張勳吃了一驚，趕緊喊：「取槍來！」

一個軍士扛著一柄鑌鐵長槍跑上來，將槍遞給了他。

然後張勳點起一隊軍士，挺槍驟馬，直奔前去，勒馬橫槍攔在路上。那隊軍人也走近了，仔細一看，原來那領頭的將領是孫堅帳下第一大將程普。程普字德謀，右北平人。起初為州郡吏，有容貌計謀，善於應對，也很有武力，善使一杆長矛。早在孫堅討黃巾時就投奔孫堅，此後隨孫堅四處征伐，多立戰功，深受孫堅喜愛。當初，張勳隨袁術在虎牢關前與孫堅並討董卓，與程普有過一面之交，故兩人相識。

與此同時，程普也認出攔在前面的將軍張勳，並且驚訝地看見了張勳身後，袁術的軍士團團包圍著孫府。怎回事？沒容他細想，張勳已發話了：「來者可是程普將軍！」

程普道：「正是！」跟著愕然地看著張勳身後道：「張將軍！為何包圍我家主公府上？」

張勳拍馬上前，對程普講了事情原委。

程普聽完，勃然大怒：「可惡一個家奴，竟引來這般大禍！你放心！我定會幫你擒拿此人！」

張勳道聲謝，令軍士閃開一條道，放程普一行過去了。

程普此番是奉孫堅之命，領一隊人馬給家裡捎些南陽、魯陽一帶的土特產，並家書。他進了孫府，拜見了吳太夫人和孫堅之弟孫靜，呈上家書，交清了馬車裡所裝的特產，又問了琴癡殺彭司馬的事。太夫人也不避嫌，都告訴了他。並說琴癡仍在府中。程普就說要去看看琴癡，看究竟是怎樣一個家奴竟有如此膽量。太夫人就讓一個婢女領著他去了後院看周瑜。

到了周瑜房門口，只聽裡面傳出一陣悠揚的琴聲。推開房門，卻見周瑜正盤腿坐地彈琴。婢女草兒坐在一邊，含情脈脈地望著周瑜，正入神地聆聽。

一見門被推開，程普進來了，草兒慌忙站了起來，欠身行禮道：「程將軍！」

程普沒有理她，盯著周瑜，又盯著他面前的那張上好的雕花的琴，臉色陰沉。

「誰是琴癡？」他低沉的喝斥的語氣道。

琴聲斷了，周瑜抬頭，打量一下他，鎮定道：「小奴便是！」

程普怒道：「狗奴才！外面行將血流成河，你一個惹禍的家奴卻安坐在屋裡與婢女彈琴調情！」

草兒趕緊道：「將軍誤會了！是孫公子令人把琴搬過來給琴癡消遣的！」

「沒你的話！」程普對草兒吼道，又問周瑜：「可是你殺了袁將軍手下彭司馬！」

周瑜不卑不亢道：「是！」到了這一步，他已不怎麼過多去刻意偽裝一個家奴應有的恭卑了，天然的公子氣質多少有些外溢。他並不知程普是何人，心想或許是袁術派來的將軍，又或許是九江太守派來處理此事的都尉。

「你一個家奴怎敢擅殺袁將軍手下？」程普喝道。

周瑜：「他擅闖孫將軍府上行兇殺人，理當處斬！」

「太夫人和孫公子自會處理，豈由你一個家奴逞能？」程普喝道。

「那人身為大漢子民，竟口出反言，辱沒朝廷，此種大逆不道之人，人人可以誅之！」周瑜朗聲道。

程普愣了一下，用奇怪的目光看著周瑜，冷笑：「一個奴才也說得出這種話！漢朝氣數已盡，天下英雄，各為其主，這是世人皆知的事，就是辱沒了天子又怎樣？又輪得上你來替天子行道？」

周瑜豁地站了起來，眼裡充滿正氣與執拗，瞪著他怒道：「將軍食大漢俸祿，不思扶保大漢江山，怎可以說出這種話來！」

程普大怒：「好你個家奴！闖下滅門大禍，不思悔改，竟還口出狂言，我今日就取你首級，交給袁術，為孫將軍家求得平安！」

說完，他拔出劍來。

周瑜冷笑：「哼！我這顆首級固不值錢，但也是留著為大漢安邦定國的，豈可落在你的手裡！」

說完也拔出身上的劍。

草兒尖叫著跑了出去。

程普：「小家奴！我今日不斬你誓不為人！」

他揮劍砍過去。

周瑜舉劍相迎。

一陣刀劍撞擊之聲在屋裡響開來，兩人打在一處。鬥了約五個回合，聞聲趕來的孫策衝了進來，大喝一聲：「住手！」拔出劍，架開兩人的兵器。

程普收了劍，拱手對孫策施了個禮：「公子！末將有禮！」

孫策也行了個禮，十分客氣地對程普道：「程將軍一路辛苦了！」

「公子！一個家奴，挑起如此大的事端？竟為何不惜與袁術交惡而留在家中？」程普不滿地對孫策道。

「程將軍你有所不知！」孫策做了個手勢，令程普和周瑜坐下。兩人都坐下了。孫策自己也在一個圓椅上坐下，接著道：「琴癡雖為家奴，但也算出生官宦之家！武藝出眾，又彈得一手好琴，更通曉春秋大義，有忠君報國之心，深令小侄賞識！我已視他為兄弟！他斬殺彭大毛，也是忠心護主之舉。這樣年少有為的忠義之士，若將他交與袁術，既令天下志士人才恥笑，也顯我孫家毫無面子！小侄是萬死不從的！」

程普恨恨不平地，帶有些不服氣、不相信的表情打量了周瑜一會，又轉臉對孫策道：「公子所說固然有理，只是眼下袁術上千精兵圍困府上，今晚便是最後期限！公子又有何良策？」

「我已想好計策！」孫策興奮道，「今日天黑我便化裝成琴癡殺出去，令袁軍主力追殺我！之後，琴癡又化裝成我本人模樣，領眾家奴殺出來，與留在門外的袁軍廝殺，趁天黑和混亂脫身！以琴癡的武藝，一定殺得出去！」

程普想了想道：「這倒是一計，只是公子太危險了，如有閃失，我等都不好向主公交代！」

「孫公子！你不用管我！我到天黑一個人化裝殺出去就可以了，諒他們也追不上我！」周瑜對孫策道。

孫策喝道：「琴癡！不許多言！聽我的安排就是！」

與此同時，後院一個迴廊旁，草兒端著一個果盤往正堂屋走。

剛走到一個拐角，張平閃了出來。

草兒嚇了一跳，一看是他，定了定神，往後縮一縮身子，拒他於千里之外的表情道：「有什麼事？」

張平陰陽怪氣地道：「草兒！這幾日很開心吧！」

草兒看了他一眼，不理他。

「你和琴癡兩人在一塊彈琴做樂，很快活啊！」張平陰陽怪氣道。

草兒正色道：「那是公子吩咐的！你讓開！我要給太夫人送點心去！」

說完，就繞過他往前走。

張平上前一步攔住她，目光熾熱又氣急敗壞：「草兒！你是不是喜歡琴癡！是不是想許配給他！」

草兒臉紅了，有一絲惱怒地看著他：「是！又怎樣！」

張平臉色變得鐵青，臉皮抽動一下，兇狠道：「那我呢？我對你的情意你就不想一下？你以前是喜歡我的！就是因為那個琴癡來了，你就改變了！」

草兒冷冷道：「我從來沒喜歡過你！你讓開！」說完繞過他又往前走。

張平猛地拉住她，眼裡冒著克制不住的慾火道：「你今天得答應許配給我！」說完，猛地一下抱緊她，邊親她的臉，邊喘著粗氣道：「你一定要答應我！一定要答應我！」

草兒手裡的瓷托盤掉在地上，在地上摔成碎片。她驚慌地一面掙扎，一面大叫：「來人啊！」

吳太夫人正從正堂屋後門走了過來，看見這情景，大怒：「張平！草兒！你們幹什麼？」

張平趕緊鬆開草兒，站立一邊。

太夫人看了看地上摔破的托盤，責問草兒：「這是怎回事？光天化日之下成何體統！」

草兒跪下，含淚道：「太夫人！奴婢不是有意的！是張平強行抱著奴婢非禮，強迫奴婢許配給他！」

「太失體統！太失體統了！」太夫人訓斥張平道，轉臉對聞訊趕過來的幾個家奴道：「給我拖下去打二十大板！」

二個家奴上前將張平往前院廡房一間堆雜物的屋裡拖去。

到了黃昏之時，已經化裝成乞丐的孫策將家奴們召集到後院訓話。周瑜穿著孫策的錦紅袍提著劍站立一邊。程普帶著十多個士兵也站在旁邊。

孫策對眾家奴說了自己的計策：天一黑，他化裝成琴癡和程普等人先殺出去，做出程普保著琴癡突圍的架式。等大隊袁軍追他們過去後，其餘家奴便在化裝成孫策的琴癡帶領下，往外衝殺。琴癡則趁天黑和混亂跑掉。

在孫策為眾家奴說計畫時，前院，張平從挨打的那間屋裡走出，手裡拄著一根棒子，一走一拐，往站在大門後面守著門的家奴那邊走。

那個看門的家奴嘻笑道：「平哥！你這受的可是風流罪喲！呵呵！」

「媽的！草兒這丫頭，水性楊花！大爺我再也不纏她了！」張平恨恨地邊說邊走近那個家奴。

那家奴正要嘻嘻地回什麼話，張平猛地舉起木棒，一棒砸在他的頭上。

家奴慘叫一聲，手裡的刀掉在地上，一頭往地上栽去。

張平趕緊拉開門衝了出去。

站在堂屋大廳門口的一個家奴見了，大驚：「反啦！張平反啦！」

慌忙穿過角門往後院跑去。另外二個家奴趕緊上前關院門。

孫策在後院接了家奴的報告，領眾人趕到前院時，袁術領著將軍張勳、謀士劉勳及數十名身披重鎧的貼身虎賁軍已撞開院門衝進前院。還有數百袁軍爬上兩邊的廡房，蹲在屋頂上，張弓搭箭，對著院子裡孫策等人。

孫策的家奴及程普的士兵趕緊手執兵器上前，拱衛著孫策、程普，與袁軍對峙。

程普對袁術拱手行禮：「袁將軍！久違了！」

袁術臉色鐵青，不還禮，傲慢道：「哦！程將軍！文臺將軍可好！」

程普：「託將軍的福！主公尚好！」

袁術冷笑：「要是文臺看見他的寶貝公子為一個家奴竟並與本將軍大動干戈，定會氣得吐血的！」

程普也冷笑：「是啊！如孫將軍看見袁將軍以以數千鐵甲之士來圍住孫府，真會氣得吐血的！」

袁術惱怒道：「程將軍！你只是孫堅帳下一將，此處不須你多言！」

然後，他盯著孫策，惡狠狠道：「世侄！把人交出來吧！不必為一個家奴弄得血流成河！」

孫策凜然望著他：「本公子說過多回！此處並無琴癡其人！」

袁術仰頭哈哈大笑，笑過後又冷笑，冷笑後又恨恨地咬牙道：「你是不見棺材不落淚！你的家奴都招了你豈不知？帶人！」

袁術身後，大門外，張平被兩個軍士押著膽怯地走了進來，縮在劉勳身邊。

「你快說，那個琴癡在不在裡面？」劉勳對他喝道。

張平膽怯地看看孫策，對袁術道：「稟將軍！琴癡藏在後院一間客房裡，婢女草兒侍候著他！原定今晚天黑孫公子就帶琴癡殺出——」

話沒說完，孫策大喝一聲：「狗奴才！膽敢誣陷主人？」言未畢，劍已拔出，未等袁術手下的軍士反應過來，上前一步，揮劍，一道寒光閃過，張平慘叫一聲，被砍翻在袁術腳下，血流滿地。

袁術大怒，鬍鬚也顫抖起來。他指著孫策咆哮道：「孫策！你竟敢當著本將軍面殺人滅口！太藐視本將軍了！」然後他命令兩邊的虎賁軍：「給我進府搜索琴癡，膽敢阻攔者，一概格殺勿論！」

虎賁軍們大聲應道，如狼似虎就要往裡面衝。張勳等幾個袁軍將領也迅速上前用劍逼住孫策。孫策大喝一聲：「誰敢擅闖府宅，就地斬首！」說完，揮劍直取袁術。張勳和兩名裨將攔住他廝殺開來。程普領著眾士兵及家奴也和其他虎賁軍對殺開來。院子裡頓時吶喊聲起，刀劍鏗鏘，血肉橫飛。

此刻，吳太夫人臥室被一股悲壯的氣氛籠罩。太夫人抱著孫尚香和吳二夫人坐在一處。孫權及兩個弟弟靜靜地坐在太夫人旁邊。草兒等十多個丫環圍在他們周圍。孫靜和他的一家人也坐在他們旁邊。外面的喊殺聲、搏殺聲不斷地傳了進來。孫尚香在太夫人懷裡扯手蹬腳拼命地大哭著。

一個婢女又驚又怕地哭道：「太夫人，我看還是把琴癡交出去吧！這個袁術真的會血洗府上的！」

太夫人瞪了這個婢女一眼，環顧四周道：「你們都給我聽著，為了孫家的尊嚴，寧可站著死，不可跪著生！」

在場所有人都含淚道：「是！」

孫靜站起來：「大嫂！我出去交涉一下！」

「算了！都打成這樣了！你出去只會凶多吉少！」太夫人含淚道。

孫靜點點頭，悶悶地坐下，嘆了口氣。將懷中的劍從劍鞘中拔了出來，橫在膝上。

周瑜此時正依孫策的命令躲在後院。前院的喊殺聲早已驚天動地地傳了過來。他心如刀割。他為他給孫家帶來滅頂的血光之災而難受。他幾次想衝出去，但又停住了腳步，因為孫策命令他無論如何也不能出去，不能讓袁術知道他在這府上；否則前功盡棄。可是，前院的喊殺聲卻像刀一樣絞割著他的心，他知道憑孫策、程普手下的那些軍士、家奴肯定不會是袁軍對手，殺到最後必是橫屍大院。這是一場虎與山羊的決鬥，是一場屠殺而非對殺！他像熱鍋上的螞蟻轉來轉去一陣後，毅然提了劍，往角門衝去。

當周瑜從堂屋旁的角門裡衝出來時，孫策這一邊的人被圍在中心已明顯撐不住了。

「都住手！琴癡在此！」周瑜立在角門口，手提寶劍大聲叫道。

大部分人聽見「琴癡」之名，都停止了廝殺，朝這邊望過來。仍在博鬥的人見大多數人都停了下來，也就停了下來。

已退到院角在幾名名護衛緊緊保護下觀戰的袁術驚訝地朝周瑜望過來，好奇地打量著他。

孫策吃了一驚，怒道：「琴癡！」

周瑜從容地走到孫策面前，對孫策拱手作一揖，道：「公子！多謝了！」

他又對眾家奴和程普拱手：「各位！琴癡的事連累大家，實在有愧！今日我自己了結，不須煩擾大家了！」

然後他將寶劍扔在地上，走到袁術面前不卑不亢道：「袁將軍！在下正是琴癡！彭司馬正是在下所殺！要抓要殺，你請便！」

袁術上下打量著他，目光中流露出驚訝和欣賞。他已從張平那裡得知琴癡的「底細」：出身富貴之家，家道破落，父母雙亡，以行乞為生，幸得孫策收留。他想既是這般出身，自然有其不凡之處。沒有想到，周瑜竟氣度不凡到這種地步：容貌秀麗、面如冠玉、目若朗星。穿著孫策的錦衣袍，頭上用藍色頭幘束著髮，寬大的織了錦繡的腰帶束著腰，玉樹臨風、瀟灑飄逸，又結實健美。表情灑脫從容，舉止瀟灑大方，好一個風流無雙、氣質出眾的美少年，哪裡是一個要過飯的家奴?!不僅袁術、張勳、劉勳及眾袁家軍看呆了，就是程普及眾家奴也看得呆了。

「此人，就是你的家奴琴癡？」袁術不相信似地盯著孫策問。

未等孫策回答，他身後已有原隨彭大毛來過的軍士叫道：「稟袁將軍！就是此人殺了彭司馬！」

袁術倒吸一口氣，盯著周瑜，惡恨恨道：「你，一個小小家奴，竟敢殺我手下司馬？」

周瑜正氣凜然道：「此人擅闖我主人府上行兇，又口出狂言，辱沒天子和朝廷，如此大逆不道之人，天下人人可斬之！殺之何妨？」

袁術愣了一下，挖苦道：「好一個家奴！天下人都知孤有帝王之心，那你說孤該當何罪啊？」

周瑜冷笑：「罪當斬首，誅滅九族！惜乎此時不可殺你！如你敢放了我，且不連累孫公子一家，日後我必提三尺劍取你首級！」

袁術臉上現出震驚的表情，愕然地瞪著周瑜，瞪了好半天，刷地拔出寶劍，上前二步，擱在周瑜頸上，道：「好奴才！孤要先取了你的首級！」

周瑜冷笑：「請便！」說完，直視著袁術。

袁術迎著他的目光，兩雙目光對峙著，較量著，終於，袁術敗下陣來，猛地收了劍，插入劍鞘，惱羞道：「怪不得孫府至死也要保這個家奴！我倒要細細地消受你！」然後他命令道：「給我帶走！」

眾虎賁軍一擁而上用刀架住周瑜，將他綁住，連拖帶拉往外押。

孫策喝道：「把人留下！」

周瑜回頭對孫策道：「孫公子！不要管我了！公子好自為之！」

說完，任袁家士兵押著往外走去。

孫策對袁術道：「袁將軍！請你留住他的性命！我即刻請家父趕回與你相商！」

袁術得意地笑了，眼裡閃出會意的光芒，對孫策道：「世侄！告訴令尊大人！欲活此家奴性命，必須有令尊大人的傳國玉璽！哈哈哈！」

他邊笑邊轉身離去。張勳、劉勳等人跟在他後面擁著他一同離去。

孫策恨恨地看著他們。

「算了！公子！事已至此！如果真要救琴癡，不妨請主公向袁術求情！」程普勸道。

孫策緩緩地點了點頭：「只有如此了！」

當下，他令人打掃了前院。經過一場惡戰，前院已經血流成河。清點一下，計有五位家奴被砍殺身亡，十多位掛彩。程普手下的軍士，也陣亡了幾位，其餘的大多也掛了彩。袁術的軍士被砍死數十名，還有一位戰將，是孫策所殺，屍體都已被袁術的軍士們帶走了。孫策令在後面林中厚葬了戰死的家奴與軍士，又令婢女們取來藥給掛彩的人敷上，然後清掃了血跡。第二天，程普領剩餘的軍士帶著吳太夫人的信匆匆趕往魯陽孫堅的大營。

第六回　遇高人大徹大悟，攬人才袁術使奸

周瑜被押往壽春城後，就被打入袁術的大牢。與他同牢的是一個頭髮花白年逾五旬的老先生。周瑜被推進去時，那老者正像個死人一樣坐地靠牆耷著腦袋睡覺。因是半夜，周瑜也沒有搭理他，靠在牆上半閉著眼，昏沉沉睡了一陣。

翌日一早，幾個軍士走了進來，將周瑜提了出去，押進九江太守府。太守府大廳，袁術的謀士、領九江太守劉勳坐在椅上，不動聲色地看著周瑜。

周瑜被推到劉勳面前，不卑不亢地站立。

「琴癡！見了本官，還不跪下！」劉勳道。

周瑜冷笑道：「我乃大漢子民，你不過是袁術一朝的官員！我豈可跪你？」

劉勳愣了一下，臉上的肉皮顫動一下，哈哈笑道：「好！倒算個忠義之士！無怪乎袁將軍有心赦你死罪！不僅要免你死罪，還要收你為將！琴癡，你可是從地獄而上天堂！你意下如何？」

劉勳所說的是實話。昨夜回壽春後，袁術想孫府既如此看重這個家奴，想必會求孫堅出來說話

的。就是拿傳國玉璽來換琴癡也未必可知。而況，此時正用人之際，殺一個家奴，未必能洩多少恨，倒不如留下為將，讓他在軍中效力。要麼用他為將，要麼留他換孫堅的人情。於是就拒絕了劉勳處死琴癡的主張，令劉勳盡量說降周瑜。劉勳對袁術如此看重琴癡很是嫉妒，又恨他膽大妄為，砍殺他手下的彭司馬。但袁術既有吩咐，他也只有照辦的份了。

周瑜聽取了劉勳的話，冷笑一聲，拒絕道：「琴癡寧願下地獄，也不上你們這幫亂賊的天堂！」

劉勳聽他一說，心裡有些高興。他巴不得周瑜違背袁術之令，最後為袁術處死，但表面上，他仍然假惺惺勸道：「琴癡！你不要迂腐了！你年紀輕輕、本領出眾，日後必定前程似錦遠甚於本官！何必放棄？」

「少廢話！送我回牢吧！」周瑜果斷道。

劉勳愕然，罵道：「不識抬舉的東西！」然後揮揮手，叫手下軍士將周瑜押回大牢。

大牢的牢房是分兩邊開著，中間是一個過道。各囚室的門皆用碗口粗的木柵欄做成。一間一間的囚室均挨著。犯人不多，只有幾間囚室裡有。這年頭淮北饑荒，沒有過多的食物供給犯人，故但有犯罪的，多直接處死，能坐入牢中的，多係還有些用處的犯人。

周瑜被推進牢房後，坐到了那老者身邊。那老者衣衫破爛，篷首垢面，臉上身上俱是結痂的傷痕，正閉目養神，見他坐了過來，就睜開眼，打量了一下他，又閉上眼。周瑜謙恭地招呼道：「老人家！可好！」老者見他主動招呼，便問犯了什麼罪。周瑜就告訴老者事情原委，老者聽了，愣愣地又打量了一回周瑜，感嘆道：「你一個家奴，竟對主人和朝廷如此忠心，頗為可敬！」又嘆口氣道：「只可惜，這朝廷氣數已盡，難有回天之力了！」

周瑜不服氣地爭辯道：「老先生！此言差矣！昔日王莽篡漢，不也有了光武中興？」

老者搖搖頭道：「老弟差矣！今日形勢，和王莽新朝大不相同。王莽篡位之時，人心既怨王莽暴政，又思前漢，故有光武帝劉秀領雲臺二十八將應運而生！今日則不同！天下之亂，始於桓靈，親小人、遠賢臣，穢亂朝綱，重用外戚，橫徵暴斂，甚於王莽，故百姓蒼生，對漢室並無擁戴之情！而況時下，各路諸侯，已形成群雄紛爭、並駕齊驅之勢，尚無一家豪傑可掃滅諸雄，脫穎而出。就算有此掃平四海之英雄，又何必將浴血打下的江山還給漢家？袁紹不會！就是當初率先舉義兵的曹操也未必！」

周瑜語塞了，不服氣道：「我就不信天下之大，就沒有忠心扶保漢室之人！」

老者側頭看看他，搖搖頭，長嘆一聲道：「小兄弟！看足下也算一表人材、年少有為，為何死抱著匡扶漢室的陳腐之念！江山錦繡，何必非劉家去坐？試想，漢朝之前乃是秦帝國！劉邦可以滅秦興漢，後人又為何不可以滅漢興它？月盈則虧，水滿則溢，萬事輪迴，自然之理。漢朝坐了近四百年江山，今日衰敗，已屬命長！何況，對於天下黎民百姓而言，是姓劉的坐江山，還是姓周的坐江山，並不要緊！他們在意的只是皇帝是否英明仁愛，自家是否衣食溫飽、富足安康！至於天子姓甚名誰，有何重要之處？故真英雄將以振民於水火，還百姓以富足安康為壯志！何需抱殘守缺，為日落西山、氣數已盡的漢家江山建立所謂功業？」

周瑜愣住了，像有一個炸雷在耳邊炸響。雷聲過後，老者的聲音仍在他耳邊迴盪不已。他不再說話了，臉上掛著迷茫與苦思的表情。他覺得老者的話撞擊了他有生以來的想法與主張，給他以震盪，但又並不覺得大逆不道，相反，嚼來卻很有滋味。他有一點迷茫，有一點悲哀，還有一點淡淡的驚喜，好像久久苦思的難題忽然有了一點答案，好像一個在黑暗中行走的人忽然感受到了前邊稍縱即逝的亮光。他閉上了眼。他要靜靜地好好地想一下老者的話，或者是理清一下自己的思緒。

那老者見他閉上了眼，就不再打攪他了，緊一緊破爛的棉袍，袖起手，縮著腦袋，也閉上眼養神。

中午，牢子送來了飯食，周瑜也不想吃。老者給他把碗端了過來，他謝了老者，仍將飯放在一邊，一口也不吃，只閉目苦思。老者胃口不錯，三下二下吃完了。其實碗裡只是一點麥糊。淮南、淮北一帶今年大旱，並無收成，加上袁術暴斂奢侈，哪裡有什麼吃的。有這點麥糊已是相當不錯了。周瑜見老者胃口很好，就將自己的那份推給老者吃，說自己實在不想吃。老者推辭了一下，就拿過他的那一份吃了。

老者吃了飯，孜孜有味地揩了揩嘴，心滿意足地坐在地上喘了喘氣，養了會神，就朝周瑜看去，見周瑜正閉著眼、皺著眉想什麼心事似的，就用胳膊杵杵他道：「小兄弟！冥思苦想什麼？到這裡來了，活一天算一天吧！」

周瑜仍閉著眼沒有吭聲。

「哦！老夫看你風度談吐，不是一般人物！老夫料到，閣下絕非普通家奴！」老者忽然道。半是激將，半是肯定的語氣。

周瑜眉頭跳動了一下，沉默一刻後，睜開眼，嘆了口氣，道：「高人面前實不相瞞！小生我家住廬江舒城，姓周名瑜，字公瑾！家父周異現為朝廷侍郎，叔祖父、伯父都曾做過朝中太尉！只是久聞孫策公子大名，方才潛入孫公子家做家奴，以期瞭解孫公子為人，也有與孫公子相戲之意，沒有料到今日竟身陷牢獄！」

老者眼睛亮了，驚喜道：「哦！原來是周公子！失敬了！去年我路過廬江，也曾聽說公子大名！『曲有誤，周郎顧』啊！無怪乎公子舉止談吐不同凡響！呵呵！呵呵！」

周瑜謙遜地欠身：「老先生過譽了！小生只是徒有虛名而已！倒是老先生一番談吐，自是不凡，非常人所言！不知老生生是何方高人啊？」

老者：「慚愧！老夫姓季名原，字子方！原是壽春縣令，名不見經傳！只因袁術占了壽春後，放縱軍人搶掠，強迫百姓供奉，奢侈無度，殘暴苛刻，我屢屢抗命，又將徵收的軍糧發還百姓度饑，惹怒了袁術，便被打進大牢！前不久，又強迫老夫出去做官。哼！老夫寧可坐死牢中，也不出去為虎做倀！」

周瑜坐起來，行了個長跪之禮，恭敬道：「老先生見識非凡，氣節高遠！在老先生面前，小生顯得志大才疏了！請接受晚生一拜！」

季原慌忙扶起他道：「哪裡！公子客氣了！客氣了！老朽老弱，豈堪公子大禮！」

兩人重又並肩坐下，季原接著道：「公子放心！以老夫觀之，孫策不會坐視公子不管的！」

周瑜笑了笑，道：「孫公子是重情重義之人，但只怕心有餘而力不足！」

季原道：「孫公子會有辦法的！公子出去後，若能與孫公子結為兄弟，一同掃除戰亂，救扶天下百姓，共創大業，該有多好！」

周瑜連連稱謝。然後，兩人又興致勃勃地聊了些天下形勢和天下英雄，如曹操、袁術、袁紹、孫堅、公孫瓚、劉表等人。此刻，周瑜心情忽然變得出奇的好，原先迷茫的頭緒、茫然的思緒似乎都有了清晰的輪廓，就像一條流淌著混沌河水的小河，忽然褪盡河水，露出堅實的河床和河床上的卵石，又像迷漫的大霧漸而散盡，露出遼闊的果實纍纍的原野。原先被他認為「大逆不道」之論現在看來竟是合情合理，原先以為是忠君報國之論，現在想來，也著實有些迂腐！這一切，都歸功於季原！看來，民間草莽之中實在是不乏有識之士！他深為有此牢獄之災而慶幸，這次牢獄之災使他獲得了撥雲見日的真知灼見。這些正是他當初想要向張昭討教的！

周瑜在壽春牢中之時，程普星夜兼程，回到了魯陽孫堅營中。孫堅字文臺，是吳郡富春人，春秋武聖孫武的後人。少年時就以勇力著稱。十七歲那年和父親乘船到錢塘，正遇一夥盜賊在岸邊分贓，就單刀上岸，砍翻一賊，又指東叫西，儼若身後人很多官兵似的，眾賊於是散去。由此名揚鄉里，被郡府徵召為郡司馬。黃巾起義時，他召募鄉兵參加征討黃巾，多有戰功，被拜為長沙太守、封烏程侯。他性闊達，好節氣，所在任內，鄉里知舊、好事少年，只要來投奔他的，他都接撫待養，視若子弟。董卓入京，曹操傳檄天下，興兵討卓，他領長沙之軍趕往魯陽與各路討卓聯軍會盟。過荊州，因荊州刺史王叡待他無禮，便擊殺王叡。過南陽，因南陽太守張咨不願資其軍糧，又攻殺張咨，並將南陽郡奉送給在南陽避董卓之禍的袁術。而袁術也投桃送李，表他為破虜將軍、領豫州刺史，駐軍魯陽。從此他與袁術結為知己、盟友。其後，他自告奮勇，做討董聯軍先鋒，率先攻擊董卓。陽人一戰，大破董卓，親斬董卓帳下名將華雄，一時名震諸侯，被曹操譽為「勇烈過人」。董卓忌其勇烈，幾番派人來向他求親，欲將其女嫁與隨他征戰的侄子孫賁，並承諾表奏他的子女親屬全部為刺史郡守，以此籠絡他，被他斷然拒絕，稱：「董卓逆天無道，蕩覆王室，今不夷汝三族，懸示四海，則吾死不瞑目，豈可與你和親？」然後繼續與其他各路義軍一道攻打董卓。後董卓迫於聯軍威勢，不得不西遷長安。孫堅一馬當先，率先攻入洛陽城，並撲滅城中董卓部所縱的大火，出榜安民。各路討卓義軍計功，以孫堅功勞為最大。董卓西遷後，曹操提議追趕董卓，袁紹、袁術等人怕各自實力受損，不予理睬，孫堅也因為部隊疲勞，加上督辦聯軍糧草的袁術頗有私心，使他糧草難以為繼，也就沒有附和曹操。待曹操追擊董卓兵敗，聯軍解散，他也便領軍回到魯陽，在魯陽繼續做他的豫州刺史。

程普見了孫堅，報告了孫府發生的事，並呈上太夫人書信。孫堅看完信後，大怒道：「策兒年幼不知事，太夫人竟也糊塗？太夫人不知事，閣下和我弟孫靜竟也不知事？堂堂孫府，竟為一個家奴鬧成這樣！成何體統！」

程普道：「主公！末將勸過了，只是孫公子執意要保那個家奴！太夫人也向著公子一邊！末將無奈！」

孫堅又看了看信，問程普這個叫琴癡的家奴人才本事如何，雖然太夫人在信中提及了，但他並不全信。

程普據實道：「這個琴癡長得和大公子一樣人材出眾，年齡也相當。彈得一手好琴，也會些武藝。據說家中原是富貴人家，只因戰亂，流落至此！」

孫堅不吭聲了，背著手，在帳中來回踱步。半晌，自語道：「看來此家奴也算勇烈果敢，與策兒倒真有幾分相似！」

「這小兒雖勇烈果敢，卻狂妄自負，連末將都不放在眼裡！一度與末將大打出手！」程普語中有幾分憤慨。

孫策笑了笑道：「大凡勇武之人多有些桀傲不馴，無關緊要！」忽然斂住笑，道：「雖然如此，孤也無須為他去哀求袁公路！袁公路一直打著孤的傳國玉璽主意！依我看來，袁公路必會要孤以玉璽交換！此事就不要管他了！」他被朝廷封為烏程侯，故時常以「孤」自稱。

程普道：「主公所言極是！末將贊同！」

「但，」孫堅臉上又浮現猶豫的焦慮的表情，背著手來回急急地踱著步子道：「我需得向夫人和策兒交代！況且，那個小家奴如在我軍中效力，不也壯我軍中之勢？」

他忽然停下踱步，對程普道：「我給袁術修書一封，你派人連夜送往家中，要策兒持此信面見袁術，請袁術放人！放或不放皆由他，我只盡力便可了！」

程普：「遵令！」

程普派的人連夜出發，第二天快馬趕到壽春孫家府上，將信交給太夫人。信是寫給袁術的，無非是請袁術看在他的面子上放了琴癡。吳太夫人和孫策見孫堅並沒有親自出馬搭救，未免有些失望。

孫靜道：「策兒！我看，我們已經盡力了，你就拿著這信去找袁術，他要放人便放，不放也就罷了！」

孫策堅決道：「叔叔！琴癡是忠心護主方才被迫殺人的！我不能讓他被袁術殺害！」

一直在旁邊沉思著的小孫權發話了：「母親！哥哥！我看不妨多帶些金銀禮物去懇求袁術！袁術貪財！以父親的面子，加上這些禮物，或許有些希望！」

太夫人點頭道：「嗯！這倒是個好辦法！策兒！你看怎樣？」

孫策高興地看了看孫權，點點頭：「不妨試試吧！」

當天，孫策拿著孫堅的信去了壽春袁術的將軍府上。李柱子和一個家奴擔著金銀和絲綢等厚禮跟在後面。

袁術在大將軍府裡召見了他。劉勳也在一邊作陪。雙方分賓主坐下後，孫策說明來意，送上孫堅的書信。袁術草草看了書信，扔在一邊，目光掃過孫策身後李柱子和一個家奴抬進的擔子，眼睛瞇成一條縫，幾分感嘆道：「哈哈哈！沒有料到孫公子對一個家奴如此厚愛！」

孫策微微一笑道：「這琴癡雖是一個家奴，但為小侄鋌而犯法，可算忠勇之士！而況，他武藝出眾、知書達理、精通音樂，可謂難得人材！這樣的人材，不光小侄想傾力救他一命，就是袁伯父也定不忍心殺他的！」

袁術笑了笑，道：「世侄所說，孤豈有不知？只是，王子犯法，與庶民同罪！就是人材與忠勇之士，也不例外！」

孫策笑道：「侄兒知伯父執法嚴峻公明，故備了點薄禮，請袁伯父網開一面！」

袁術冷笑道：「賢侄！這金山銀山孤並不稀罕！孤稀罕的乃是你父的傳國玉璽！侄兒莫非不知麼？」

孫策知他會出此言似的，穩穩一笑，道：「袁伯父！傳國玉璽非父命不得送諸他人！此事伯父自與家父相商好了！家父有書信在伯父處，伯父不妨修書家父商討此事！小侄兒輩怎好管大人們事！侄兒只是懇求伯父放還家奴琴癡罷了！」

袁術被他堵得一時說不出話，愣了一下，似乎覺得再逼也無益，就自我解嘲似地笑道：「也是！也是！這是我與文臺間的事！」又看了看孫策後面的幾擔金銀絲帛，道：「賢侄，看在你父親面上，本將軍答應不殺琴癡！但需關上幾日，以平我手下軍士怒氣！過兩日便放了他！」

孫策趕緊道謝，並提出去看看琴癡。

袁術看一看劉勳。劉勳知他意思，趕緊道：「公子！主公已經答應了過兩日就放了琴癡！足下現在去看琴癡，如讓彭司馬手下的軍士知道了，豈不又要遷怒於主公？」

袁術跟著打哈哈：「是啊！是啊！賢侄！就不用看了吧！哈哈哈！」

孫策又懇求了一會，袁術仍不答應。孫策只好悻悻地起身告辭了。

孫策走後，袁術令劉勳再去說服周瑜。

「這個家奴一定要為我所用！你務要在本將軍放還他之前將他勸過來！」袁術命令道。

劉勳眼珠轉了轉，故做為難道：「主公！卑職已經勸過多次了！這小兒口氣硬得很！」

袁術恨恨道：「那你也來硬的！」

劉勳：「殺了他？」

袁術氣眼露凶光，望著前方，陰沉地說：「既是人材，就不可為他人所用！孤不能用，就要殺掉他！上回讓張昭跑掉，孤已後悔莫及！你先盡力勸！勸不動了，便殺之！」

劉勳應道：「遵令！主公！」跟著一臉阿腴之色道：「主公英明！卑職一萬個也趕不上！」

袁術自負地笑了。

第七回　闖刑場周郎獲救，推誠心雙雄結義

當下，劉勳帶人走進大牢。

有了袁術的尚方寶劍，他覺得事情好辦多了！他想來個一石二鳥，最後勸琴癡一次，如若不行，就毫不猶豫殺掉他。當然，這次相勸，不會是那麼客氣的！他要拿另一個人的命來勸琴癡。這個人雖為小官吏，但素不把他放在眼裡，而且屢屢抗命。這人就是季原。用季原的命都勸不了琴癡，那就非殺琴癡不可了。他料到，以他略知的琴癡的倔強個性，季原之死只會更加激怒琴癡。這樣最好不過了。琴癡就死定了！

到了琴癡的牢門前，牢頭打開牢門，劉勳的幾個壯大的軍士一湧而入，兇悍地將季原拖了出去，扔到劉勳腳下。

劉勳冷笑道：「季夫子！本官給你最後一次機會！你是願做無頭之鬼，還是願為袁將軍效力？」

季原面無表情，不卑不亢道：「老朽老了，不堪為官！你們何必如此厚愛老夫？」

劉勳嘲弄道：「夫子雖然老朽，但在本地還是很有名望的！夫子擁戴主公，聽話納糧的百姓就會多一些！」

季原冷笑一聲道：「老夫自幼讀詩書五經，也略知春秋大義，豈可見利忘義、數典忘祖，效命狼狗！」

劉勳大怒，拔出劍指著季原道：「那，我就成全你，讓你捨生取義好了！」

周瑜在牢中撲過來，抓著牢柵門使勁地搖：「不可！」

季原回頭對周瑜道：「公子！老夫今日捨生取義了！公子若能存生，定要輔佐明君，掃除戰亂，除暴安良，還天下百姓蒼生以安康太平！公子——」

話沒說完，劉勳一劍捅進了他的胸口。季原慘叫一聲，雙手抓住寶劍，渾身顫抖著，痛苦地癱倒在地上。劉勳又猛地拔出寶劍，一股鮮血噴了出來。季原呻吟著倒在地上。

周瑜的淚水湧出，他怒視劉勳：「畜牲！我定會要你償命的！」

劉勳哈哈大笑：「狗家奴！你自己都沒命了，又如何要本官的命？本官最後一次問你：你是願做無頭之鬼，還是願為袁將軍效力？」

周瑜怒視他：「呸！癡人說夢！」

劉勳得意地冷笑道：「不識抬舉的奴才！本官要的正是這句話！明日你我刑場上見吧！本官親自為你監刑！」

說完，領了眾軍士揚長而去。幾個牢頭趕緊上前去拖季原的屍體。周瑜看著被拖走的季原，心裡塞滿悲憤與痛苦。

第二天午時，周瑜被幾個軍士拖了出去，押進囚車，直拖到城南的刑場上。

這個刑場是用土壘成的臺子，臺上立著幾根柱子。刑場下四個方向都站滿了披掛齊整，手持弓箭和刀槍劍戟的軍士。

周瑜被拖出囚車後，押上行刑臺，雙手被反綁在一根柱子上。兩個扛著鬼頭大刀的劊子手已經候在上面。

老百姓從四面八方奔來，滿滿地擠在刑場下，等著看殺人。

劉勳騎著馬，領著一隊軍士，神氣十足地從老百姓慌忙讓開的道中，走了過來，上了行刑臺，走向周瑜。

「琴癡！本官今日親自送你一程！後不後悔？」劉勳皮笑肉不敵笑道。

周瑜怒視他：「沒有後悔！唯有可惜！」

劉勳不解：「可惜什麼？」

周瑜望著遠方嘆道：「可惜無緣與孫公子共展抱負、拯救蒼生、創不世之業了！」

劉勳啞然失笑，道：「你一個家奴竟有拯救蒼生、創不世之業之志！倒真是奇人！你怕是上了刑場，嚇昏了頭，方才會癡人說夢吧！哈哈哈！」

此時，行刑臺下的百姓越圍越多，未免談論紛紛。一個百姓驚訝道：「聽說就是他殺了劉太守手下的司馬！哎呀！這還未及弱冠啦！」

另一百姓應和：「聽說他只是個家奴啊！真是條漢子！」

劉勳聽見了臺下的議論，臉上浮現嫉妒的表情，他往前走幾步，對臺下喊道：「各位軍士！各位父老！臺上此人是孫策公子家的家奴！膽大妄為，竟然砍殺本官手下司馬！殺人償命！為了還彭司馬一個公道！本官將此人處以斬首！」

行刑臺下一隊軍士高呼：「殺了他！為彭司馬報仇！殺了他！」

劉勳臉上浮現得意的笑容，看了看天色，喝道：「時辰到！將犯人琴癡就地處斬！」

一個劊子手端著一碗酒上前，送到周瑜嘴前。

周瑜一飲而盡，然後用嘴叨著碗，頭一搖，碗被扔出很遠。將頭抬起，望著遠方。

此刻，天空流動著鉛灰色的雲，像老天爺茫然無措的臉。乾冷的風一陣一陣地掠過乾枯的樹枝，發出嘎吱嘎吱的淒涼的聲響。幾隻小鳥在天空奮力朝前飛著，因風大，牠們掙扎得有些吃力。臺下，一排排面如菜色、形容枯槁的百姓的臉都看著他，不少人眼裡現出悲憫的目光。

這一刻，周瑜思緒萬千。

他想到了他的母親。母親撫養他這般大，沒能有所報答，自己就成為了異鄉的斷頭之鬼！實在對不住母親。他想到了孫公子！好一個智慧膽略超群的少年英雄，真正的領袖之才，可惜，因為自己的執拗，竟與之失之交臂了，而且是永遠地失之交臂了，在自己剛剛明白事理的時候。

「小奴才！對你主人還有何交代？本官代為轉達！」劉勳幸災樂禍地嘲弄道。

周瑜沒有理他，望著藍天喃喃道：「可惜再沒有機會孝敬我母親了！」說完，眼淚悄然掛上淚角。

劉勳挖苦道：「哼！還是個孝子呢！你父母不是雙亡嗎？」

臺下一老婦人喊：「哎喲！這孩子是個孝子呢！為什麼要殺他啊！」

又一個老婦喊：「是啊！孩子還小嘛！又是孝子，幹嘛要殺他啊！」

人們對袁術、劉勳原本就無好感，都痛恨他們横徵暴斂，此刻都紛紛嚷了起來，為周瑜叫屈，刑場下湧起一片喧囂的波濤。

劉勳臉色變了，看了看臺下，趕緊惡恨恨地對劊子手猛一揮手：「斬首！」

一個已經脫去上衣，赤裸上身，磨好了鬼頭大刀的劊子手舉起了手中的刀。刀片在空中閃爍著耀眼的光芒。

周瑜閉上眼，眼角掛著淚珠，平靜地迎接著鬼頭刀的落下。

百姓中有人蒙上了眼睛。

臺下的彭司馬手下的兵大喊著：「快砍！快砍！」

劊子手大喝一聲，用力照周瑜的頭砍了下來。

說時遲，那時快，一枝羽箭流星一般飛了過來，正射在劊子手的頸上。

劊子手「哎喲」叫一聲，往後便倒。

跟著，遠處傳來馬蹄聲和一陣喧譁聲。周瑜睜開眼一看，只見孫策帶一群家奴騎著馬在人群奔馳而至。孫策正拈弓搭箭對著臺上。所過之處，百姓趕緊閃開一條道來。

劉勳在臺上大驚，喊：「孫公子！你想要幹什麼？你劫法場可是死罪！」

圍著刑臺的軍士們手拿兵器嘩地朝孫策圍了上去。

孫策手一鬆，搭在弓箭上的一枝箭射出，一個騎在馬上正指揮眾軍包圍他的軍官翻身落馬。

孫策又搭箭，開弓如滿月，箭去似流星，又一個軍官被射翻馬下。

「順我者生！擋我者死！不要命的，且受我孫伯符一箭！」孫策又張弓搭箭大喝道。

士兵們慌忙閃開道來。

孫策雙腿一夾，那馬直飛上行刑臺。臺上另一名劊子手抱頭滾下臺去。孫策張弓搭箭，對準劉勳：「劉大人！是否吃我一箭？」

劉勳嚇得趕緊跪倒在地，喊：「孫公子！不要亂來！我殺琴癡，是奉了主公將令的！本官只是奉令行事！」

孫策：「那你先放了琴癡！我自去找袁術理論！」

一陣吶喊聲響起，剛才跑散的士兵見孫策人少，又湧了過來，包圍著行刑臺。刀槍如林。老百姓們早跑得遠遠的了。李柱子等家奴也上了刑臺，團團圍住孫策，保護著孫策，拿著刀槍與軍士們對峙。

劉勳站起來，既得意又緊張地笑道：「孫公子！快快回去吧！我放你一條生路！」

「孫公子！快回去吧！不要做無謂的犧牲！以公子之才，大有可為！」周瑜道。

孫策沒有理他，一動不動，張弓對著劉勳。

空氣凜固了。幾隻烏鴉正要朝刑場上歇來，發現氣氛不對，又趕緊尖叫著紛紛飛走。

「刀下留人！刀下留人！」就在此時，一陣嘶啞的喊聲從遠處傳來。

跟著，只見蔣幹騎一匹快馬，從遠處跑奔過來，肩上背著一個包袱。

「蔣子翼！」周瑜驚訝道。

一群士兵上前嘩地上前將蔣幹攔住。

一個曲長用刀指著他：「你是什麼人？」

蔣幹臉色蒼白，氣喘吁吁道：「我是江東名士蔣幹蔣子翼！我有重要事情稟告劉大人！」

「蔣幹蔣子翼？哪裡有個江東名士蔣幹蔣子翼？」劉勳疑惑地看著蔣幹自語道。

「劉大人！你快放我過來！我有重要事稟告！」蔣幹喊。

「放他過來！」劉勳下令道。

軍士們開了道，蔣幹縱馬朝刑場奔去。到了臺下，下馬，然後往臺上跑去。

「大人！這個琴癡萬萬殺不得！他並非家奴！實乃是朝廷侍郎周異之子、廬江舒城周瑜、周公瑾！」蔣幹上了刑臺，氣喘吁吁道。

「什麼？」劉勳如聞霹靂，臉上大變，眼睛瞪得像牛眼，指著周瑜對蔣幹道：「你說，此人，是周異之子？周瑜？『曲有誤，周郎顧』的那個周郎？」

孫策也聽得呆了，舉著的弓箭放了下來，驚愕地看著周瑜。

蔣幹對劉勳道：「正是！大人！此人正是周郎！只是要試試孫公子為人，並要與孫公子一戲，方才投身為孫公子府上家奴！」

劉勳仍然呆呆地看著周瑜，半信半疑。

周瑜含著微笑，望著孫策，目光裡充滿溫存與友情，彷彿在告訴孫策真相。

孫策自然讀得懂周瑜的目光，疑惑的雙眼裡放出欣喜、驚喜的光芒，他會心地衝周瑜笑了笑，又對劉勳哈哈大笑道：「劉大人！你見過如此與眾不同、談吐不凡、秀麗無雙的家奴？」

劉勳瞪著周瑜：「你果真是周異之子周瑜周郎？」

周瑜冷笑：「是有怎樣？不是又如何？」

劉勳惱怒地看著他。

孫策冷笑道：「劉大人！你仔細點！要殺了周公子，不光周大人不依！就是袁術那裡也交不了差的！」

劉勳惱怒地對臺下軍士喊：「統統押回去！請主公發落！」

孫策高興地下馬，對周瑜拱手：「公瑾！伯符有禮了！」又上前擂了他一拳，道：「竟敢冒充家奴戲我！」

周瑜調皮地眨眨眼，道：「不干我事！我原只要向公子行乞，以知公子為人，豈料公子就收留了我做家奴！其實都是公子做的好事！」

孫策哈哈大笑。

幾個士兵上前把周瑜從柱子上解開，押著往前走。孫策、蔣幹等人也跟了上去。路上，蔣幹告訴周瑜，他回九江後，不放心周瑜，就借奉父命往荊州長沙郡探親之機往孫府來看周瑜，哪知到了孫府，聽說周瑜今日行刑，孫策已趕去搭救了，嚇了一身冷汗，趕緊直奔刑場去了。「幸虧兄弟我趕得快！」他有些後怕地對周瑜道。

到了袁術的將軍府，袁術得知事情的原委，他大吃了一驚，差點從椅上掉了下來。他家世代公卿，祖父與周瑜的叔祖父等都一同做過朝中太尉，他本人也認識京都的父母官、洛陽令周異。

「你果真是周大人的公子？」他瞪大了眼睛看著周瑜。

下在一旁與袁術議事的大將張勳也吃驚又欣喜地看著周瑜。

「是啊將軍！一點不假，他就是周大人的公子周瑜周公瑾！」蔣幹趕緊道。

袁術上上下下打量周瑜，驚訝道：「我看著氣度風采就非家奴模樣！原來卻是周公子！說起來你我兩家可是世交！孤本人也與你父親周異相識的！」

孫策道：「如此說來，周公子當是袁伯父之世侄了！諒不會為難周公子了！」

袁術：「不要急！來！坐下敘敘舊！孫公子，都一起坐下！」

周瑜、孫策、蔣幹等人全都坐在兩邊。

袁術等他們坐下，拍拍手道：「周公子果然是名門之後，忠義果敢、武藝出眾！孤甚是賞識！不知公子有無興趣與孤一道共創大業？」

周瑜不卑不亢道：「多謝袁將軍！只是晚生年歲尚小，只想多讀些書、交些朋友，並無意功名！」

劉勳看著袁術的臉色勸周瑜道：「周公子！據劉某所知，除你之外，主公沒有對任何人如此器重過！」

周瑜挖苦道：「那像你這樣沐猴而冠，又是受了誰的器重呢？」

劉勳的臉上現出難堪，他怒視周瑜：「周瑜！你不要太得意了！你以為你是周公子就了不得了？主公要你活你便活，要你死，你便死！你是有命案在身的人！」

孫策站起來：「袁伯父！小侄只請袁伯父速放了周公子！袁伯父收過小侄的厚禮，也答應不傷害周公子的！何況，周公子與袁伯父也是世交。望袁伯父速速定奪！」

袁術臉色變黑，臉上的肉皮無奈地跳動一下，擠出一點難堪的笑，道：「哈哈！這個，孤只是要留周公子在府上住幾天而已！」

周瑜也站了起來，拱手道：「小侄既是在孫公子家做客，理當先與孫公子同行，而況，小侄離家多日，也思念母親，袁將軍如不罪怪小侄，那小侄就不多留了！日後有空，一定再來拜訪袁將軍！」

袁術臉色變灰又變紅，再變白，既不甘，又惱怒，更多難堪。他愣愣地看著周瑜和孫策，半晌，無奈地低了低頭，道：「既然公子執意要走，孤就不留客了！」

孫策、周瑜、蔣幹趕緊一起向袁術行了禮，辭別袁術，轉身出去了。

袁術無奈又惱火地看著他們離去。半晌嘆道：「生子當如孫伯符、周公瑾吶！」

孫策、周瑜一行回到孫府，孫府上上下下自是滿堂皆歡。一是高興周瑜得救；二是高興這個琴癡竟是孫策一直想要去造訪的周瑜，這真是很有趣的事。吳太夫人說：「難怪我家上下執意要救琴癡！原來是天意！是天不絕周郎！」孫府為此連著數日大擺宴席，為周瑜慶賀。周瑜與孫策、蔣幹一連痛飲幾天。

皆大歡喜之時，也有人難受不已。此人便是草兒。這日子夜，孫策、周瑜、蔣幹在後院一間屋裡且飲且歌之時，服侍完太夫人的草兒回到後院她的房中，聽見那歡聲笑語和周瑜的琴聲，也透過紙窗看見周瑜風流倜儻的身影，竟不住撲進房中，趴在床上大哭開來。

與她同房的婢女見她這樣，摟著她笑了：「哈！琴癡原來是風流無雙的周公子，這下，你沒戲了！」

草兒哭得更難受了。

丫環又摟著她趕緊安慰：「草兒！不要哭了！這下也好！可以一心一意和李柱子好！看得出，柱子哥心裡有你！」

草兒蒙著臉，賭氣道：「我任誰也不想嫁！」

這年冬天，雪下得特別早。還是農曆十一月，淮南大地就已經飄起了雪花。大雪連下二日，直下得江淮大地一片銀妝素裹。

孫策、周瑜、蔣幹三人牽著馬在積雪的路上行走。蔣幹還要去繼續往荊州長沙郡去探親。周瑜和孫策一道送別蔣幹。

行了一程，到了一個三岔口，蔣幹要孫策、周瑜二人返回。孫策、周瑜不依，又行了一程後，二人經不住蔣幹勸阻，就止步了。蔣幹上了馬，道了別，背著包袱，直往遠處奔去。

待蔣幹的身影消失在茫茫雪天一線之後，周瑜與孫策也打馬往回走。走到那個三岔口，孫策勒住了馬，興致勃勃地指著一條直通前面山林的小路道：「前面有一山坡，我倆往那裡逛一回，如何？」

周瑜高興道：「正有此意！」

孫策笑道：「那我倆人就比試一回誰的馬快！怎樣？」

周瑜莞爾一笑：「可以！」然後，二人同時打馬，喝一聲：「駕！」往遠處奔去。周瑜騎的曆陽那家旅店裡租的暗紅色的馬。穿的自然是先前的一身白棉袍。因為天寒，裡面加了層背褡。——他的包裹與馬都從莊子裡那戶人家裡取了回來。黃色腰帶束著腰，腰中懸他的鑲珠寶劍；寶劍自那回孫府大戰後，一直為孫策收留著。腳上蹬黃緞紅底朝靴。頭上紮著黃色頭幘。孫策騎的是一匹赤紅的馬，穿紅色棉長袍。也用黃色腰帶束了腰。腰上懸劍。頭上紮著青色頭幘，足上蹬青緞紅底朝靴。於是，白茫茫的琉璃世界裡，飛起兩朵色彩絢麗的雲，一朵暗紅的，一朵赤紅的。

飄上了那個山坡，二人勒住馬韁繩，迎風而立。冬日的風吹過來，刺骨冰涼。但兩人都面頰通紅，胸膛起伏，好像燃燒著熊熊激情。挺立山坡，兩人都顯得英武挺拔、丰采翩翩。只是孫策英武中多些豪放與不拘一格，周瑜英武中多些飄逸和風流倜儻。

這是一個不太高的雪坡。一片一片的被雪覆蓋著的松林像戴著雪白頭盔的騎士兵團方陣一樣散佈在四周白茫茫的一望無際的雪原上。一條結冰的小河閃爍著光芒從西邊林中奔出，劃過前面的雪原，如一位身披素潔白袍的美麗少女，婀娜地舒展在原野上。一望無際的原野像一片白色的毯子，直輔向天際。一隻黑色的鷹從鉛灰色的天空裡閃電一般俯衝而下，在林子上空盤旋一陣後，猛地朝前面冰河中撲去，砸開薄冰，叼起一隻小魚，又翩然飛起來，直入雲霄。

周瑜嘆道：「好一片秀麗河山！」

「可嘆淮北山東，横遭兵火，未必有如此秀麗風景！」孫策也嘆道。說完，拔出劍指著坡下那條寬約二丈的小河對周瑜道：「公瑾！我孫策如能成當世之英雄、建不世之功業，就讓上天就保佑我縱馬躍過那條河，砍斷那岸那棵桃樹！」

說罷，他一夾馬肚，棗紅的戰馬踏起一片碎玉直朝那小河疾奔馳而去，像一團跳動的火苗，奔到河邊，駿馬忽然高高躍起，飛了過去。馬蹄尚未著地，孫策手起一劍，砍斷那棵碗口粗的桃樹。

周瑜拔出劍對著河那邊的孫策喊：「伯符！我周瑜日後若能扶助伯符開創基業，掃除戰亂，還天下百姓一個安寧，上天也讓我縱馬躍過那條河，砍斷右邊那柳樹！」說完，他也縱馬奔下去。

孫策聽了一愣，驚愕地望著他。

「扶助我開創基業？」他愕然自語道。

只見周瑜騎著馬如風吹的一團暗紅色的雲飄過來，到了河邊，他一提韁繩，駿馬騰空飛起，直往對岸落去。還沒著地，手起一劍砍斷右手邊一棵碗口粗的柳樹。

孫策收劍入鞘，鼓掌，喊道：「公瑾！好劍法！」

周瑜朗聲大笑：「哈哈哈！伯符！看來我倆人的宏願都會有實現之日了！」

孫策看著周瑜笑道：「足下既要匡扶漢室，怎又助我開創基業？」

周瑜調皮地對孫策眨眨眼道：「伯符兄！今日之公瑾非復昨日之琴癡矣！」

孫策不解地望著他。周瑜笑了笑，對他細述了在袁術牢中，遇上季原並被季原打通心竅的事。說完了，他嘆道：「事物盛衰，自然之理！與其扶助行將就木的漢室，何如扶助仁智兼備的明君！只要給天下百姓安寧和平，又何須在意是漢家江山還是誰家江山？」

孫策豪爽地在他肩上一拍，笑道：「沒有料到一場牢獄之災，竟使公瑾有如此收穫！哈哈哈！」跟著，停了笑，認真道：「只是，以公瑾的才華，大可以自創基業，何必定要輔助我？」

周瑜笑道：「如不輔助伯符，日後我倆豈不要決鬥沙場？」

「哈哈！莫非我孫伯符不可以輔助公瑾？」孫策笑道。

「伯符兄差矣！只可公瑾輔助伯符，豈可伯符你輔佐公瑾？」周瑜道，然後微笑著看著周瑜，侃侃而談：「其一，伯符是孫破虜將軍長子！孫將軍的名望與兵馬，正是伯符成大業的基礎，周瑜不能及。其二，伯符英才果敢，仁義厚道，聲名遠卓，天下英雄無不嚮往，也非周瑜所能及。其三，伯符智勇雙全，陣上廝殺可於百萬軍中取上將之首，攻城掠地，必是望風披靡，附者雲集，此也非周瑜所能及！有此三個不及，公瑾豈敢與伯符一爭長短？而況，伯符為兄，瑜為弟，弟輔兄，理所應當！伯符如願做劉邦、劉秀，公瑾便做張良、鄧禹、吳漢！」

孫策爭道：「公瑾錯矣！公瑾的才華遠勝於我……」還沒說下去，周瑜打斷了他，笑道：「伯符無須多言！周郎識人斷事，倒有些天份！這些日相處，伯符已令周郎由衷敬服！天下領袖，日後非伯符莫屬！此事已定，無需爭執！除非伯符嫌棄周郎，不欲攜周郎共創大業！」

孫策愣了一下，不甘心，又要說下去。周瑜拔出劍，一手掀起自己的衣袍一角，一手將劍擱在掀起的衣袍上，對孫策道：「伯符兄！如果再要爭執，周瑜只好與伯符割袍斷交了！」

孫策愕然。

周瑜笑了，放下衣袍，將劍平舉在孫策面前，目光炯炯，看著孫策道：「伯符兄！勞兄長拔劍！」

孫策感動地凝重地看著周瑜，終於，他的手伸向腰際，將劍拔了出來，口中道：「好吧！公瑾！恭敬不如從命！」然後，將劍猛地往周瑜劍上一叩，兩把劍架在一處，在雪原上發出悅耳的聲響，兩道寒光在雪光的反射下，顯得異常耀眼。兩人發出會意的大笑。笑聲在雪原上滾動著。

「還有！」兩人收了劍，周瑜道，「伯符兄長我一月！如不嫌棄！周瑜願與伯符結為異性兄弟！」

孫策大喜道：「好！我也正有此意！」

兩人當即下馬，在雪地裡撮起硬硬的土塊，捏成三柱香，立在雪地裡。然後雙雙跪下，兩人再拜，然後跪拜在地發誓道：「皇天在上！孫策、周瑜現結為兄弟！策為兄，瑜為弟！既為兄弟，當同心協力、救困扶危，上報國家，下安黎庶！患難與共，忠貞不二！皇天厚土，實鑑此心，背義忘恩，天人共戮！」

誓畢，周瑜又以兄長之禮對孫策拜了三拜，孫策受了拜，將他扶起。周瑜看著孫策笑道：「伯符兄！公瑾還有一事須請兄長定奪！」

孫策：「請講！」

周瑜：「伯符兄！小弟想請我兄和太夫人、二夫人搬到舒城我家居住！一則避開袁術！二則同住舒城，我就可與伯符朝夕相處，伯符兄以為如何？」

孫策高興地拊掌：「哈哈！實在太好了！」跟著又疑惑道：「只是我家與叔父孫靜二家，加上婢女、家奴，一共百來十號人，你家都住得下？」

周瑜笑道：「我家與你家模樣相似，卻比你家還要大三分！現有許多空房空著！不僅住得下我兩家，且太夫人和諸兄弟住進去後，必無陌生之感！」

孫策大喜，兩人當即說定了，然後翻身上馬，帶著一臉的春風得意，大聲地、興奮地呼叫著，又躍過那條小河，奔上雪原，然後又從雪原上往來路奔馳而下，雪地上飛起兩朵雲彩，灑下一串歡笑。

這年底，孫策一家和叔父孫靜一家搬到了廬江郡舒城周瑜家住下。周瑜的家是坐北朝南的，大門面南而開，結構與孫府一樣，分前後兩大院。後院裡由迴廊連接著數十間房屋。周瑜將前院及正屋都讓給孫策一家住；自己一家則住在後園的數十間房中。孫策的部分家奴和奴婢也住在這片房中。吳太夫人和孫策都過意不去，要周家仍住正屋大宅，自己住後花園後的房屋裡，周夫人和周瑜稱：周家家奴和奴婢都少，住不了那大的房屋。吳太夫人和孫靜只好住下了。周瑜也有一兄，在外地做官，並未住在家中。

孫策一家住下後，周瑜在正堂屋裡升堂隆重叩拜孫策母親吳太夫人。升堂拜母是結交朋友最隆重的禮節。自此兩家住在一處，共通有無，宛如一家人。為不致打擾孫家，周瑜令人在後花園的西頭院牆開了一門，令自己的家奴和婢女由此門進出。周瑜母親周夫人與吳太夫人、吳二夫人相處十分融洽。周瑜與孫策更是朝夕相處，每日或習武弄劍，或談論天下大勢，或縱馬出遊，或拜訪名士，頗為舒心。孫堅在魯陽，聽說家奴琴癡竟是故太尉周景侄孫、昔日洛陽令周異之子周瑜，甚是驚訝，得知周瑜化身為奴的真正原因後，對他的智謀膽識十分欽佩。後孫策要舉家遷往周瑜家，他一口應充。後來，孫堅回來省親。看見周瑜果然風流倜儻，又熟讀兵書，精通劍術，氣度非凡，待人又是豁達大度，心中十分歡喜，連道孫策交了絕世好朋友。和孫堅一同來的程普得知琴癡原是出身高貴的公子，也十分驚訝，他才想通了第一次與周瑜相見，周瑜竟敢頂撞他的原因所在，原來是公子本性使然。見孫堅很喜歡周瑜，他臉上也沒有表露什麼。況且，周瑜見了他，也為此前頂撞他的事躬身道了歉。

第八回　顯神威英雄除盜，逞智勇少年揚名

轉眼到了初平三年春天（西元一九二年），四月的淮南，草長鶯飛，繁花似錦。這日，陽光朗照，周府後花院內，周瑜、孫策及孫弟諸弟、孫靜之子孫瑜等人一同玩捉迷藏。先是孫權被蒙著眼睛找眾人，結果抓到了孫匡，由孫匡摸人。孫策的小妹孫尚香已經三歲，很喜歡周瑜，硬要周瑜蒙上眼來摸人。於是都順了她，蒙上周瑜的眼。周瑜早知孫尚香躲在石椅之後，卻故做不知，在她前面摸來摸去，就是摸不到她。惹得孫尚香咯咯笑個不停，在石椅後用稚嫩的聲音連連叫喚：「我在這裡！在這裡！」周瑜在石椅上方假裝笨拙地亂摸，幾回回觸到她的眼邊，又幾回回縮回手來，嘴裡還做出著急模樣，念念有詞道：「在哪啊！香兒！在哪啊！」孫尚香先是被逗得呵呵大笑，直罵他瞎子，後又急得不行，乾脆用小手抓住周瑜的手往自己臉蛋上一放道：「我在這裡呢！」而周瑜卻佯裝不知，又拿回手，在她面前摸，嘴中道：「哪呢？」孫尚香急了，暴躁地抓住周瑜的手，使勁咬了一口道：「你要氣死我了！」周瑜則故意負痛地大叫：「哎喲！哎喲！各位兄弟看看，是不是老鼠咬了我？哎喲！痛死我了！」這下又惹得孫尚香呵呵亂笑一氣。眾人看見孫尚香又急、又氣、又笑的樣子，以及

周瑜故意裝神弄鬼的樣子，都開心地樂了。

正鬧著，李柱子走了過來，趨身到周瑜面前，說有人送來一封信要交給他。周瑜取了面罩，接過信，就打開來一看，大吃一驚，怒道：「大膽蟊賊！豈有此理！」

孫策走了過來，拿過信看。

此信是離此五十多里地的霍山的山大王樊能派人送過來的。

原來，蔣幹從荊州回到九江家中後，再未與孫策、周瑜見過面。這日，尋得空閒，便過來探望周瑜。他家有良田數百畝，也算富貴之家，雲遊四方的盤纏是足夠的。不料，路過霍山時，被強盜截住。他自稱是舒城周郎的朋友，哀求強盜放他一馬。強盜頭目樊能聽說他是周瑜孫策的朋友，當即將他綁上山去。樊能是豫章郡人，自小領著街市上無賴混混遊手好閒，後與人鬥毆，怕吃官司，亡命他鄉，上霍山做了強盜，漸漸聚起四、五百號人。附近幾個小縣都曾被他洗劫過，獨對舒城未敢輕舉亡動。原因便是舒城有個周瑜這樣的文武雙全的少年英雄。最近又聞得孫堅之子孫策一家又搬了過來，他更是有所忌憚了。沒想到無意中撞見了自稱是周瑜朋友的蔣幹，他知道周瑜是重情義之人，於是就以蔣幹為人質，派會寫字的手下寫了封信送往舒城周瑜家，向周瑜要一筆錢財。他知道周瑜家世代為官，頗有資產，且舒城乃是富庶之地。他想如周瑜應戰，便證明周瑜厲害，他便放棄打舒城的念頭。如周瑜不敢應戰，依要求送來銀兩，便證明周郎軟弱怕他，他便可尋機洗劫舒城。

孫策看完信，將信撕碎，怒道：「大膽狂徒！我孫策現在就帶眾家奴踏平他的山寨！」

說完就令李柱子去集合孫、周兩家的家奴。

「且慢！伯符！」周瑜止住了他：「伯符！我們兩家家奴加起來才不過五六十號人，大多未經戰陣！貿然打上去，怕會吃虧！」

孫策道：「我們人固少，但你我有萬夫不當之勇，況且我的家奴都曾習武，何懼之有？」

周瑜搖頭道：「伯符兄！你有所不知，這樊能人馬加起來有四、五百之多，且據山把守！若是平地上兩軍對陣，以伯符勇烈，自不是我等對手，但若前往攻打，怕領三千軍也難攻下！」

孫策原不知樊能情況，聽周瑜一說，也就冷靜下來了。兩人一合計，決定到縣廷去借些縣兵。

舒城縣在廬江郡是大縣，人口原在萬戶以上。以漢制，大縣之主官為令，小縣，即不滿萬戶的縣主官為長。舒城的縣令姓白，四十來歲，在此任縣令多年，對周瑜自是熟悉，故此去年郡舉周瑜孝廉，他就放出話稱，如周瑜舉為孝廉，就辟為他這裡的縣尉好了。縣尉就是一縣之軍事長官，手下統領百餘捕盜兵及縣兵，專司緝盜拿賊、保一縣平安事宜。以大縣的標準，縣令手下須有兩個縣尉，但他手下只有一個姓鄭的縣尉，還差一個。這鄭縣尉不僅緝盜不賣力，且有執法不公及通盜的嫌疑，只是白縣令沒有抓到把柄而已。白縣令對他並不稱心，一意想周瑜做縣尉幫他一把。不料周瑜對舉孝廉竟拒絕了，讓他十分遺憾。

當周瑜和孫策來到縣廷找到白縣令，說明欲向他借兵一百去掃蕩霍山之意時，他嚇了一跳。他當然知道霍山的盜賊的人多勢眾，這一點兵顯然是有去無回的。他身邊的長滿絡腮胡的鄭縣尉更是將頭搖得像個潑郎鼓，連稱霍山的盜賊需從郡府借兵，不是他一縣之兵所能管的事。周瑜反覆稱兵雖少，但以少勝多也未為不可，請白縣令和鄭縣尉看在同是鄉鄰的份上幫一把。那鄭縣尉瞪了眼說：「堂堂縣廷的兵又不是你私家的兵，你說要用便用？」說得一旁的孫暨怒目而視，差點就要一拳打過去。周瑜對孫策示著眼色止住他，對白縣令正色道：「保境安民，原本府上職責！今我朋友為盜賊綁架，我來官府報案，府上理應有所作為！就算是人少，也需奮力一搏，豈有推託塞責之理？而況，府上縣兵雖少，但加我等手下家奴，又招募些義勇，有勇冠三軍的孫將軍公子孫策統領，也足可破賊！奈何竟畏懼至此？」一席話，說得白縣令無言以對，只好令鄭縣尉領帶所有縣兵擇日隨兩位公子去掃蕩霍山。鄭縣尉一臉的不樂意，也只得悻悻從命。

第二日，孫策、周瑜又到四周招募義勇，稱要上霍山破賊。街頭和四鄉里一些少年聽說孫公子和周公子募義勇去破賊，無不踴躍加入，只一天便招募了三百多人，加上鄭縣尉的一百縣兵及孫、周兩家的五十多家奴，人數也與樊能的差不多了。周瑜又往縣府的兵庫中領了一些兵器，不夠的，便拿了木棒。

過了一日，午時三刻，孫策、周瑜、鄭縣尉讓眾縣兵大饗一頓，便領兵去了霍山。孫策綽了一杆碗口粗的渾鐵長槍，騎著棗紅馬。周瑜擅使劍，但想到會兩軍混戰，長兵器要佔便宜，便也拿了杆槍。胯下是他心愛的「白雪飛」。從孫策家裡回來時，他途經曆陽，從那家旅店中取了自己的「白雪飛」。如今，「白雪飛」更出落得膘肥體壯、目如閃電、四肢生風。

走了二個時辰，到了樊能山寨下。樊能早領著二百多人迎面攔著了。樊能三十有餘，長約七尺五寸，五大三粗，滿臉橫肉，面色黑如鍋底。身穿罩衣，頭頂紫金冠，胸前勒了甲。騎一匹烏黑的馬，手中橫一杆渾鐵槍。身後一名小盜舉著一杆大旗，旗上寫著一個「樊」字。他細細地打量著周瑜、孫策及後面的服裝不整、兵器不全的義勇、家奴、縣兵聯軍，嘴角裂開不屑的笑。

孫策、周瑜令眾勇士列好隊形，然後孫策挺槍縱馬率先奔出，衝樊能喊：「山賊！認得烏程侯破虜將軍孫文臺之子孫策孫伯符麼？識相的話，快快把我朋友放了！」

樊能哈哈大笑道：「乳臭未乾的小毛孩！你爹孫堅又値個鳥？要你來扯虎皮做大旗！天下人都知你爹曾被董卓打得丟盔棄甲躲到草堆裡才倖免一難！哈哈哈！犬父自有犬子！跑這裡來撒什麼野？快回去吃奶去！」

他頭頂上的樊字大旗也和著笑聲鼓蕩不已。

孫策大怒：「狂賊！看我取你性命！」

說完他一夾棗紅馬，挺槍直奔對方。

樊能舉槍來迎。

二把槍打在一處。

戰了約七八回合，樊能抵擋不過，喊一聲：「我的小兒！還有些力氣！」轉身就跑。

孫策躍馬挺槍，直衝過去。

周瑜將槍一擺，喝道：「眾弟兄！殺啊！」

眾士兵、義勇和家奴吶喊著衝上去。

前面，孫策已衝開敵陣，連連捅翻幾個強盜。其餘的人跟著樊能狼狽逃竄。追到一陣，只聽一陣鑼響，兩邊樹林裡忽然冒出樊能的二路人馬，一左一右殺了過來。樊能也領人轉身殺了回來。

周瑜大驚。他旁邊的鄭縣尉大喊著：「中埋伏了！快撤！」領頭拔轉馬頭就往後跑。其他縣兵一看縣尉已跑，都跟著往回跑。那些義勇雖然勇敢，但都是沒有打過仗，見中了埋伏，也都慌了神，一見縣兵往後撤了，有的便跟著轉身跑，有的則茫然地看著周瑜。

周瑜大喊：「不要跑！狹路相逢，勇者勝！我等只堅持一刻，盜賊自會退去！」

孫策也勒住馬頭喊：「後退者斬！」

但眾縣兵不聽，隨著鄭縣尉早跑得沒影了。一半的義勇也隨著跑掉了。

這時，樊能的三路人馬已經衝了過來，將孫策、周瑜及數十名家奴、百餘名義勇圍在中央廝殺。孫策、周瑜仗著有些武藝，左衝右擋，以一擋十，哪裡人多，便殺向哪裡，連連捅翻數十名強盜，解救了不少被圍盜賊圍著砍殺的家奴和義勇。兩人身上都沾滿鮮血。但因盜賊人多勢眾，又慣於廝殺，而家奴及義勇們多未經戰陣，所以，漸漸抵擋不住，不少義勇和家奴倒在血泊之中。

周瑜見此，趕緊對孫策喊：「伯符！我在此抵擋！你帶眾人撤下！」

孫策道：「你先撤下！我來擋住！」忽然，透過人群，他看見樊能正連連捅翻兩名義勇，大怒，挺槍直奔樊能，口中喊：「樊能！我取你性命來也！」

樊能嚇得趕緊拔馬跑，身邊的強盜一湧而上，趕緊朝孫策圍上來。孫策趁勢喊：「公瑾！快殺開血路領大夥往外衝！」

周瑜覺得事不宜遲，就對家奴和義勇們喊：「快隨我衝出去！」說完，一馬當先，連連捅倒面前幾個強盜，殺開一條血路，突出包圍，後面李柱子等家奴、義勇跟著他開出的血路就勢殺了出去。

周瑜帶人殺出包圍後，令李柱子帶眾人趕緊往回撤，自己提了槍返身殺回去救孫策。孫策見他殺了回來，知道大部人馬已突了出去，便領著斷後的家奴、義勇與周瑜一道往外衝殺。孫策驍勇善戰，一杆鐵槍上下翻飛，如梨花飄舞，萬夫莫擋。擋在前面的強盜非死即傷，紛紛倒地，剩下的趕緊散開一邊。兩人領著人殺出重圍，直追前面的李柱子等人去了。

樊能見他們突了出去，也不追趕，喝住強盜，對著跑遠的孫策周瑜哈哈大笑：「孫策、周瑜！你們從哪裡找來的幾個鳥人！不夠我殺！還是快拿錢來贖人吧！」

孫策聽見了，恨恨地對周瑜道：「公瑾！你們先走！看我一人取他人頭！」

周瑜攔住他道：「伯符！不值得與他鬥氣！大丈夫能屈能伸！我們回去再想辦法好了！」

孫策含恨嘆了口氣，一拍馬肚往前奔去。

周瑜令眾家奴抬著負重傷的家奴趕緊跟上，自己提槍仗劍斷後。一行人馬沮喪地朝城裡走去。落日殘照。如血的光芒照在滿身是血汙的孫策、周瑜的身上，還有這一行垂頭喪氣的敗軍的身影。周瑜看著垂頭喪氣、斷胳膊少腿、狼籍一片的殘兵，眼眶濕潤了，嘆道：「我自幼也算飽讀兵書，不料竟被一個山大王略施小計，打得如此狼狽！回去後如何向眾鄉鄰父老交待！」說完，淚水流了出來。

回到舒城，清點人數，共折了義勇八十餘名，另有數十人掛彩。兩家家奴共戰死十多名，其餘的多掛了彩。李柱子的肩上也吃了一刀。而眾縣兵無一傷亡。周瑜、孫策自從家中取來銀兩撫恤戰死的鄉勇家眷，對受傷的鄉勇也都發放銀兩讓他們自去醫治調養。戰死的鄉勇的父母家人聞說兒子戰死，都悲慟不已。好在周瑜、孫策從自家拿出銀兩撫恤，加上鄉勇們皆是為緝盜捐軀，故也都通情達理，未引出亂子。受傷的鄉勇也同樣沒多少怨恨。只是，鄉鄰門見孫策、周瑜取勝不了樊能，先前的興致與踴躍都消失了，難免有些風涼話。周瑜、孫策為此沮喪不已。

過了一日，周瑜、孫策兩人又去縣廷找白大人，未等他們開口，白大人就哭喪著臉說自己無能，請他們去郡府要兵。

周瑜、孫策狠狠瞪了一眼坐在一邊的鄭縣尉。孫策道：「大人！這一仗我等就輸在鄭縣尉帶人擅自脫逃！」

鄭縣尉跳了起來，冷笑道：「明明是中了人家的埋伏，還說本官脫逃！若不是本官帶人跑得快，本縣百十號人馬也就丟了！那樊能早就殺進了縣府！」

周瑜嚴正道：「鄭縣尉錯了！兩軍對壘，犬牙交錯，勝負之勢，瞬息萬變，決定勝負的關鍵，便是一個勇字！狹路相逢勇者勝！如我等奮力廝殺，則雖中埋伏，一樣可擊退盜賊！」

孫策臉色鐵青道：「我等猶在死戰，而鄭縣尉竟棄我等不顧，帶隊脫逃，置我等於重圍之中！如在我父親軍中，以鄭縣尉所為，早便斬了首！」

鄭縣尉滿不在乎地冷笑：「可惜現在不是在你父親軍營！本官身為縣尉，有何理由替你等賣命？」

孫策大怒，手按劍柄，站起來，直視鄭縣尉：「你！」

白縣令趕緊勸解：「好啦！好啦！不要吵啦！」

孫策氣恨恨坐下道：「在下只想請白大人看在我父親面上借兵與我！本公子敢立軍令狀！如打不破樊能，提頭來見！」

周瑜：「而且，人馬須交我和孫公子統率！」

「不可！白大人！他二人都是平民百姓，又未成人，怎可以統率縣府之兵？」鄭縣尉站了起來。

「有何不可？」周瑜冷笑道：「去年郡府舉孝廉欲辟我為舒城縣尉，如我赴任了，還用今日找白大人要兵？」

鄭縣尉白了他一眼：「哼！可惜你現在是平民之身！」

孫策站起：「平民之身又怎樣？曹操興義兵之時便是一個削去了官職的平民！我孫策出身將軍世家，乃春秋孫武子之後人，又有何不可統縣廷之兵迎擊盜賊？」

周瑜望著白縣令正色道：「如果大人不許我等領兵除賊，這夥強盜見我等軟弱，勢必殺上門來。到那時，生靈塗炭，士人受辱，你白大人自然脫不了縱賊之過，依大漢律，當夷滅三族！大人到時悔之晚矣！」

白縣令聽周瑜一說，臉變色了，趕緊道：「那是！那是！保境安民，乃本縣職責所繫？豈可妄推？」說完，他令鄭縣尉將全縣之兵，交由孫策、周瑜調度。鄭縣尉不情願，站起來要爭執，被白大人制止住了。孫策便令鄭縣尉道：「鄭縣尉！請你明日食時領縣兵於縣廷門前集合！如有違令，本公子依軍令處置！」

鄭縣尉瞪一瞪他，板著臉將臉扭向一邊。

周瑜對白縣令道：「大人！孫公子有乃父之風，治軍從嚴，雖然是平民，也敢斬朝中命官的！」

白縣令難堪地點點頭道：「正是！正是！」又對鄭縣尉道：「鄭縣尉！請以國家為念，聽從兩位公子調度！事成之後，本官定為你請功！」

鄭縣尉看了看白大人，恨恨地站了起來，氣衝衝地走了出去。

孫策、周瑜隨後也辭了白縣令，領了幾名家奴去四鄉里招義勇。鄉民街坊們因孫、週二人上回兵敗，多不願子弟應招。也有少數人家敬重孫策、周瑜為人，加之所做的事是為眾鄉鄰平安，而歿或傷的撫恤也豐厚，所以拗不過少年子侄輩的請求，放他們跟了孫策、周瑜。所以，一日之內，也招了百十號人。

翌日，孫策、周瑜就帶了鄭縣尉並一百多個縣兵還有百來個鄉勇及家奴帶了兵器，逕往霍山去了。

隊伍行到了霍山腳下一個樹林旁，孫策和周瑜對了一下眼神，兩人勒住馬，令隊伍停下。

在後面的鄭縣尉趕了上來質問隊伍為何要停下。孫策正色道：「上回擊盜，鄭縣尉可曾參戰？」

鄭縣尉氣呼呼道：「廢話！」

孫策冷笑：「鄭縣尉可否臨陣脫逃？」

鄭縣尉不解地：「你是何意？」

孫策冷笑：「身為縣尉，臨陣脫逃，死罪！今日本公子要取你首級以正軍紀！」說完，他拔出劍來。

鄭縣尉大驚，趕緊拔劍，還沒拔出來，孫策縱馬上前，手起一劍，將他砍下馬來。隊伍中，鄭縣尉幾個心腹衝了上來，周瑜拔出劍，手起一劍，砍翻衝在前面的一個心腹，用劍指著他們大喝一聲：「敢妄動者，與此同耳！」其餘的幾個心腹都被震住了，呆呆地看著他和孫策。

孫策跳下馬，砍下鄭縣尉的首級，然後舉著血淋淋的首級，對眾人道：「鄭縣尉身為國家軍吏，竟臨陣脫逃！我已將他斬首！從現在起，凡不聽我將令，及臨陣脫逃的，與他同樣下場！」

眾縣兵一齊跪下：「願聽孫公子、周公子將令！」

孫策與周瑜相互看了看，滿意地笑了，然後，孫策命令道：「出發！」

於是，大隊人馬雄糾糾地往樊能在山寨開去。到了山寨之下，周瑜對孫策點點頭，孫策自點五十名縣兵離開大隊，往山後奔去。周瑜領著大隊人馬鼓噪著、吶喊著往樊能山寨衝去。

到了山寨前，聽見了吶喊聲的樊能的人馬早已列陣等候。周瑜仔細一看，卻不見樊能，領頭的是一個歪脖子的小頭目，後面領著百多號人，他趕緊指揮隊伍列好陣勢，然後挺槍對歪脖子道：「蟊賊！你豈是本公子對手？快叫樊能出來！」

歪脖子大怒道：「乳臭未乾的毛孩！敢小看我！」挺槍朝周瑜衝來。

周瑜挺槍迎了上去。兩馬相交，殺在一處。只二合，周瑜大喝一聲，一槍將他捅下馬來。

歪脖子帶的百十號人一見他被捅下馬，哪裡還敢戀戰？撒開兩腿往山寨跑去。

周瑜並不追趕，對嘍囉喊：「要你們樊大王出來應戰！我周郎今日要扒他的皮！」

不多一會，樊能領著大隊強盜吶喊著殺了下來。他顯然是喝多了酒，原本漆黑的臉漲得通紅，滿嘴噴著酒氣，橫著槍醉醺醺地對周瑜喊：「周郎！孫郎為何不見了？莫不是去魯陽搬他爹去了？」

他的嘍囉們都哄笑開來。

周瑜大怒道：「放你娘的屁！孫公子去郡府搬兵去了！搬來人馬再來踏平你這山寨！本公子不服氣，先來和你鬥幾合！」

樊能得意地笑道：「毛小子！就是把他爹的兵搬來也不頂用！」

周瑜大怒：「有種你與我鬥三百合！」說完，縱馬挺槍直奔樊能。

樊能哈哈大笑一聲，挺槍相迎。兩馬奔到中央，鬥起來。戰了約十多回合，周瑜抵擋不住樊能，虛晃一槍，拔馬往回跑。

周瑜領的隊伍見周瑜敗下陣來，大叫著：「不好了！」像一群鴨子一樣亂哄哄趕緊轉身往回跑。

樊能哈哈笑了，得意地大叫著：「兄弟們！給我追！」挺著槍帶著二、三百嘍囉追趕。追了一陣，身邊一嘍囉轉身指著山寨喊：「不好了！大王！寨子失火了！」

樊能回頭看，只見山寨上方，濃煙滾滾。

樊能的頭腦一下清醒了，他瞪著眼罵道：「媽的！中計了！」趕緊拔轉馬頭喊：「快回山寨！」

眾嘍囉跟著他往回跑。

周瑜回頭看見了山寨上方的煙火，也看見了樊能慌忙轉身往回跑，就對眾人喊：「諸君！樊能已中我計了！諸君隨我奮勇殺敵，為國家立功！」

說完，拔轉馬頭，一馬當先，挺槍追擊樊能。

眾人也返身吶喊著，隨他奮勇追殺過去。

樊能正領軍狼狽地往山寨跑著，迎面傳來一陣吶喊聲，只見孫策縱馬挺槍領著五十名縣兵迎頭衝下來。蔣幹也騎著一匹馬跟著後面，手裡拿著一把刀。

原來，這正是周瑜的計策：周瑜領大隊人與樊能正面交鋒，然後佯裝敗逃，引得樊能追趕！而孫策則帶五十名縣兵從後山爬上山，攻入無人防備的山寨大廳，救出蔣幹，然後一把火燒了山寨，又搶了山寨的馬，迎頭殺了下來。

樊能的嘍囉一見孫策迎面殺過來，有的嚇破了膽，趕緊散開，有的仗著人多，硬著頭皮頂上去，但哪裡擋得住孫策驍勇。孫策一馬當先，一杆槍左挑右捅，前劈後打，快似流星，疾如閃電，順之者生，逆之者死，直殺得盜賊魂飛魄散，避之不及，轉眼殺到樊能面前，他橫槍欄住樊能喝道：「樊能！下馬受降，饒你不死！」

樊能仗著酒勁，拍馬舞槍就朝孫策衝來。

孫策迎上去，手起一槍，捅在他的肩上，將他挑下馬來。正要再捅，樊能後面的數十個心腹嘍囉挺槍舉刀來救樊能，孫策只好揮槍迎戰這數十個嘍囉。而另外幾個心腹嘍囉趁勢抬出樊能，樊能忍著痛，上了嘍囉牽來的馬，在幾名嘍囉護衛下，往遠處落荒而逃。

對面，正領人與眾嘍囉廝殺的周瑜遠遠地看見樊能出戰場，就一槍刺倒一個嘍囉，對樊能的人喊：「樊能已經跑掉！你等還不快快投降？」

剩下的嘍囉見樊能已跑掉，知道大勢已去，趕緊跪下，口中喊：「投降！我們投降！」於是，地上跪了黑乎乎一片。

圍著孫策的數十個嘍囉，已大半被孫策捅翻，剩下的幾個見樊能被救走，周瑜又發了令，就趕緊扔掉兵器，跪在地上求饒。

孫策見樊能已經遠去，也不追趕，令眾人歡天喜地地打掃戰場。

蔣幹下了馬，走到周瑜面前，對周瑜一拜：「公瑾老弟！謝謝你和伯符兄相救！我說過你們會來救我的！所以兄弟我在山寨裡並無畏懼！哈哈哈！」

周瑜下馬，擁抱住他，拍著他的肩膀：「豈能不救你！子翼兄也救過小弟一命啊！」

當下清點戰績，共計斬殺強盜近二百名，其餘大多掛彩，跪地求饒了。另有數十人隨樊能跑掉。繳獲戰馬四十匹，財物、兵器甚多。而孫策、周瑜此戰僅陣亡十多名縣兵和義勇，四十多名掛彩。

孫策和周瑜令兩名縣兵先騎了馬回去報捷。然後又放了一把火，將寨子全部燒乾淨，就押著降虜並器械，趕回舒城。

孫策、周瑜領勝利之軍趕回舒城時，已是黃昏過後，白縣令早領著百姓舉著火把在城外迎著了。當孫策、周瑜領軍押著俘虜行過來時，百姓們歡呼不已。白縣令迎住孫策、周瑜喜不自禁道：「哎呀！兩位公子果然是將門虎子、少年英雄！掃平了舒城方圓數百里的心頭之患啊！了不起！了不起！」

蔣幹此時又使出懸河之口才盡力吹道：「那是自然！周公子智謀過人，明修棧道，暗度陳倉！孫公子神勇無敵，槍挑樊能，所向披靡！二位公子各擅勝場，實在是珠聯璧合！哎呀！大人！如果國家用我這兩位兄弟，怕有十個呂布也抵不住啊！」

說得白大人又是一番誇讚不已。而圍觀的百姓們也紛紛誇讚周瑜、孫策。

當下，經白縣令同意，周瑜、孫策兩人宣佈，所有降虜，原多是貧苦之人，著即全部釋放，令回原藉務農。身上帶傷者，每人發二兩銀兩，自尋醫者療傷。此令一出，所有降虜熱淚盈眶，歡呼不已。兩人又宣佈，凡此役陣亡之人，無論義勇還是縣兵，均由孫策、周瑜兩家出資撫恤，掛彩之人，也賚資療傷。所有參戰義勇，都予重賞。眾參戰義勇和家人，無不歡欣。對於鄭縣尉的死，白縣令也未予追究，打算往郡府裡報個歿於王事便了。

之後，白縣令在縣廷擺宴慶功，宴請參戰眾人。所有人等皆一醉方休。孫策、周瑜、蔣幹自然也喝到天亮，喝了個酩酊大醉後被白大人派人用大轎抬回周府。

此後，孫策、周瑜大破盜賊的事傳遍方圓。孫策、周瑜兩人更是著迷兵事，整日習武讀兵書或訪友結交天下知名之士。周府後花園裡、巢湖邊、大江畔都曾留下兩人形影不移的身影和討論天下形勢的爭論聲，還有兩人比武弄刀的鏗鏘聲。

轉眼又到了隆冬季節。這一日，蔣幹又來拜訪兩人。是夜，一輪皓月當空，華光四射。周瑜、孫策興之所至，領著蔣幹，召來孫權、孫瑜等人，移樽到後花園周瑜書房大廳，點起爐火，把酒盡歡。席間，蔣幹又免不了賣弄口才，將在場眾人一一評說一番。他說孫策勇力過人又氣度恢宏，有大江東去之大氣與豪放；周瑜智勇雙全、風流倜儻，如江南花園之秀麗多彩；孫權年紀雖幼，但方頤碧眼，目有精光，仁而好斷，前程無量；孫靜之子孫瑜年紀雖幼但好樂墳典、喜讀詩書，日後也必成大器；說自己江淮名流，有真名士之風采，足可成蘇秦、張儀之二。一席評說，說得大家都十分開心。周瑜興起，就令人搬出朱紅彩繪大琴，要大家每人現唱一首歌或舞劍，他則為大家彈琴助興。眾人當即贊同。蔣幹率先跳到酒席中央道：「我與諸君唱一曲樂府詩《江南》，請公瑾為我撫琴！」

周瑜莞爾一笑，手指抹在琴弦上，彈出一串音樂。蔣幹就和著琴聲唱起這首漢樂府詩：「江南可採蓮，蓮葉何田田。魚戲蓮葉間，魚戲蓮葉東。魚戲蓮葉西，魚戲蓮葉南，魚戲蓮葉北。」

唱完了，眾人都笑了。周瑜道：「子翼唱魚戲東魚戲西，唱得我們果真就如魚一樣輕鬆自在了！」

蔣幹笑道：「便因此刻輕鬆自在，如魚一般，方要唱此曲！」然後要孫策唱一曲。孫策笑道：「我就舞一回劍，請公瑾照《大風歌》的調為我伴琴好了！」說完起身，來到場中央，拔出劍來。

周瑜莞爾一笑道：「好氣勢！這支曲非伯符莫屬！」趕緊將琴彈響，一曲雄壯的氣勢如虹的曲子在廳堂裡回蕩開來。

孫策揮開手中劍，雙目炯炯有神，一臉雄壯威武之氣，邊舞邊唱道：「大風起兮雲飛揚，威加海內兮歸故鄉。安得猛士兮守四方？」

一連吟唱了數遍後，收了劍勢。眾人一齊鼓掌。

孫權又在周瑜伴奏下，唱了一曲樂府詩《長歌行》：「青青園中葵，朝露待日晞。陽春布德澤，萬物生光輝。常恐秋節至，焜黃華葉衰。百川東到海，何時復西歸。少壯不努力，老大徒傷悲！」這是他日常誦習的功課。

最後論到周瑜了，周瑜說要自彈自唱一曲漢樂府詩。孫策笑道：「我們都是既成的詩曲！公瑾多才，不可唱既成的歌，需現編詞曲方是！如若不行，罰酒三爵！」蔣幹、孫權、孫瑜也拊掌贊同。

周瑜想了想，微微一笑，抹出一串音符，從容彈起來，邊彈邊自做詩吟唱：「明月照書房，樹影弄婆娑。壯士把劍舞，對酒又當歌。暗香浮小徑，慷慨繞心頭。何日任縱橫，立馬定天下！」

他舉止瀟灑飄逸，表情從容自若，俊美的臉蛋被爐火烤得通紅，更顯得俊氣逼人，玉樹臨風般的身影被爐火光芒映照在牆上，如仙人一般。孫策、蔣幹、孫權各坐在座位上聽得津津有味。歌及音樂都在屋中繞樑，又飄出去，飄到窗外後花園。窗外，一輪明月當空，月光如水，樹影婆娑，寒氣浸人。

唱完了，孫策豪爽地一擊掌，讚道：「唱得好！吟得好！直唱入我的胸懷，道出了我想道之言！哈哈哈！」

蔣幹與孫權也直誇周瑜唱得好。

就在此時，前院和正堂屋隱隱傳來太夫人的一聲聲淒慘無比的叫喊聲：「文臺！」跟著是一陣喧譁和尖利的哭喊聲。眾人吃了一驚，趕緊跳了起來，孫策、周瑜對視一下，領眾人往前堂屋奔去。穿過後花園，到了前正堂屋，只見大廳裡，已亂成一片、哭成一片。太夫人暈倒在地，正被草兒等幾位婢女扶起。孫二夫人被兩位婢女抱著，嚎淘大哭。幾位婢女也相擁而泣。李柱子在一旁痛哭失聲。程普跪在地上發出粗重的沒有節制的悲憤的嗚咽聲，如大河之決堤。

周瑜心中騰起一種不詳之兆。孫策臉色蒼白，問程普是怎回事。

程普淚水滂沱，跪地泣道：「主公歿了！」

孫策身子搖晃了一下，雙眼無神，直直地瞪著程普。周瑜趕緊上前扶住他。

「你說！究竟怎回事？」孫策被周瑜扶著，用顫攔的聲音道。

程普含淚對孫策講了孫堅遇難經過。原來，孫堅領豫州牧，駐魯陽，和袁術結為盟友，共同對付袁紹、劉表的兼併。間或與曹操、呂布開仗。劉表字景升，是山陽高平人，漢帝宗族，曾做過大將軍何進的屬吏，孫堅過荊州殺荊州刺史王叡後，劉表被朝廷任命為荊州刺史。荊州刺史部治所原在長沙郡零陵縣。劉表上任後，也領兵討董卓，部隊開到襄陽，正遇上討董聯軍解散，便回到襄陽，結交了江夏和襄陽的名士蒯良、蔡瑁等人，又聽從他們的主張，將控北鎮南的襄陽當做荊州治所，就地住了下來。此後，他趁北方各路諸侯混戰之際，平定荊州境內反叛的郡縣和盜賊，南定長沙、北據漢川，地方數千里，帶甲十餘萬，一統荊州，又與北方最大豪強袁紹結盟，成為雄據一方、勢力最強大的豪傑。劉表的勢力令袁術嫉恨不已，一直想要奪他的土地，但因忙於著與袁紹諸人爭戰，無暇顧及，於是鼓動與荊州接壤的孫堅攻打劉表。孫堅經不住袁術挑動，遂統大軍，自魯陽南下，直逼襄陽。先在南陽鄧城大敗劉表部將黃祖，接著攻佔樊城。樊城與襄陽只隔一漢水，孫堅軍渡過漢水，將襄陽城團團圍住。劉表被圍得急，令黃祖半夜偷偷出城去找袁紹搬兵。黃祖一行奔至峴山時，正遇上僅率三十名護衛在此處看地形的孫堅。孫堅便追趕。狡猾的黃祖卻在山道兩邊設下埋伏，等孫堅趕到此處，亂箭齊發，滾石齊下，當場射死孫堅。然後，黃祖殺個回馬槍，與城裡裡應外合。孫堅軍因失去了主帥，被打得大敗。之後，隨軍出征的孫堅之兄子孫賁及程普、黃蓋等將收攏部隊，撤出戰場。孫堅原在長沙的老部下恒階聞訊後，趕到襄陽，冒死陳辭，以忠義之心打動劉表，要回孫堅屍首。孫賁等人便護了靈柩，撤兵襄陽，往舒城而來。先使程普前來報個凶信。

程普說完了，孫策跪到在地，面朝荊州方向，長嘯一聲，呼道：「父親！」頓時淚流滿面，涕泣不已。孫權哇地哭了起來。屋裡頓時又哭成一片。周瑜也淚水潸然、涕泣流淚。他對孫堅的暴躁的個性雖不贊同，但對其勇烈過人、堅守大義的品性卻十分欽佩欣賞。在北方各路豪強中，孫堅與曹操應是出類拔萃的！是公孫瓚、袁術之流遠不能相提並論的。當時，各路諸侯聚集洛陽四周討伐董卓，孫堅自告奮勇做先鋒，三敗董卓，並力斬董卓名將華雄，成為和董卓交戰的次數最多的英雄，讓董卓聞風喪膽。董卓數次派人拉攏他，均為他所拒絕！董卓西遷長安後，又是他率先攻入洛陽。此後，他駐守魯陽做豫州刺史，雖屢受袁術擺佈，卻也未太多參與諸侯混戰，只是守護魯陽，一心做他的刺史而已。可歎這樣一位忠義將軍，又是自己的好友之父，竟死於流矢之中，年僅三十七歲！這真是令人哀痛不已！哀痛歸哀痛，他還得含著熱淚與蔣幹一道安慰涕泣不已或嚎淘大哭的孫府上下，並找人救治暈死過去的太夫人。又令人佈置靈堂，迎接孫堅靈柩。

第二天，孫賁領著孫策部分部下護送靈柩到了周府。孫、周兩家在設好靈堂一同祭奠。守靈三天後，太夫人提出護送靈柩回江東老家。她的弟弟也就是孫策的舅舅吳景在做丹陽太守，治所在江東曲阿。離她和孫堅的老家吳郡不遠。她欲葬孫堅於曲阿。周夫人和周瑜留不住，答應了。於是，過了幾日，孫策孫權等人與周瑜依依惜別，隨母親護送孫堅靈柩往曲阿而去。路上，周瑜告訴孫策，一旦舉事，定要通知他前去相助。孫策慷然應允。然後，兩人相擁灑淚而別。蔣幹此前家中有事，已先回去。孫堅的部將程普、黃蓋及軍士們則由孫賁帶著去投了袁術。孫賁是孫堅親兄之子，早年父母過世。弱冠後做過郡督郵等職。孫堅在長沙舉義兵後，他辭官投奔孫堅，從此隨孫堅南征北戰，成為孫堅帳下一員驍將。

下部　英雄美女金戈情

第九回　報恩情孫策封官，斥劉偕喬家拒親

建安四年，即西元一九九年，原長沙太守、烏程候孫堅之子孫策脫離袁術，在好友周瑜的相助下，領數千兵進入江東，很快佔領東南四郡，成為名副其實的江東王。就在這年六月，江北傳來消息：曹操繼滅了呂布後，又大敗袁術，攻佔了壽春，袁術被迫取消帝號，領殘兵欲投與自己反目的兄弟袁紹。不料在路上，不斷遭到盜賊襲擊，又饑又餓，竟一病不起，吐血而死。

周瑜、孫策得到消息，既驚又喜。驚的是喧囂一時的豪傑袁術竟在呂布之後，這樣快便灰飛煙滅了！喜的是這個愚蠢自私無德無能敢冒天下之大不韙的「皇帝」最終是自掘墳墓。當然，二人又有些遺憾：畢竟沒有親手殄滅袁術這個曾欺凌過他們的人！

袁術死了，大將張勳、長史楊大將等人尚在。周瑜便向孫策提議派人將張勳等人接至江東。孫策與張勳同在袁術處共過事，佩服他的勇力，有心將其收為已有。於是，派人過江打探張勳等人下落。不料，派往江北打探的使者回來報告：袁術死後，其妻妾子女和袁術從弟、丹陽太守袁胤等扶靈前往廬江去投劉勳。大將張勳隨同扶靈至廬江後，就領著殘部往江東來投奔孫策，不料，劉勳派侄兒

劉偕路上設伏，趁其不備，截殺了他。張勳死前大叫道：「我不能往江東去投孫郎、周郎，實乃命也！」

張勳之死讓孫策、周瑜憤不可遏。他們二人與劉勳可謂舊仇未了，又添新仇。原來，劉勳一直是袁術的親信。早在孫策、周瑜少年時，孫策父親孫堅征戰在外，將家眷留在袁術盤踞的壽春，託袁術照管。但袁術卻為了奪取孫家藏著的漢代傳國玉璽，屢屢欺負孫夫人及孫策。時少年周瑜拜訪孫策，二人結為好友，為保護玉璽，曾與袁術及親信劉勳有過多次交鋒。後來，孫堅被劉表部將黃祖射殺，十八歲的孫策投奔了袁術做袁術部將。袁術答應孫策如打下廬江，便任孫策為廬江太守。於是孫策領兵奮力打下廬江。不料，反覆無常的袁術卻任親信劉勳做了廬江太守。孫策為此氣得恨恨咬牙。再後來，孫策帶父親一千舊部，以玉璽為抵押，獨自去江東發展，在周瑜的相助下，打下江東一片天地。本就要征討廬江的，沒想到劉勳又惹出是非了，竟殺了要投奔孫策的原袁術的大將張勳。這下，孫策周瑜自然更不依了。兩人一合計，決定攻打劉勳，老帳新帳和他一同算！為此，孫策拜周瑜為中護軍，節制諸將，並領江夏太守。明確：若孫策不在軍中，由周瑜統軍！

廬江郡是丹陽西面、江夏東面的一個郡，北與汝南接壤，西與劉表的江夏郡交界，南跨長江接豫章郡，東連丹陽郡。治所在瀕臨長江的皖城。劉勳任太守，其從弟劉偕為都尉，在遠離北方戰亂的富庶之地獨霸一方。

這天，廬江郡治皖城一個大戶人家的後花園裡，兩個大家閨秀樣的女子正由兩個丫環陪著盪鞦韆。兩人生得婷婷嫋嫋，體態優美豐盈。都穿著粉紅的香氣迷人的衣衫。都有著鵝蛋臉形的鮮美動人的臉蛋。都有一張好看的紅潤的櫻桃小嘴。腦後都綰烏雲一般的椎髻。頸脖上、胳膊上露出的膚肌都如玉一樣光滑細膩。眼睛都含著秋水，清澈透明，楚楚動人。年齡稍大點的年近二十歲，俏麗的臉上掛著幾分嫺靜；在下面和兩個婢女甩著鞦韆。小一點的約十八、九歲，一雙水汪汪的大眼睛閃爍著活潑與調皮，美麗嬌嫩的臉蛋上抹著歡快的紅暈，凝乳般的如玉的頸部隱隱有一顆黑色美人痣。她坐在鞦韆上，嘻嘻哈哈地笑，不停地喊：「高一點！再高一點！嘻嘻！」

下面的年齡大些的女孩關切地：「不行的！小喬！太高了會危險的！」

「高一點嘛！姐姐！我不怕的！高一點嘛！好玩好玩！嘻嘻！」被稱著小喬的女孩在鞦韆上歡快地撒著嬌笑道。

「哼！我看妳怕也不怕！」下面被喚著姐姐的假裝嗔怒地令婢女大力地搖。於是，鞦韆越蕩越高。鞦韆上那個被喚著小喬的女孩的笑聲直往高高的院牆外飛去。

這個大戶人家就是八年前在往皖城路上被周瑜救下的喬玄一家。八年前，喬家一家為避北方戰亂，從濟南府往前往江東廬江府。路上，遇見強盜打劫。正好，十六歲的周瑜與同學蔣幹去拜訪少年孫策，遇上打劫。少年周瑜奮力上前，揮刀打跑了強盜。當時，小喬被一個強盜當作人質做掩護，周瑜單刀追擊，機智地從強盜手中奪過小喬，並砍死強盜。鞦韆上的女孩便是當初周瑜救下的小喬。下面和婢女一道盪鞦韆並叮囑小喬不要盪太高的，便是大喬。當初，喬玄領一家老小並宗族數人在皖城落戶後，在廬江府做了椽吏。劉勳來廬江府上任後，他不喜劉勳的為人，便辭了官，靠著積蓄開了一家米店。這大喬、小喬如今已出落得亭亭玉立，國色天香，遠近聞名，是公認的皖城最美的女子。但兩人心性皆高，都聲稱，非如意郎君不嫁。當地眾多書香門弟和豪門望族上門求婚，均被兩女兒拒之門外。喬玄夫婦素來又是依著女兒的，也就任其所為，故兩姑娘至今待字閨中。

此刻，喬玄和喬夫人正坐在正堂屋內靠著後院的一間臥房的窗下弈棋。聽著外面盪鞦韆的歡笑聲，喬夫人歎了口氣嘀咕道：「唉！這二個丫頭！整天沒心沒肝的！一點也不著急嫁人！」

喬玄帶驕傲的口氣笑道：「我家女兒國色天香，這滿城哪有配得上我女兒的？」

喬夫人擰著眉頭嗔怪道：「那就讓女兒白白誤了青春不成？」跟著她眉頭鬆開，笑道：「對了！你記不記得從前在路上救過我一家命的那個周公子？我昨日聽說，他便是現在名震江東的周郎啊！」

喬玄手裡拈著一顆棋子笑道：「我怎會不記得？他剛在江東起事時，我就知是他了！也知道他必成大事！他現在和孫策是八拜之交的兄弟！」跟著帶著幾分神秘表情道：「那孫郎雄厚才大略，依我看，來取廬江是遲早的事！」說完，得意地將棋子啪地落在棋盤上。

喬夫人大喜道：「哎喲！那太好了！不知道這個孫郎、周郎有沒有婚配啊！要是沒有婚配就好了！我二個女兒要嫁給這兩個英雄，我就心滿意足了！」跟著喜孜孜地抓著喬玄的手道：「嗨！我真的很喜歡那個周公子！救我家的情景現在還歷歷在目啊！我方才提起他，就是想要你託人去江東做媒去的！若他們要取廬江，豈不是天意要促成我女兒姻緣！」

喬玄一甩她的手，哭笑不得地瞪著她，用手點著棋盤道：「我看你是想女婿想瘋了！快出招吧！」

喬夫人撇撇嘴，從棋罐裡摸出一粒白子，想也不想，啪地往棋盤上一拍，笑孜孜道：「好棋！」

此時，院牆之外，廬江郡尉、都督劉偕正帶一行士兵抬著聘禮往喬家走來。今年春上，劉偕在正月花會上看見了容貌動人的大小喬，驚為天色，打聽到正是大名遠揚的喬家姑娘後，不顧自己已有一妻一妾，竟託人作起媒來，聲言要同時納大喬、小喬為三房、四房。媒人上得門來，差點沒把喬玄夫婦氣炸了肺，喬夫人是個火辣性子，將聘禮扔了出去。他們沒想到女兒國色天香竟會被一個武夫納做小妾，且是一同做妾，這未免太羞辱人了。大小喬聽說後，也氣得直罵。但劉偕似乎並沒有死心，放出話來，說哪怕是休了原配原妾，也要娶大小喬為妻妾。

喬家的府宅在這個十字路口的大拐角處。正大門臨著小巷，後花園的一面牆則靠著另一條小巷。劉偕走過後花園那面高高的院牆時，裡面傳出少女嬌嫩可人的笑聲，他想定是大小喬在裡面，臉上便綻放出欣喜若狂的笑，一種為所欲為的征服之欲也騷動了，他一揮手，一個士兵趕緊上前貼著院牆蹲下。

劉偕下馬，踩在士兵肩上。士兵將他頂了起來。

劉偕趴在牆上朝牆裡望去。眼裡綻出色迷迷的光芒，額上的疤痕因皮肉的顫動而更顯觸目。

就在此時，身後對門忽然衝出一條黑色大狗，狂吠著朝他衝了過來。頂著劉偕的士兵扭頭，見狗衝了過來，嚇得大叫一聲，往地上一坐。劉偕正看得入神，「哎喲」一聲便摔了下來，肥重的軀體在地上摔出重重的悶響。

其餘侍從士兵趕緊拔出刀劍趕那條狗。

狗的主人，一個三十來歲的男子聞聲跑了出來，喝住狗。

劉偕狼狽地被眾人從地上扶起。

狗的主人認出是劉偕，嚇得臉色頓變，趕緊跪倒在地叩首不已：「劉將軍！小的得罪了！小的得罪了！」

剛才受驚的士兵也跪下賠罪：「將軍饒命！小的被狗驚嚇，讓將軍受驚了！」

劉偕滿面怒色，從馬上取了馬鞭對準那個士兵亂抽一氣，邊抽邊罵：「老子殺了你！老子殺了你！」

跟著，他轉過身，用馬鞭指著那狗對身邊軍士命令道：「殺了狗！」

狗的主人求饒：「大人！小人餵狗餵了五年！他給小人看家護院，和小的已形同一家人！求大人開恩，饒了牠一命！」

「饒牠一命？你自己的小命都饒不了！」劉偕惱怒地冷笑道：「你縱狗行刺本將軍，理當問斬！」

狗主人磕頭不已，哀求道：「大人！冤枉啊！小的沒有行刺將軍啊！小的狗衝出來，小人實在不知啊！」

「少廢話！」劉偕怒道，對身邊全個侍從士兵一揮手。那士兵一刀朝狗的主人砍下去。狗主人躲閃不及，瞪著眼睛，慘叫一聲，腦袋隨著寒光一閃，掉了下來，在地上滾動。一股鮮血嘩地從頸口噴出。

狗的主人一家人聞訊都奔出來，一個少婦，一個老婦人，兩個孩子，見此情景，都驚呆了，也嚇呆了，半晌後，都撲在那無頭屍體上嚎淘大哭。那個老婦人將那血淋淋的頭抱在懷裡哀嚎不已。

那大黑狗似乎明白了現前的事，趴在了主人屍體旁傷心哀叫，淚花閃爍。

劉偕拔出寶劍，朝那大黑狗砍下去。那大黑狗耳朵豎起，又放下，身子顫動一下，仍趴在主人身上，只將眼睛微微閉上。一聲哀叫後，一股鮮血噴出，狗的頭也滾落在地上了。劉偕提著劍得意地看著地上的無頭的人與狗的屍體，將寶劍交給一個士兵擦乾淨，又裝入鞘中，對眾侍衛士兵道：「走！」便往前走去。

後面的軍士們抬起著金銀玉器絲帛等禮品隨著他，拐過拐角，往喬玄家而來。後面，那家人依然趴在地上嚎天叫地，卻不敢上前來攔著劉偕。

到了喬家大門口，劉偕令一士兵叩開喬玄家的門。喬玄見是他，一臉的不快與無奈，趕緊施禮道：「請問劉將軍往寒舍有何貴幹？」

劉偕笑嘻嘻地不打話，一揮手，眾軍士抬著禮物湧進屋裡，在大堂上立著。然後，劉偕躬身施禮，皮笑肉不笑道：「本將軍送上聘禮！乞喬公笑納！」

喬玄不卑不亢道：「劉將軍！我家女兒都已回絕了將軍？何必一而三，再而三地求親？」

「且先將聘禮寄放府上，等你家女兒回心轉意後再說話也不遲啊？哈哈！」劉偕滿不在乎地笑道，然後大大咧咧地往堂中椅上坐下去。

喬夫人聞訊衝了出來，見面前情景，怒道：「劉將軍這是來搶親呢？還是來求親？」

劉偕殷勤地笑道：「自然是求親！」

喬夫人冷笑一聲：「既是求親，主人家尚未上座，你怎就上座了？既是求親，為何遭了拒絕還一而再，再而三地來？」

劉偕一愣，厚著臉皮咧咧嘴，嘻笑道：「遭了拒絕又來，便正表明本將軍一片誠意！」

「哼！劉將軍！你還是死了這份心！我家雖為平民之家，卻也是書香門弟，斷不會把女兒送人家做妾的！如果劉將軍要來搶親，老婦便去找曹操曹公告狀！曹公執法嚴竣，政事清明，世人皆知！如曹公知道劉將軍亂搶民女，無法無天！哼！除非劉將軍不怕掉腦袋！」

劉偕愣住了，愣然地看著喬夫人。袁術死後，劉勳為了攀大樹，已降了曹操，曹操仍令他為廬江太守，並封了他江南亭侯。名義上，劉勳是受曹操節制的。此事若真的鬧大了，傳到曹操耳裡，素有兼併之心的曹操或會以此為理由來弔民伐罪，討伐他叔父劉勳了。到那時，不要說納妾，就是他和他叔父性命也難保了。

待了片刻，他恨恨地起身，鐵青著臉吼道：「走！」然後大踏步往外走去。額角那條疤痕漲得嚇人。

身後的侍從軍士們趕緊抬著禮品跟著往外走。

喬夫人對著他們的背影啐道：「哼！癩蛤蟆也要吃天鵝肉！」

喬玄勸道：「夫人！拒之固可，卻不可激怒他！此人原是市井無賴，什麼事都做得出的！」

喬夫人氣道：「哼！我才不怕！他要逞兇，我就往到許都找曹操告狀！再說，江東軍就要打過來了，怕個什麼？」

第十回　襲廬江雙雄神勇，慕英雄二喬懷春

七月初，孫策、周瑜領大軍出發，前去攻打廬江。這日，驕陽似火，上千艘戰船載著兩萬多軍士，遮天蔽日地逆流而上，直往廬江。據孫策派出的探子打探，廬江那邊，劉勳人馬共五萬，其中，皖城守軍計有三萬，其餘各縣有縣廷兵及部分駐軍二萬多。其實，只要皖城一破，其餘各縣便都望風而降，故孫策、周瑜都以為二萬兵足夠了。此次出征，孫策為主帥，周瑜為副帥，以下依職務高低前往征戰的將領是：程普、呂範、孫權、韓當、黃蓋、太史慈，此外就是周泰、蔣欽、陳武、董襲等將。張昭坐鎮江東總攬事務。十六歲的孫權軍銜是奉業校尉。此前，他曾被吳郡太守朱治舉孝廉，報往朝廷。曹操一心要結好孫策，不僅准了孫權為孝廉，且辟他為陽羨縣長。後，孫策又授他奉業校尉之軍銜。他年紀雖輕，但性度恢宏、仁而好斷，更喜歡結交和善待俠義之士，這點與孫策頗為接近，故孫策也很喜歡他，此次出征，就將他帶上。

龐大的艦隊鼓漲著風帆像一大片飄動的雲緩緩地由東朝西移動。甲板之上，一排排身披金鎧銀鎧手執戈矛盾牌的士兵整齊威武地立著。旗幡如林，迎風招展。船行江中的劃槳聲和推開波濤的聲

音，直往大江兩岸傳去。大江兩岸，七月的高梁正紅得似火，金黃飽滿的稻穀如金黃的波浪一樣起伏著。艦隊中央，一艘雕著龍骨的精美龐大的樓船上，一面「孫」字大旗和一面「周」字大旗迎風呼啦啦招展。樓船頂上的甲板上，曲柄青龍傘蓋下，並立著銀盔銀甲的周瑜和金盔金甲的孫策。李柱子、李通、方夏等一幫侍衛拱衛在兩人身後。李柱子現在孫策的虎賁衛隊裡做一名小頭目，這是周瑜的主張，要將他帶到沙場上去立個功名，回去好娶草兒。

在他們後面一艘戰船上，立著蔣幹等一幫文吏。蔣幹自上回從周瑜家中回到故鄉九江縣後，便待在家中，與其家中妻子共用天倫之樂，未幾，其妻染病身亡，令他哀痛不已，便在家中服喪，未能趕到曲阿來投孫策、周瑜。孫策、周瑜領大軍出發前，他從九江趕來，孫策授他行軍主薄一職，隨同出征。他尚滿意。因他知道，孫策不像袁術那樣胡亂封高官。孫策本人也只是一個將軍，故手下軍人，均在將軍以下。就是周瑜，也只是中護軍、建威中郎將，介於偏將軍和校尉之間。其實職務不在高低，人盡其才便可。周瑜只是個中郎將，卻是孫策的副帥。呂範、程普也只是中郎將，卻可統兵上萬，甚於袁術的將軍。

「傳令各船，加快進發！」船頭上，孫策和周瑜耳語後，命令道。身後的傳令官立即將此令傳給後面的鼓手，鼓手立即擊鼓發令。一時，響徹雲霄的擊鼓聲，江濤的拍岸聲，櫓槳的擊波聲，旌旗的迎風招展聲，響成一片，如同風雷之聲，直往兩岸原野上滾過去。

這片風雷之聲自然傳到了皖城。劉勳趕緊召集眾人商議。一位郡丞稱可速找劉表、黃祖求救。劉表、黃祖和孫策有殺父之仇，孫策破了廬江，必會破劉表、黃祖，劉表不會不管。還有一位從事稱可派人向曹操求救。劉偕不服氣道：「兵來將擋，水來土掩！孫策、周瑜勞師遠征，乃疲憊之師，我軍以逸待勞，怕他個鳥！能戰則戰，不能戰，就堅守不出，以我城牆之固和蓄備的糧食兵器，他們三年也攻不下！」

劉勳聽了群下所議，一面派人找劉表、黃祖及曹操求救，一面令人加強城防，以期與孫策決戰。

江東軍西征廬江的消息也傳到喬家，一家上下甚為高興。孫郎與周郎成了喬家日常的話題。每說起孫郎、周郎，大喬、小喬兩人臉上都飛起紅暈，羞澀地躲開。

這日晚，小喬在自己的臥房裡彈琴，大喬悄然進來，要約她到後花園走走。見她彈得專注，就悄悄走到她身邊的小案邊，結果，看見了案桌上鋪著一副畫，畫的是一個翩翩少年公子揮劍縱馬殺賊的英姿。仔細一看，那公子竟是八年前救過他們的周郎。原來，八年前，喬家為避戰亂從山東遷往江東，路上遇上強盜，幸虧少年周瑜與同學蔣幹路過。武藝高強的周瑜將強盜擊殺，從一強盜懷裡救出小喬。故，喬家一直視周瑜為恩人。他們知道：那個在江東縱橫馳騁的少年英雄便是昔日救他們一家的周瑜周郎。因為周瑜的家世當初他們是都知道的，就是那個叔祖父、及伯父都做過二朝太尉的周瑜。

「哈！」大喬莞爾一笑，摟著小喬的肩道：「原來妹妹心中有了郎君！就是這個周郎！」

小喬臉蛋紅得如三月的桃花、五月的石榴，還有一抹難以言傳的嬌羞與甜蜜，非石榴、桃花可比擬。她停下琴，一把抓過畫，捲了起來，裝著滿不在乎的樣子道：「誰說的啊！我只是畫畫而已！他是我們家的救命恩人嘛！」

大喬撫弄著她羞紅又故作嗔怒的滿不在乎的臉蛋笑道：「小妹！這周郎如今可是風流倜儻、智勇雙全一代才俊！此生如果嫁得這樣的英雄，也不枉我小妹做一回女子哦！」

小喬臉上不自覺又溢滿幸福甜蜜的微笑，好像周郎已在身邊一般，扭頭看了看大喬，眼睛閃了閃，收住微笑，又做出嗔怒的滿不在乎的樣子哼了一聲，擰了擰大喬的胳膊，道：「我看是姐姐你想嫁周郎吧！」

大喬臉上現出一縷紅暈，有些慌張，跟著嫣然一笑，大度的語氣道：「要是妹妹喜歡周郎，姐姐我怎敢去搶？」

小喬烏黑的眼珠滴溜溜轉了一轉，皺了皺眉，猛地鬆開，笑道：「對了！我嫁周郎，姐姐便嫁孫郎！聽說孫郎英雄蓋世、年輕英武，也是了不起的天下大英雄哦！他們兩人也是兄弟呢！」

大喬目光閃爍著憧憬的火花，笑道：「是啊！我們兩姐妹，他們兩兄弟！天下有這樣有緣份的事？」跟著，臉紅了，摸了摸自己的臉蛋。

「說什麼啦！還不知人家有婚配沒有！周郎到今日也該是二十幾的人了，又如此英雄，怎會無妻？」小喬眼裡的光芒熄了，鬱悶道。潮紅的臉上佈滿憂鬱。

「是啊！孫郎定然也是娶了妻的人！」大喬也嘆道，跟著，眼神一亮，安慰小喬道：「娶了妻又有什麼？男人可以娶三妻四妾啊！」

「哼！我才不做人家的三妻四妾！我定要做我夫君唯一的妻！」小喬堅決道。

「妹妹！男人多妻，自古如此！何況孫郎、周郎這樣的蓋世英雄！何苦較真啊！」大喬道。

「不行！你可知袁術妃子馮氏之事？」小喬道。

大喬愣了一下，默然無語。

小喬起身，走到窗邊，望著窗外黑沉沉的夜色，感嘆道：「想昔日，袁術有妃子數十人，這個馮氏最受寵愛。其他妃子妒忌她，就合謀活活勒死了她，然後把她的屍體掛在茅廁裡，做成吊死的假像。袁術不知情，還以為她是因失寵而自盡了！你看，多妻之家的女人就如此可悲可憐！我寧可終生不嫁，也不會嫁給一個有三妻四妾的達官貴人！」

停了一停，她又道：「雖然男子可以三妻四妾，但男子要是真喜歡一個女人的話，是不會娶幾個妻妾的！咱爹爹不就只娶了咱娘一個？」

「你說得有理！」大喬嘆口氣，起身，走到小喬跟著，摟緊了小喬，「可是，有些事是由不得咱女人說話的！若拘泥於這些，會誤了婚姻大事！」

「誤便誤了！」小喬倔強道，「與其與他人分享夫君之愛，倒不如不要他的一分愛！若要，便要全部！你道我自私也罷！我只要我喜歡的男子喜歡我一個！」

大喬無語了，緊緊地摟緊小喬，跟著，輕輕嘆了一口氣道：「屋子裡好悶！我倆往後花園走走，好吧？」

小喬順從地點點頭，轉身，傍著大喬的胳膊，兩人往臥房門口走去。

兩天後，孫策的江東軍到達皖城江面。皖城離大江還有二十多里地。部隊下了船，直逼皖城。到了皖城東城城下，撞見了嚴陣以待的劉勳大軍。旌旗獵獵，刀槍如林，殺氣瀰漫。金盔金甲的劉勳騎在馬上立於陣中。

孫策令隊伍列成陣勢，然後提馬往前走兩步喊：「劉勳！大軍到此，速速投降，可饒你不死！」

「孫策小兒！你野心勃勃，占了江東，還要來侵犯我的地盤！快滾回去！否則我殺你片甲不留！」劉勳用馬鞭指著孫策道。

孫策哈哈一笑道：「劉勳！廬江原本是我攻下來的，袁術也承諾由我做廬江太守，只因你長於迎奉，袁術才把太守一職給了你！現在，本將軍要拿它回來，算什麼侵犯？」

「哼！想昔日是個乳臭未乾的小孩，今日竟滿口狂言！」劉勳罵道，跟著回頭對手下道：「誰與我拿下此逆賊？」

劉偕怪叫一聲，挺槍衝出陣來。

「好你個不識趣的東西！孤老帳新帳和你一同算！」孫策喝道，跟著回頭對眾將：「誰去拿下此人？」

「末將願往！」孫策話音未落，太史慈挺槍躍馬而出，直衝向劉偕。

二人在陣中間打開來。鬥了三個回合，劉偕抵擋不住，拔馬往回跑。

太史慈勒馬挺槍道：「沒用的東西！我不追你！誰還敢再來與我一戰？」

劉勳陣上偏將張軍拍馬舞刀衝了上來，太史慈迎上去，手起一槍，將他刺落馬下。

「殺我兄弟！我豈可善罷甘休？」話音未落，劉偕另一偏將張紅舞著雙刀衝出陣來。

孫策這邊，程普喊道：「子義將軍！留一份功勞給我！」

太史慈應道：「程將軍！這個讓給你了！」說完拔馬回陣。

程普挺蛇矛衝了上來，與張紅鬥了三合，手起一矛，將張紅捅下馬。

劉勳、劉偕見連斬兩將，面孔慘白、冷汗直出。

劉勳回頭回眾將道：「誰可上前擒拿賊將？」

眾將都縮了縮身子，提馬往後退了一步。

孫策和周瑜相視一笑。孫策將手中槍一招，大喊：「擂鼓進軍！」

戰鼓擂響，喊聲大作，一片戟戈光芒閃爍之中，二萬多人馬發出山呼海嘯的聲音直往對方陣營衝殺過去。

劉勳領著大小三軍像潰堤的水一樣，往城內退去。

孫策大軍追了上去，城頭上負責掩護的敵軍亂箭射下。孫策、周瑜令豎起雲梯攻城。城上弓矢、滾擂全部打下。江東軍雖然苦戰，但因城高、壕深，城上防守嚴密，未能攻上城去。衝在前面的韓當、陳武等人也中了箭。周瑜對孫策道：「我江東軍遠來，將士疲憊，貿然攻城，恐難奏效！不如退下再作打算！」孫策深以為然，於是停止攻城，令部隊後退二里，紮下營寨，準備克日攻城。

當晚，孫策和周瑜議事。周瑜以為，城高壕深，敵軍早有防備，即便是江東軍休整了，也未必強攻得下，即使攻下來，傷亡也大，不如智取。孫策此前曾攻打過皖城，對皖城地形較熟，便提議偷襲。周瑜笑道：「公瑾與主公想到一處了！」當下，兩人商議選出一百人做敢死隊，趁天黑從北門和西門之間的城牆爬上去，打開缺口，周瑜再領數千軍從缺口處殺進。北門與西門之間一段城牆，外面有一條很寬的護城河。守軍自恃有此屏障，防守較鬆懈。孫策的侍衛李柱子自告奮勇要入敢死隊，孫策答應了。

第二日深夜，孫策領大軍在東門向皖城發起佯攻。在孫策親自督戰下，一支支火把燃燒著，一架架雲梯豎了起來，士兵們攀著雲梯冒著矢雨、舉著盾、往上攻。箭矢如雨，滾木擂石紛紛下落。不斷有江東士兵慘叫著從雲梯上栽了下來。

劉偕在城牆上揮劍指揮著廬江軍反擊，拼命喊：「給我放箭！放箭！射死這些江東雜種！」看見江東士兵紛紛落下雲梯，他得意地哈哈大笑。

北門和西門之間的那段城牆處卻顯得十分幽寧。繁星滿天。烏雲在夜空中捲過來，又流過去。蛙鳴聲聲，此起彼伏。護城河水在靜悄悄的夜色中憩息著。偶爾幾隻螢火蟲在城牆上飛上飛下。城牆上，幾個盧江軍持著戟來回走動著。

城牆下，太史慈、周泰、李柱子等人帶著百名赤裸上身的壯士，抬著一架梯子，悄悄游過護城河，每人口裡銜著一把短刀。到了城牆根下，他們將那架梯子架起來。太史慈一馬當先，率先往上爬，李柱子跟在他後面。

城牆上，一個士兵忽然看見了正往上爬的太史慈，大喊起來。

另一個士兵撲過來就要掀梯子，太史慈手起一刀甩過去，正插進他的胸口，他栽倒在地。李柱子見太史慈手中沒了刀，趕緊喊了一聲：「將軍！」將自己手中的刀遞給他。太史慈抓過刀，連爬幾步後，縱身一躍，飛上城牆。正好幾把長槍捅過來，太史慈揮刀拔開長槍，將他們砍散，跳上城牆。李柱子跟了上去，正好兩名守軍揮槍朝他捅來，他趕緊撿起守軍落在城牆上的槍架開守軍的槍，擋開一杆槍，卻被另一杆槍捅傷胳膊。此時，太史慈奔過來，揮刀連連砍翻這二名守軍。又有幾名守軍揮刀執槍衝上來，太史慈揮刀跳入敵群接戰，李柱子也不顧傷痛，大吼著衝上前，施展在孫府所學的武藝，揮槍迎戰守軍，也連連捅倒兩名守軍。與此同時，其餘的江東敢死隊在周泰帶領下紛紛順著梯子爬了上來，而城頭上近千名守軍也從城牆兩邊全部湧了過來。太史慈、周泰領百名壯士守著缺口與守軍廝殺。在護城河對面，周瑜正領著三千赤裸上身、身著短褲的江東軍埋伏在野地裡，見太史慈等人在城牆上得了手，便令攻擊。三千軍一聲吶喊，舉著火把、提著兵器、抬著雲梯直衝進護城河，游過河來，在城牆下架起雲梯，靠著太史慈等人在上面撕開的缺口，爬上城牆。城上的近千守軍哪裡抵擋得住三千江東軍精銳？一陣砍殺之後，城牆上血肉橫飛，鬼哭狼嚎，守軍折損大半，其餘的丟盔棄甲，四散逃命去了。

周瑜也過了河，爬上城牆，一面令太史慈領軍下了城牆往城內衝殺，一面令周泰趕緊點火。又令李柱子裹了傷口，收攏照料受傷的江東軍士卒。一時間，這段城牆處，火光沖天，映紅半邊天。

劉偕正在東門領軍與孫策鏖戰，得知周瑜攻破西北段城牆，又見那邊火光沖天，照亮半個城，大驚失色，令手下軍士拼死抵抗，自己卻趕緊下城牆逃命。手下的將士見主將跑掉，也紛紛跟著逃命。江東軍潮水般爬上城牆、湧進城門洞。廬江城被打破了。

劉勳此時正在府上休息，得到了城破的消息，狼狽往府宅外逃。鞋子也跑丟了一隻。幾個妻妾拖兒帶女跟著他跑，邊跑邊喊：「大人！大人！你不能丟下我們不管啊！」他想停下來，但劉偕衝進來，強拉著他出了大門，將他拖上馬，自己也上了馬，一拍他的馬屁股，擁著他直往西門城外飛奔而去。

戰鬥到五更時結束了。皖城城牆上，「孫」字大旗迎風飄揚，江東軍控制了各個城門及城內各要道。一隊隊軍士持戟在城牆上和城內巡視著。

孫策住進劉勳的府宅。周瑜住進劉偕的府宅。

計點戰果，此仗共消滅劉勳主力近二萬名，其中，斬首八千，俘獲一萬餘。其餘的或四散開去，或隨劉勳逃去。劉勳妻子兒女和前來江東投奔劉勳的袁術的幾個妻妾一併被俘。孫策傳令不得傷害，俱送往曲阿養老。所得的劉勳部曲也送往江東。又令蔣幹一幫文官草擬安民告示，在城中四處張貼。

翌日隅中之時，孫策和周瑜領一幫將領騎馬走上大街，巡查四門守衛和有無擾民之事。百姓們看見孫郎、周郎出行，即刻湧上前來觀瞻。一傳十，十傳百，立時，滿城百姓都圍了過來，要一睹他二人丰姿。

孫、週二人路過喬家大院那個十字街口時，喬家四人聽得喧譁，也打開大門，擠在人群中來看孫策、周瑜二人。只見孫策、周瑜二人身前身後，護衛如雲、武將環繞。一個金盔金甲紅袍，一個銀盔銀甲白袍；一個英武剛毅、朗聲大笑，一個秀麗出眾、風流倜儻。都騎著高頭大馬，眉宇間都洋溢著英雄氣色。都年輕俊美，都英氣逼人，真讓人愛不釋手。百姓越來越多，將他們圍在十字口當中，動彈不得。李通、李柱子等眾侍衛要上前開路，被他們喝住了。兩人一面接受眾百姓的問候，一面笑呵呵與百姓打招呼、示意。孫策道：「眾鄉鄰休要害怕！劉勳無道，我今日乃奉天子明詔討伐！我軍乃仁義之師，所過之處，秋毫無犯！眾鄉鄰只管安居樂業！」周瑜也道：「我軍順從天意，專要救民於水火之中，措天下于衽席之上，非劉勳之類可比！兵鋒所至，定要使境泰民安、豐調雨順！請諸位父老鄉親拭目以待！」眾百姓歡欣不已，有的嚷：「我等願奉孫郎為我廬江明主！」有的喊：「我們早盼著這一天了！」，還有的喊：「孫郎、周郎領兵到此，我們定會富足安康！」

一片鬧哄哄中，大喬癡癡地望著孫策，小喬癡癡地望著周瑜。喬玄、喬夫人也呆呆地打量著孫、周二人。

「果然是他！果然就是那個周郎！端的風流倜儻、英氣逼人！」喬忠望著周瑜讚賞道。

喬夫人目不轉睛地望著周瑜，嘆道：「真是玉一樣秀美、劍一樣挺拔，又如此英雄了得！我家女兒要許配給這樣的英雄，哪怕是做三房、四房，也心滿意足了！」

喬玄不滿地瞪了她一眼道：「夫人怎可以當著女兒說這種話？」

喬夫人嗔怒地拍了一下他的肩：「有什麼不可以！女兒遲早要嫁人的！難道讓她們一輩子不懂嫁人的事啊！」

但大小喬都沒有聽見他倆的對話，只癡癡地望著孫、周二人。

此刻，小喬臉蛋緋紅，內心裡湧起一層層波浪：在她心裡，周瑜和從前記憶裡沒什麼變化，還是那樣英俊、那樣玉樹臨風！眉眼間還是那樣似含情、非含情，只是多了些三軍統帥的威嚴和成熟！那個魂牽夢繞地伴著他從童年長成少女的周郎，便如此真切地出現在她面前了！難道天底下竟有如此優秀完美的男人？而且偏偏又與他有一面之緣！上天保佑！但願他沒有婚配！

此刻，大喬臉上也瀰漫著紅暈。她癡癡地望著孫策，閃爍著激動與愛慕。原來威震江東、勇冠三軍，有小霸王之稱的江東領袖，縱橫天下的英雄孫策是如此年輕！如此英俊！那手姿、那舉止，及豪爽的笑，竟如此迷人！這便是那個在沙場征戰中殺人無數、勇冠三軍、所向無敵、平定江東的豪傑？就是那個十八歲就承擔了孝敬母親、撫養眾弟妹的重任並赤手打天下的孫郎？上天保佑！但願他沒有婚配！

此刻，周瑜和孫策兩人將俊美的臉往這邊轉了過來。大喬和小喬兩人的手情不自禁抓緊了，都顫抖著，都捏出了汗。都用羞怯又熱烈又充滿期待的目光望意中人，期待著四目相見，撞起一片火花，直入心底，或以目光作石子，投入對方心間，蕩起一片漣漪……

可惜人太多了，孫策、周瑜兩人的目光並沒有掃過她倆如花的面龐！只飛快地往這邊掃過，便揮手向眾人致了意，又相視對望一下，似乎商議快些離去。然後，孫策對身後的李通等人說了句什麼，李通、李柱子即領著眾虎賁護衛上前，小心地拔開一條道來，周瑜和孫策便沿著衛隊開出的道，領著眾將領朝前奔去了。

大小喬兩人失望地鬆開了緊握在一起的汗水涔涔的手。

喬夫人臉上籠罩著失望，道：「這個周郎！怎就沒看見我們？莫非忘了我們不成？不行！我要喊住他們！」說完，張嘴要喊。

喬玄拉一拉她的胳膊，道：「夫人！妳斯文些！怎可於稠人廣眾之中這般張揚？」

喬夫人：「可是，這周郎怎認不出咱們了？」

喬玄：「事隔多年，我倆都垂垂老矣！二個女兒也長成亭亭少女，自然是認不出來了的！」

喬夫人：「哼！我怎又認得出他？就是認不出我們，可我家女兒都有傾國傾城之貌，他倆也該看到啊！」

喬玄道：「他倆個都是頂天立地的英雄，非好色之徒可比，就是看見了美貌女子，又未必就會多張望！」

小喬聽見了這話，轉過臉，不滿道：「爹爹！難道張望我倆人便都是好色之徒！正人君子就不會看我姐妹倆了？」

喬玄苦笑道：「哎呀！女兒！你又在中間扯什麼啊！」

說完，他搖搖頭，轉身往屋裡走。小喬撒嬌地衝他背影做個鬼臉，一手挽著大喬的胳膊，一手挽起喬夫人的胳膊，幾分興奮、幾分失落地轉身跟著往家門口走去。

第十一回 逢故人周郎鍾情，議婚約喬婦應諾

劉勳被孫策打出皖城後，逃到沂縣，一面加固沂縣城牆，加強防衛，一面派人找江夏太守黃祖求救。黃祖也派了人來助他。孫策與周瑜想到劉勳實力尚存，一時難以攻下，就一面與劉勳對峙著，一面派程普、黃蓋等將出城去平定廬江各縣。

這日是個陰鬱的天氣，沒有暴曬的太陽，也沒有要下雨的跡象，反微微有些涼風。喬玄到米店去忙碌。喬夫人在家做拿著雞毛撢子收收撿撿。大喬、小喬在後花園裡悶坐了一回，想上街上轉一轉。和喬夫人打個招呼後，便帶上一個丫環娟兒，出了家門。

大街上人來人往，洋溢境泰民安的歡欣與繁華。不少打扮得齊整鮮亮的小姐、公子，趁著陰冽天氣像紛紛出來透氣，都三五成群招搖過市。畢竟是長江邊上的重鎮、近百年的廬江府首縣，又鮮有兵火塗炭，富庶人家和豪門望族的公子小姐倒也有些。大街上不少牆壁上張貼著以討逆將軍、吳侯孫策的名義發佈的安民告示。不時有些江東軍的軍人們三五成群地在小攤前好奇地購買當地的瓜果。他們並不討價還價，看中了就買，都很本份地付帳。

街上有不少人認識大喬、小喬。公子哥們便拉直了眼瞅她們兩個。大膽些的就上前獻殷勤。大小喬一概置之不理，只兀自拿著絹扇走自己的路，有說有笑，目不斜視，風韻款款，嫵媚生動，時不時不經意地舉起絹扇在白裡透紅，略有細汗滲出的臉上扇一扇，那份不經意透出的大家閨秀的矜持、嬌柔、端莊、雅致、更惹人憐愛不已。而一些小姐、婦人則將嫉妒又欣賞的目光朝兩姐妹掃射過來。

路過一家酒樓，正遇上一群軍士從酒樓裡走了出來。他們剛喝過酒，臉色通紅，有的眼睛也發紅。因為熱，有幾個軍士脫了上衣，打起赤膊。他們走出酒樓，搖搖晃晃，迎頭就撞見了大喬、小喬。這一剎那，像是有一把火在他們胸中點著，又像是恍惚中誤入仙景，撞見仙女，他們全體站住了，癡癡呆呆的目光像灼熱的火一樣撲上大喬、小喬身上。

這熱辣辣色迷迷的目光連同他們喝紅的臉膛和光著的上身，讓大喬小喬不自在、害羞，也害怕。一剎那，她倆的臉紅了，心突突地動，好像要蹦出胸口。這年頭，最怕的便是酒後亂性的軍人。雖然兩人竭力做出拒人於千里之外的矜持表情，但仍情不自禁地將手挽緊了，用扇半遮著臉，趕緊繞著這群軍人。後面的使女娟兒也低了頭，加快步子跟上。

但偏偏兩人於款款風韻中的害羞、緊張更令這群軍士憐愛，也更刺激了他們的慾火。為首的一個屯長趕上前，攔在大小喬面前。大、小喬嚇了一跳，還沒有反應過來，這個屯長粗大的手已經摸上小喬的臉：「嘻！美人！我打遍江東也沒見過這樣的美人胚子啊！」這屯長臉上長滿野草樣的鬍子，赤裸著上身，上衣繫在腰間，背上和右前胸掛著兩條怵目驚心的刀疤。眼睛和臉一樣紅，放射著火一樣的欲望。

小喬一把閃開，惱羞道：「你幹什麼？」

屯長笑了，又伸出手來摸了一把大喬的臉。

大喬羞憤地摟著小喬後退一步。

「你們幹什麼！孫郎、周郎與我城百姓約法三章，你們怎敢如此？」小喬鎮定下來了，大聲斥責道。

屯長噴著酒氣、嘻皮笑臉對小喬道：「小妹！這怎算是擾民？本軍爺是喜歡小妹啊！哈哈！你給我做二房怎樣？」

說完他一把摟緊小喬的肩，將她從大喬懷裡拖過來，抱在懷裡，滿是亂鬍渣的臉還有冒著熱氣的嘴朝小喬臉上貼上去。

「哎呀！」小喬滿臉通紅，掙扎著，奮力推開他，騰出手來，一巴掌打在他的臉上。

屯長摸著臉，愣了一下，瞪著血紅的眼睛惱羞道：「小丫頭片子！老子今天不放倒你倆，我還真不算是軍爺！」

後面幾個軍士起鬨地喊：「大哥！上啊！上啊！」

大喬、小喬和婢女絹兒都嚇得縮成一團，連連後退。一群百姓遠遠看著，敢怒不敢言。一個穿得寒酸的老儒在後面嘆道：「孫郎、周郎的兵竟也如此！」屯長聽見了，按了按腰中的刀對老儒惡恨恨道：「你再亂說我殺了你！」老儒趕緊低頭噤口不言了。

然後屯長又瞪起色迷迷的眼睛逼向大喬、小喬。大喬、小喬一起後退著，退到了一個賣西瓜的攤子旁，再無退路。往旁邊跑，也沒了路，醉酒的失去理智的士兵已團團將她們圍了起來。三人只好抱成一團，憤怒又驚恐地瞪著屯長。四周的士兵起著鬨。屯長得意忘形地笑了，朝小喬逼近，伸出毛茸茸的粗壯的手。小喬忽然抓起攤上的一把西瓜刀，雙手握著，杏眼瞪起，顫顫地指著屯長道：「混蛋！你敢上來我就殺了你！」

屯長咧嘴笑了：「竟是剛烈美人！哈哈！正合我意！」

他趁小喬不備，猛地抓住小喬的拿刀的手，使勁一捏，小喬「哎喲」叫了一聲，手中的刀匡噹落地。屯長露出得意的笑，順手將小喬往懷裡一拖，摟住了，噴著滿嘴的酒氣貼在她的臉上亂親一起。

小喬又羞又怒，拼命掙扎、躲閃。大喬和婢女娟兒驚慌地喊著要上來拉小喬，被其他幾個軍人笑嘻嘻地扯開了，也抱在懷裡亂摸一起。她們也一同驚慌地喊叫開來。一時，三個女孩的喊叫聲穿起人牆，傳出很遠。

「住手！混蛋！」一個聲音傳來。跟著，一陣馬蹄聲響過，一小隊人馬從閃開的人群中衝了過來。

眾軍士朝衝來的馬隊看去，頓時嚇得臉色慘白。即使是仍有醉意的也禁不住雙腿打顫了，趕緊鬆開了大喬和婢女娟兒。原來，領頭的正是周瑜，後面跟著的是他的侍衛隊。所有的軍士都「噗嗵」跪了下去。

那個屯長卻仍忘乎所以地抱緊小喬狂吻亂咬。

周瑜一馬鞭抽在他的背上。

屯長疼得跳了起來，鬆開小喬。「媽的！誰敢打我？」他罵著回過頭來，愣住了。他看見周瑜俊美的臉扭曲了，充滿智慧與靈秀的美目此刻正燃燒著怒火，高挺的鼻樑如氣歪了一般，線條分明、紅潤的嘴唇嚅動著。

小喬淚花點點，一巴掌狠狠地打在屯長的臉上，然後跑到大喬身邊，和大喬依偎在一處，看了看周瑜，眼中含著羞憤、意外。她沒有想到會在這種此刻遇見周瑜，真是羞死人了！

周瑜的目光也不經意地朝小喬掃過來。就這一剎那，他愣住了。他沒有想到此地還有如此楚楚動人的女孩子！美麗是次要的！重要的是，那雙美麗的噙著淚水的眼睛裡射出的目光竟是那樣不可思議，一下牽著了他的視線與心靈。那是一束前世裡見過的目光，幾分羞憤，幾分溫存，幾分委屈，幾分倔強，幾分智慧、美麗與楚楚動人，更有些挑釁與似曾相識的注目。這目光如天空中的雷電，或者遙遠的呼喚，或者哪裡見過一般，總之如一雙魔力的手，直入他的心底，在他的心靈裡攪起一陣一陣的顫抖，激起他體內血液縱橫奔流。他那雙原本燃燒著憤怒的眸子情不自禁地變得癡迷、驚訝與柔情了，原本嚅動的嘴唇不動了，好像憤怒忽然被凝固了一樣。帥氣白皙的臉上不知不覺地升起紅暈。那屯長見周瑜出現，原嚇得酒醒，緊張無比，此刻見周瑜神態，頓時明白了什麼，趕緊拱手長揖施個禮嘻笑道：「周將軍！這丫頭國色天香，請周將軍享用吧！小的讓出了！」

然後，手一揮，帶著手下就要離去。

周瑜從與小喬的對視中回過神來，大喝一聲：「站住！」

屯長站住了，緊張地望著周瑜。

周瑜喝道：「軍中有令，不可上街酗酒，不可衣冠不整，你莫非不知？」

屯長趕緊跪拜在地，求饒道：「周將軍！小的知錯！就饒了小的一回吧！」

周瑜怒道：「酗酒可以饒你，這公開調戲搶掠良家女子饒不了你！」

屯長身後的眾軍士磕頭求饒：「將軍！請饒了小的們一回！」

屯長臉色慘白，哀求道：「將軍！小的酒性發作，加上這二位女子楚楚動人，才令小的違了軍令！小的上有老母，小有二個幼兒，求將軍饒了小的一命！」說完，磕頭不已。額上豆大的汗珠將泥土地浸濕了。

周瑜斬釘截鐵道：「你等聚眾侮辱良家女子，敗我江東軍軍紀，罪不容赦！來人！統統斬首！」

「將軍！饒命啊！」眾軍士發一片哀嚎之聲，將頭在地上磕得邦邦響。

屯長跪在地上，抹著一把眼淚哭道：「將軍！小的是程普將軍部下！求將軍看在程將軍份上，饒了小的們一命！」

周瑜愣了一下，沉吟片刻，堅決道：「就是程將軍本人，也不可違反軍令！但看在程將軍份上，且饒你們眾人，首惡卻不放過！」跟著對身後的李通一擺頭：「將首惡就地處斬，懸首示眾！其餘人拉回去各打一百軍棍！」

眾軍士趕緊磕頭道：「謝大人開恩！」

李通領兩個侍衛上前來拖那屯長。

屯長在地上抬起頭喊：「媽的！老子不服！」說完，跳起來拔出身上的刀。

還沒拔出刀來，李通帶著兩個侍衛撲上去，按住了他。李通拔出劍，一劍砍下去，屯長驚駭地慘叫一聲，一顆血淋淋的首級從頸上落下，在地上滾開去。

「好啊！」圍觀的人群中有人喊道。

「周郎這樣治軍！我廬江百姓果真有福了！」人群中先前不平的那個老儒感動道。

小喬看著地上血淋淋的人頭，嚇得「哎呀」趕緊捂上眼。大喬也轉過身去，和小喬緊緊摟在一處，不敢看這血淋淋的場景。

等小喬睜開眼時，周瑜已經下馬。他將馬韁繩交給方夏，走到她面前，拱手鄭重道：「姑娘！方才讓妳受驚了！」

「哼！」小喬定了定神，恢復了活潑頑皮的本性，柳眉倒豎，杏眼圓瞪，假裝嗔怒道：「都說江東軍紀律嚴明，秋毫不犯，竟還有大街上攔截民女的！我看那個什麼孫郎、周郎都該和劉勳一樣被趕走才是！」

周瑜看著小喬噘著嘴嗔怒的樣子，禁不住笑了，目光情不自禁地流露一縷柔情與喜愛，跟著他收斂住目光，鄭重道：「實在對不住！姑娘！我江東軍素來軍紀嚴明，深得江東士民擁戴，自然也有害群之馬！本將軍日後一定嚴加管束！」

「哼！」小喬哼了一聲，拉住大喬的手，轉身就走。

大喬站在原地，看看周瑜，又看看小喬，不解道：「妹妹！妳！」

「我什麼啊！走啊！」小喬撒嬌的語氣道，使勁把大喬一拉，大喬被帶了兩步，只好跟著她往前走去。婢女娟兒也跟在後面走了。

周瑜呆呆地看著小喬的背影，悵然若失。

「將軍莫不是喜歡上這位姑娘？」李通忽然上前小聲對周瑜道。

周瑜一愣，看了看他，虎起臉道：「哪有的事！」

「將軍要是喜歡的話何不跟上去？將軍沙場上足智多謀，找起媳婦來倒不奮勇了？」李通笑道。

周瑜看著他，沉吟著。

「是啊！大人！李司馬說的就是！機不可失的！」方夏也在一邊調皮道。

周瑜看了他兩人半天，用手點點他們：「言之有理！」說完，他快步走上前，趕上大喬、小喬，攔在前面。

大喬、小喬站住了，吃驚地看著他，眼裡隱隱有些驚喜，但面上仍是嗔怒與嚴肅。小喬故意繃緊臉，瞪著周瑜，嬌滴滴又有幾分惱怒的語氣道：「將軍！攔住我們有何貴幹？」

「姑娘！」周瑜拱手做揖，一本正經道，「本將軍治軍不嚴，驚擾了小姐！不知小姐府上何處，本將軍願送小姐回府，聊表歉意！」

一縷興奮襲上小喬嬌嫩的帶著紅暈的臉蛋，但很快她又繃起臉道：「不用了！本小姐已受驚一次，豈能有第二回？」

周瑜灑脫飄逸地一笑：「哈哈！本將軍自幼熟讀儒家禮教，嫉惡如仇，為忠勇信義之人，怎會使小姐受驚？」

「哼！自我標榜！再說，我家向來不喜歡軍人上門的！讓開！」小喬用冷冷地板著臉道。

大喬拉著她：「好啦！妹妹！」然後她道個婦人福，笑吟吟對周瑜道：「既然將軍如此好意，那就有勞將軍送我們一程了！」

「謝姑娘！」周瑜躬身行禮道，讓到一邊。

大喬、小喬風韻款款地從他身邊走過，往前走去。婢女娟兒跟在她們後面。

周瑜微微笑一笑，跟在她們後面一同走。因為天熱，他沒有披重鎧，只披著麻紗的紫色官服，頭上戴著紫金方冠，與兩位小姐走在一處，如一位翩翩郎君攜佳人出遊。

李通、方夏及眾侍衛都牽著馬，跟在他的後面。

路過一個麻絲緞綢店時，周瑜喚過李通，小聲令他去店裡買幾匹絹帛、綢緞，再跟上來。

到了喬府大門口，小喬轉身對周瑜道：「本姑娘到家了！將軍自回吧！」

周瑜一時不知所措。大喬笑吟吟道：「將軍請進！」說著，推開了門，拉著小喬進了屋，回眸對周瑜笑了笑。

周瑜大喜，令衛隊全部候在外面，就帶著方夏隨大小喬進了屋。

一進屋，已經從米店裡回到家的喬玄迎了上來，一眼看見周瑜，愣住了，然後眉開眼笑地迎了上來道：「哎呀！原來是周公子！幸會！幾年不見，果然成了人中之傑！」

「幾年不見？」周瑜愣住了。

大小喬掩口而笑。

喬夫人也從裡屋走出來，看見周瑜，嚇了一跳，不相信似地眨眨眼，跟著瞪大了眼睛叫道：「哎呀！是周公子！啊！不！周將軍！我說過你會記記得俺們的！」

「記得你們？」周瑜又一愣，看著她。

大小喬摟在一處，忍俊不俊。

小喬終於忍不住對周瑜嗔怒道：「哼！呆子！都說你有萬人之英，原來是個好忘事的呆子！」

喬夫人見周瑜摸不著頭腦的模樣，也愣住了，驚奇道：「你既記不得我們了，來我家做什麼？」

「哦！」周瑜斂一斂神，拱手正經道：「在下是孫策將軍部下將領周瑜！適才我部有軍人冒犯了貴小姐，已被我斬首！因本將軍治軍不嚴，使小姐受驚，故特地護送小姐回家以示撫慰！」

說完，他回頭看了方夏一眼，方夏趕緊走了出去，在門口一揮手，李通領二個士兵挑著布、絹一類禮品進來了。

喬玄既驚又愣，趕緊請周瑜上座，口中道：「區區小事！實在不敢勞將軍如此大禮！周將軍快請上坐！」又趕緊令婢女上茶。

的喬玄啊！」喬玄道。

周瑜欣然入座，笑道：「無信義則無以取天下！我軍既有擾民之舉，自要登門慰藉！」

喬夫人也坐到周瑜對面大聲道：「哎喲！聽口氣，周公子真不記得我一家了？」

「周將軍！可還記得八年前舒城外你和那個蔣公子救我全家的事？我是往那次攜全家江東避難

「是啊！你送回的二個丫頭便是我家大喬、小喬！那小喬可是你親手從盜賊手中搶過來的！」

周瑜大吃一驚，站了起來，打量喬玄夫婦並他們身後立著的大小喬，驚喜道：「原來是你們！如此一說，我記起來了！還真有些面熟！」說完，他趕緊對喬玄夫婦拱手施禮道：「故人相見，實在有幸！有幸！」喬玄夫婦也趕緊起身還禮。

他又對大喬施禮道：「這位定是大喬姑娘了！」

大喬嫣然一笑，對他行了個婦人禮。

他又對小喬施禮，笑吟吟道：「這位自然是小喬姑娘了！周郎記得，就是那位怪我弄疼了她的胳膊的小丫頭，都長成沉魚落雁姑娘了！呵呵！」

小喬嬌羞又嗔怒道：「哼！你說的弄疼胳膊的事本小姐可記不得了！」

喬夫人歡喜道：「難為周公子還記得我們！哎喲！真是天緣！沒有想到還會在這裡見面！」

大家一齊開心地笑了起來。

當下周瑜就和喬玄夫婦邊喝茶邊敘舊。大喬、小喬因不便夾在父母與客人中間，又有些害羞，就使個由頭進了裡屋。聊了半天，周瑜故意把話題引到大、小喬身上，他感嘆道：「真是歲月如梭，想當初，大喬、小喬還是娃娃，一晃今日都是國色天香的妙齡姑娘了！」

喬玄：「周將軍當初是個翩翩少年，現在不一樣成了英氣逼人、威名遠揚的江東才俊？」

周瑜笑了笑，試探的口氣道：「兩位千金美麗過人，氣質出眾，想必一定都許配了人家吧！」

喬夫人笑道：「這兩個丫頭，心坎都比天高！上門求親的絡繹不絕，但兩人一個也看不上！整天就琴棋書畫邋遢！唉！不知道心裡都想著誰！」說完，她悄悄看一眼周瑜，也試探的口氣道：「周將軍風流俊美、年輕有為，也一定早有婚配了吧！」

「哦？兩位小姐果真沒有婚配？」周瑜聽她說完，一拍大腿，驚喜道：「實在太妙了！真是天賜之緣啊！」

「什麼天賜良緣？」喬夫人假裝糊塗。

「我和孫伯符將軍曾經戲言，日後如要婚配，定要娶一對姐妹！現在正邂逅大喬小喬兩姐妹待字閨中，這豈不是天賜之緣？但不知喬公、喬夫人可否願將二個女兒許配給我和伯符將軍？」周瑜眼裡洋溢著真誠、欣喜，和幾分羞澀。

喬夫人高興地看一眼喬玄，正色道：「孫郎、周郎英才過人，又是江東領袖！我家姑娘小家碧玉，我哪裡有看不上的？只是我家雖非名門之後，但也是道地的良家閨女，兩位若真要有心，是不能視如兒戲的！」

周瑜笑道：「那是自然！回去後，我和伯符一定託人前來做媒求親，以求明媒正娶！伯符為兄，當娶大喬，某為弟，迎娶小喬，如何？」

喬夫人綻開滿意的笑臉，看看喬玄，喬玄臉上也露出欣喜的微笑，笑道：「既周將軍如此誠意，那就照周將軍所說的做好了！」

「那就這樣說定了！只是，這求親做媒的人不可是隨便的人！」喬夫人見丈夫表了態，趕緊道。

周瑜呵呵一笑：「喬公和夫人儘管放心好了！這婚姻大事，自然會隆重些的！」

三人同時大笑開來。喬玄問蔣幹的近況，得知蔣幹在廬江郡府做官，表示改日去拜訪。又敘了回家常後，周瑜就滿意地告辭了。

第十二回　探美人二郎私入後花園，戀周郎小紅獨來廬江府

這日，孫策在府衙裡與新任的廬江太守李術議事。李術是汝南人，一直在廬江府中做從事，少有學問。孫策因其在廬江為官時間長、與當地吏民熟悉，就任其為廬江太守。又任蔣幹做郡丞，協助他。其實，以周瑜的主張，當以蔣幹為太守。因見孫策自有主張，便沒有堅持。正談著，周瑜進來，孫策與李術又交代數句，李術便告辭而去。李術一走，周瑜就興奮道：「伯符！告訴你一件天大的好事！」

「莫不是又想出破劉勳的良策？你一說好事，我就知你有主張了！」孫策也高興道。

「劉勳？哈哈！此人終會為伯符所擒，不足為慮！我說的好事，不唯你我高興，就是太夫人定高興！」周瑜坐在椅上得意道。

「哦？何等好事？竟如此？」孫策納悶了。

「你記不記得我倆東渡時曾有過戲言：我倆人婚娶，定要娶一對姐妹？」周瑜道。

孫策回答：「自然記得！」

周瑜笑道：「現在，真是天作姻緣，本城偏有一對姐妹，不唯有沉魚落雁、閉月羞花之貌，而且談吐氣質脫俗出眾，非小家碧玉可比！我倆令人去求親，你娶姐，我娶妹，豈非天大的好事？」

孫策苦笑道：「哎呀！公瑾！我正在思考如何擊垮劉勳！哪裡有心事談婚事！」

「取劉勳首級是遲早的事，包在我身上好了！」周瑜笑道，「這婚姻大事可是天設姻緣！你我都是不願苟合之人，難得遇見心動女子，如今有了，怎可錯過？」

孫策望著周瑜沉吟一刻道：「公瑾所說有理！但何以見得這兩個女子便是你我心動的？」

「主公！」周瑜笑道，「這倆女子一個喚著大喬，一個喚著小喬。她們的父親喬玄從前也曾在朝中為官。八年前喬玄領他一家來江東避難，途中遇盜賊打劫，被我和蔣幹救了，所以也算是舊相識了。這大喬、小喬幼時就美麗無比，現在更是容貌出眾，氣質非凡，而且品性端莊，琴棋書畫，無不精通。不知多少富戶人家在打她倆主意！就在我們打下皖城之前，劉偕還曾上門逼婚，為她倆人所拒！主公，這等好事，怎可以輕易錯過？」

「哦？真的有這麼巧的事？果真是你昔日救過性命的人家？」孫策來了興致。

「一點不假！」周瑜笑道。

「嗯！孤相信公瑾的眼光！可是，孤總得親眼見了再談求親之事啊！」孫策沉吟道。

「那是自然！」周瑜笑道，「找個時辰，公瑾帶主公去見一次，再作定奪吧！」

「好！一言為定！」孫策笑道。

過了一日，孫策和周瑜騎馬往喬家去。倆人峨冠博帶，一身公子儒生派頭，李柱子和方夏跟在後面。

到了喬家院牆下，院牆內傳來小喬嘻笑的聲音。

周瑜對孫策高興道：「這是小喬的聲音！」

「哈哈哈！」孫策仰頭大笑道，「看來公瑾為這姑娘打動了！孤倒真想看看這是何等樣的兩個女子！」

「你見了大喬以後，定會有同感的！」周瑜笑道，望了望牆那邊，忽然眼睛一亮，對孫策道：「主公！要不要先趴在院牆上一睹芳容？」

孫策大喜：「這樣最好！彼在明處，我在暗處！省卻見了見面後卻無退路的尷尬！」

於是，兩人騎馬到院牆下，踩在馬鞍上，趴在牆上往園中看。方夏、李柱子趕緊上前幫著拉著兩人的馬。

後花園裡，小喬和大喬及二個丫環正在園中平地上蹴鞠。四個人分成兩班，嘻嘻哈哈地將那球在地上亂踢一氣。

周瑜告訴孫策：穿紫色衣裙側對著他們的是大喬、穿粉紅衣裙面對他們的是小喬。

「哦！從身材上看果然婀娜多姿，容貌也秀麗，只是無法看得更清楚！」孫策眼睛直勾勾盯著大喬道。

周瑜：「那就跳下去走近了看，如何？」

孫策笑道：「你、我皆是萬人之上、雄霸一方的豪傑，如此翻牆越戶，似有偷雞摸狗之嫌啊？」

周瑜故意地：「哦？主公果然樸直方正！那好！我們就下去往正門進去好了！」說完做出要下去的樣子。

孫策拉住他嘻笑道：「哈哈！公瑾！孤只是戲言！就依你的！權當孤又回到總角之時！」

周瑜輕聲道：「來！一、二、三！」

兩人用手往院牆上一撐，縱身一躍，跳過院牆。

落了地，沒走幾步，那蹴鞠竟飛了過來。孫策用腳接住，與周瑜對踹開來。大喬、小喬都轉過身來。大喬猛然看清是周瑜與孫策，她呆住了，跟著眼裡現出驚喜的光芒，一絲羞澀的紅暈飛上臉頰，眼睛直直地停在孫策身上，又含羞地挪開。恰此時，孫策將蹴鞠朝她踢去，正滾到她腳下，她也不理睬了。

孫策便愣愣地打量大喬，眼裡露出灼熱的光束。

周瑜則與小喬對上了視線，他衝臉上情不自禁溢滿欣喜並微微紅了臉的小喬眨眨眼，然後微微一笑，附在孫策耳邊小聲戲道：「主公？公瑾所言不虛吧！主公有些失態了！」

孫策回過神來，有些窘迫地笑了笑，目視大喬，嘴裡對周瑜道：「果然是秀麗無雙、氣質溫婉可人！打遍江東吳越西施故里，尚未遇上如此動人女子！公瑾實在慧眼識人！」

「哦！那就前行便是！」周瑜笑著用胳膊一杵孫策。

於是，兩人微笑著往前走去。

走到她們面前，周瑜衝小喬施禮道：「小喬姑娘！又見面了！」

「哼！什麼人？膽敢翻過我家院牆！沒有王法了！」小喬忽然柳眉倒豎，用手指著周瑜，嗔怒道。

周瑜笑了笑，對她做個鬼臉，又指著孫策，對大喬、小喬道：「這位便是江東領袖孫策、孫伯符將軍！」

孫策趕緊拱手對大小喬施禮道：「二位姑娘！伯符有禮了！」

大喬紅了臉，回禮道：「小女子有禮了！」

小喬並不行禮，假裝不快道：「你們怎可以隨便就跳進我家院裡來？」

周瑜笑道：「小喬姑娘！我倆人原要來拜訪喬公，在院牆外便聽見姑娘們的笑聲，牆內佳人歡笑，牆外路人煩惱，一時心動，便跳牆而入！如有得罪，請多包涵！」說完，他手姿飄逸地行了個禮。

小喬依然嗔怒：「即便是心動，也不可以偷雞摸狗一般翻牆越戶！什麼江東領袖、天下豪傑！在我看來，比雞鳴狗盜之人差不了多少！」

孫策有些窘迫：「這！小喬姑娘言重了！」

大喬拉一拉小喬的衣襟：「妹妹！別這樣！」

周瑜笑道：「我倆只是見姑娘玩得開心，也要開心一下而已！如有冒昧，我倆人先出去，再從你家大門進來好了！」

說完，拉一拉孫策的胳膊，假裝要出去的樣子。

大喬急忙攔住他道：「哎！周將軍！沒事的！既已進來，何必再出去！」

周瑜笑了，對小喬眨眨眼。

孫策望著大喬笑道：「大喬姑娘果如周郎所說，國色天香、溫婉可人！孫郎今日得見，甚為榮幸！」

大喬含羞道：「孫將軍過獎！小女子久聞孫將軍大名，萬分仰慕！」

孫策：「大喬姑娘！如不介意，來日我定使人上門求親！」

大喬臉上飛出一片羞紅，趕緊扭轉臉去，以袖掩臉，道：「兒女婚姻，父母之命！將軍何必與我說？」

「如此便可！主公！來日只管使人送聘禮來！」周瑜笑道。

「哼！胡扯！本姑娘並未答應！若送聘禮，扔了出去！」小喬雙手插腰，半抬著臉，望著天，神氣地堅決地說。

周瑜莞爾一笑：「小喬姑娘！令尊堂大人已應了的！天造之緣，由不得你我！」

「做夢！本姑娘偏就不嫁自負得意之人！」小喬恨恨地一扭頭。

就在這時，一個婢女跑到園中道：「大小姐、二小姐！老爺喊你們過去吃飯了！」

孫策拱手道：「大喬姑娘！今日暫且告辭好了！」

大喬含羞地點頭。

周瑜也含笑拱手對小喬道：「小喬姑娘！周郎也告辭了！」說完，孫策與周瑜走向院牆處，手一撐，翻過院牆。

「妹妹！你今日是怎麼了？忽然便與周郎過不去了！莫非你不喜周郎了？」等他們消失在院牆上之後，大喬從喜悅與陶醉中醒過來，問小喬道。

小喬噘嘴道：「哼！就是要嚇一嚇他！你對孫郎也不要太過恭順了！他二人都是天子驕子，眼中沒有幾個人的！若我倆現在不施威，日後他們便對我倆施威！」

大喬點一點她的頭：「你啊！哪來這多名堂心眼！他倆個是君子，非小人！」

小喬：「我才不管他們是哪種人！你看周郎今天春風得意、油嘴滑舌的樣子？哼！好像都已經旗開得勝，把我們娶過去一般！我不打擊他的氣焰，日後更是神氣得不得了！」

大喬道：「我想他也是太高興而已嘛！」這時，丫環又過來催，兩人就邊說邊轉身朝屋裡走去。

院牆外，周瑜、孫策策馬返回。李柱子、方夏等侍從跟在後面。

「主公！不虛此行吧！」周瑜笑問。

孫策笑道：「公瑾果然是好眼光！等呂範來了令他為我倆求親！」

周瑜點頭：「妙極！」

孫策忽然不解地看著周瑜道：「對了！公瑾今日似有些滑舌！為何？」

「只是想逗大家開心而已！也算是聊發童心吧！主公不也翻牆越戶了嗎？」周瑜笑道。

「原來如此！」孫策笑著點頭：「如此倒有些聊發童心了！」

二人抬頭哈哈大笑開來。

過了幾日，呂範帶船隊從江東回到廬江。打下皖城後，孫策便派呂範押送被俘的劉勳部曲及袁術妻妾子女等回江東報捷。呂範在江東待了些時日，便帶著江東的美酒、綢緞、絲帛以及孫太夫人、周夫人對孫策、周瑜的慰問之語又浩浩蕩蕩返回皖城了。但，讓孫策、周瑜大吃一驚的是，呂範也帶來了一個意想不到的人：周瑜的堂妹小紅！原來，呂範要帶一些將領的家屬到皖城探視，小紅得知後，就央求周夫人找呂範求請，說要去看周瑜，呂範自然不敢違杵周夫人的請求。同來的還有草兒。這是孫策、周瑜叮囑呂範帶來的。因李柱子攻打皖城受了傷，立了功，孫策已升他為自己的帳下虎賁軍的行軍司馬。既升了他的官，就要草兒過來相親。

小紅的到來讓孫策和周瑜嚇了一跳。孫策怕攪了周瑜和小喬的事，周瑜更是擔心。他知道小紅愛使性子的脾氣，若和小喬定親的事激怒了小紅，出了什麼意外，對母親和叔父面上就不好交待了。所以，周瑜和孫策商議，把定親的事暫先緩著，等小紅離開皖城後再說。

打下廬江後，蔣幹便被任命為廬江府郡丞，協助太守李術處理廬江事務，調節賦稅，納糧納款。這日他從衙裡回府，正逢上夏日暴雨，就趕緊往附近喬玄米店的屋簷下避雨。未幾，又一同僚過來避雨，兩人便在屋簷下敘話。那同僚免不了以羨慕的語氣恭維蔣幹與周郎少年同窗、深得周郎喜愛，日後肯定會平步青雲等等。裡面的喬玄聽了半天，小心問道：「先生莫不是蔣幹、蔣子翼先生？」

蔣幹抬頭看了看喬玄，不解道：「正是在下！閣下是？」

喬玄高興道：「哎呀！蔣先生！舊人重逢啊！你還認識老夫？」

蔣幹打量著他：「倒是有些面熟！」

喬玄：「在下喬玄！八年前蒙先生和周郎搭救我一家性命！」

蔣幹大喜，吃驚地打量喬玄：「原來是喬先生！我認出來了！哈哈！我還記得閣下有一雙如花似玉女兒！」

喬玄高興道：「正是！正是！」

兩人趕緊施禮。禮畢，喬玄請蔣幹到自己屋裡敘敘舊。恰此時雷陣雨已歇，喬玄對店裡夥計吩咐了幾句，便領著蔣幹逕往喬府去。

到了家，喬玄引喬夫人來見。喬夫人一見故人，自然高興，立刻要大喬、小喬出來見見故人，向兩個女兒介紹：「大喬、小喬！你們還記得這位蔣大人？當初就是他和周郎一道打走強盜，救我一家性命的！」

蔣幹見了大喬、小喬，如睹仙女，立馬就愣住了，目光癡迷，看得大小喬面紅耳赤。好半天才回過神來，讚不絕口，直誇大喬小喬美若仙人。

小喬打量了一下他，調皮地笑道：「我記得！周郎一個人和強盜打的時候，那個嚇得躲在後面的膽小鬼，是不是你？」

蔣幹臉紅了，有些難堪，吶吶道：「咳！你們有所不知，我並不曾周郎那樣習過武善擊劍！」

喬玄喝道：「小喬！」

大喬趕緊拉一拉小喬的衣襟，又告訴父母並蔣幹，說城隍廟前今天有從江東來的玩雜耍的，她姐妹倆正要去看看。喬玄、喬夫人因要待客，樂得她們出去玩，便叮囑了幾句，由她們去。兩人與蔣幹招呼一聲後，嘻嘻笑著，如下凡的仙女一樣飄了出去，婢女也不帶一個。

喬玄夫婦當即擺酒置菜與蔣幹小酌。蔣幹是嗜酒之人，又逢上晡時用飯之時，自然從命。與喬玄夫婦且飲酒且敘舊。酒過三巡，喬玄問蔣幹可曾成家，蔣幹想起方才大小喬款款動人的模樣，心旌搖曳，道：「在髮妻已故，現浪跡江湖，居無定所，又未逢心儀女子，故仍孤身一人！」說完，做鬱悶狀地連連嘆息。喬玄夫婦免不了安慰他，說他青年俊傑、功名有望，不愁日後沒有家室。一番勸慰令蔣幹心花怒放，加上酒力發作，不覺飄飄然起來，以為喬玄夫婦在做暗示，便滿懷希冀試探地問道：「貴府二位千金如此動人，不知有沒有許配人家？」

喬夫人笑瞇了眼道：「也是八九不離十的事了！孫將軍、周將軍已說好要使人上門提親的！」

「哦？」蔣幹一愣，方才飄在雲霧之上的歡愉之心一下墮入寒冰之中，拿著酒爵的手顫抖一下，裡面瓊漿差點溢出。臉色頓然沮喪、皮肉僵硬。

「哦！孫郎、周郎？這可是一門好親啊！」他竭力掩蓋內心失態，訕訕道。臉上的僵硬和沮喪卻揮之不去。

喬玄夫婦並未覺察他的失態，也借著酒勁欣喜不已地談論孫郎、周郎的好，談論兩位女兒前世修來的姻緣。而蔣幹表面應和著，內心裡翻江倒海，飲進的酒如放了苦膽汁，滋味難耐，直恨不得立馬奔到度江邊去痛哭一番再投了江了事。

大喬、小喬不消一刻就走到城西的城惶廟前。這是全城做祭祀、迎拜、廟會等事的場所。廟前是一片數十畝長寬的空地，中央有一個土壘的臺子。空地週遭擺滿賣各樣小物件的小攤。但今日這些小攤面前要清冷多了。因為，廟前那個土臺上，從江東過來的雜耍班子這幾日都在此地雜耍。這些吳越蠻夷之人表演的絕活甚多，有耍猴、舞蛇、飛刀、奏樂令蛇起舞、馴獅虎等等。還有從前宮廷裡才有的雜劇，即使人化了妝在臺上扮古人和鬼神演戲。每每一個節目表演完了，便有一個女孩拿了一個小銅盤繞場一週等人丟些碎銀和銅錢。因來自江東吳郡山越之地，許多絕活都是皖城百姓未曾見過的，所以觀者如雲，密密麻麻在臺下圍了一圈又一圈，喝采聲一陣高過一陣。

大喬小喬趕去時，裡面正耍得歡。兩人笑嘻嘻擠進人群，站在一高處看。只見臺上，一個十來歲的小丫頭懷裡抱著一條二丈多長、比她腿還粗的蟒蛇玩耍著。那蛇時而與她親嘴，時而盤成一堆將她埋住，時而隨其歌吟起舞或起立，起立時高過丈餘，圍觀之人驚呼不已，大小喬也摟成一團驚駭不已。小姑娘退下後，便有一個赤膊漢子背一個獸皮袋上得臺來，從袋中倒出數十條青蛇、花蛇，又吹起口哨，引領眾蛇在口哨聲中或起立，或起舞，或爬到他的身上纏滿他全身。一條小青蛇竟從其嘴中爬進去，又從鼻裡鑽出來，嚇得大小喬蒙上眼不敢再看。小喬也不敢往臺上看了，只漫不經心往人群中看去。忽然，她愣住了，像被蜂子螫了一下，差點沒跳起來，臉變得慘白。只見斜對面，穿著官服的周瑜正領著一個美麗女子往人群中擠。那女子裝束豔麗，緊挽著他的手，十分開心陶醉的表情。當他們擠到人群前面時，周瑜炯炯有神的目光四下裡一掃，驀然，他愣住了。他看見了人群中的大喬、小喬。他臉上現出驚訝、難堪，下意識地看看身邊挽著他胳膊的年輕女子，下意識地將胳膊往身後縮了一縮，然後意識到如此太顯得此地無銀三百兩似的，又將那胳膊往前拉了拉，臉上掛著不自在但竭力顯得自在的僵硬的笑容，衝著小喬點頭致意。

與此同時，大喬也看到了周瑜和他身邊的女子，臉色陡變，然後轉頭看小喬，卻見小喬身子微微顫抖著，臉色發白，咬著嘴唇，洋溢著憤怒。她怔在那裡，一時不知所措。

「姐！我們走！」小喬忽然抓著大喬的手，轉身就走。淚水在這一剎從眼裡湧了出來。

「妹妹！不要急！」大喬看了看周瑜，想要勸小喬什麼。但小喬不由分說，已拉著她往人群外擠去。

剛擠出人群外，幾個正要往裡擠的潑皮看見了他們，如見意外的財寶，呼啦一下迎面圍了上來。為首一個身材肥胖、坦胸露乳、胸口有一撮胸毛的潑皮張開雙手嘻笑道：「原來是大喬小喬啊！哈哈！美人！劉偕被趕跑了，你該嫁給大爺我了吧？」

小喬含淚怒道：「滾開！」

拉著大喬就繞過他們走。

「胸毛」潑皮又往前趕了一步，攔住她倆，並對其他的潑皮一擺頭，其他的潑皮又圍了上來，攔住了她們。

大喬生氣道：「你們想幹什麼？可知孫郎、周郎執法嚴峻？」

「胸毛」嘻笑道：「執法嚴峻咱也要娶老婆啊！」

說著，他順手摸一把小喬的臉。

小喬柳眉倒豎，一巴掌打在他的臉上。

「胸毛」潑皮摸了摸臉，大怒，瞪著眼罵：「媽的！你敢打老子！」

說完舉起手要打人。

旁邊閃過周瑜，飛起一腳踢來，將他踢翻。

「媽的！誰敢踢我？」他滾在地上大罵著，抬頭一看，認出是周瑜，嚇呆了。

他趕緊跪在地上：「哎喲！是周將軍！周將軍饒命！小的有眼無珠！不知道周將軍在此！」

其餘的潑皮也刷地全部跪下求饒。

周瑜怒道：「本將軍在此你等尚不知收斂，可想平日該是何等做惡之人！來人！押到盧江郡重重治罪！」

遠遠跟在他身後的李通和方夏等幾個侍衛一擁而上，拎起幾個潑皮就拖了下去。

大喬高興地對周瑜道：「周將軍！」

「大喬姑娘！你好！」周瑜對大喬施了個禮，又對小喬施了個禮道：「小喬！你們也來看江東雜耍？」

小喬沒有理他，板著臉，掛著淚痕的眼睛死死盯著周瑜身後的那豔裝的年輕女子。那女子也從小喬的目光裡看到了什麼，用嫉妒的眼神打量著小喬，然後挑釁似地上前一步，緊緊挽住周瑜的胳膊。

小喬身子下意識地顫抖了一下，臉色沉了下來，臉蛋更顯得僵硬，又好像有點不知所措。半晌，她倔強地高昂起頭，拉著大喬，轉身就走。

周瑜擺脫身邊的年輕女子跟上去：「小喬！小喬！你聽我說！」

小喬眼裡噙著淚水，回頭喝道：「走開！」

大喬用手推她道：「妹妹！別任性好不好！聽周將軍說！」

小喬不吭聲，使勁拽著大喬疾走。大喬回頭無奈地對周瑜苦笑一下，任她拉扯著離去。

周瑜身邊那女子上前，拉著周瑜的胳膊，既生氣又撒嬌道：「哼！怪不得你不理我了，原來是被這二隻狐狸迷住了！」

周瑜煩躁地掙開她：「你瞎嚷什麼！」

又要跟上去追小喬。

「你在再不理我我就出走了！」周瑜身邊的那女子發出一聲刺耳的尖叫，瞪著周瑜，眼淚汪汪。

周瑜被嚇了一跳，回頭，看見她淚汪汪的眼睛、張開的欲要大哭出聲的小嘴，眼中噴射出的傷心與憤怒，不覺愣住了。又扭頭看了看前面的小喬，見已走出很遠，不再好追了，只好無奈地嘆了口氣，對女子道：「好吧！紅兒！接著看雜耍吧！」

原來，這女子正是周瑜的堂妹小紅。這天她聽說故鄉來了玩雜耍的，在城隍廟門前表演，就央求周瑜帶他去。周瑜正要去操練兵馬，沒奈何只好換了裝陪她去了。不想一下就撞上了大喬、小喬。

「那兩個女子是什麼人？」紅兒聽見周瑜問她，卻不理，仍然含著淚，氣鼓鼓追問道。

「是我故人的兩個女兒！」周瑜道。

「姓甚名誰？怎樣的故人？」小紅繼續問。

「莫非我所有的故人都要你去認識不成？」周瑜不耐煩道。

小紅愕然，嘴一張，眼淚流出，立在那裡，看著前面，像個被搶走了玩具的小孩似地，嚶嚶泣哭開來。

四周已有看雜耍的人被他們驚動了，並認出是周瑜，都圍了過來。周瑜見情形不妙，便哄小紅道：「好了！紅兒！是哥哥的不是！哥哥向你賠不是好了！如此大庭廣眾，你哭將開來，很難堪的！」哄了半天，小紅終於止了哭。周瑜趕緊喚李通、方夏牽過自己青色曲柄傘蓋的馬車，扶小紅上了馬車，自己也上了車，令車夫趕著馬車趕緊離去。李通、方夏騎上馬跟在後面。其他幾名侍衛則押著那幾個潑皮逕往衙門去了。

周瑜的馬車走了一程，忽然迎面看見一輛綠色綢緞傘蓋的馬車迎面駛來，後面還跟著一隊騎馬的鐵甲騎兵，馬車上正端坐著目不斜視、不怒自威的程普。

程普似也看見了周瑜和周瑜身邊的女子，眉頭擰緊了，臉上溢出一股怒氣，對車夫嚷了句什麼，車夫猶豫了一下，使勁一抖轠繩，那三駕馬車在道中央，直朝周瑜這邊奔來。

跟在周瑜後面的李通、方夏一見，趕緊縱馬上前，要上去喝令對方馬車避讓。照理，周瑜職位高於程普，兩車相遇，道窄，理應程普避讓。周瑜見李通、方夏上前了，趕緊喝令他倆後退，閃在路邊。然後，令自己的車夫將馬車靠路邊停下，讓程普的馬車過。自周瑜從軍以來，程普時常公開凌侮周瑜。周瑜知道程普是對年長於他而位在他之下的處境不服氣。此外，他少時與程普有過衝撞，也難免令程普心內不服。他理解程普對他的心情，處處折節相容，不與之計較。現在，見程普怒氣衝衝要用馬車衝撞自己，逼自己往邊上停靠了，以顯示高他一等，自然如從前一樣令將馬車靠一邊了，避讓程普。

不一刻，程普的馬車衝到了周瑜面前。塵埃之中，那車夫收住轠繩，三匹馬蹄朝天亂蹬，長嘶一陣後，在周瑜的馬車旁交錯停了下來。

「恭喜程將軍凱旋！程將軍這一路平定各縣，真是勞苦功高啊！」周瑜在馬車上躬身拱手對程普施禮，謙恭道。孫策攻取廬江後，就先後派程普、黃蓋、韓當、周泰、陳武等眾將去平定廬江各縣，太史慈防守皖城。程普昨日才領軍得勝歸來，故爾這樣問候。

程普並不領受周瑜的問候，鐵青著臉，瞪一瞪周瑜身邊的小紅，怒氣衝衝對周瑜道：「周將軍！你不經本人同意，擅自斬殺我手下軍官，是何道理？」

他指的是上次周瑜斬殺那個調戲大小喬的屯長的事。周瑜原想找個時間通報給程普的，但程普一直領軍在外，沒有機會談起，偶有相遇，也是在孫策面前，周瑜怕當著孫策說此事，會讓程普臉上無光，故一直沒有談起。

「程將軍！」周瑜道，「那位屯長領著部下公然調戲良家女子，正好為在下撞見，因想到是程將軍部下，所以盡行放回，只將那屯長斬首示眾了。周瑜被主公任命為中護軍，協助主公統掌軍中事務，斬殺違紀軍人，並沒有冒犯將軍之意！此事如有得罪將軍，請將軍多多包涵！」

他的口氣盡量放得和緩謙恭，但這謙恭的語氣並沒有讓程普消氣，程普依然恨恨道：「周將軍！打狗也要看主人面！我的手下違犯軍規，理當交由本將軍處斬！或斬前通告本將軍也行！」

周瑜笑道：「事情緊急，百姓圍觀，不當眾斬首無以服眾人！周瑜原本要在事後向將軍通報的，但將軍領兵出征了！請程將軍諒解！」

程普一時無話可說了，悻悻地瞪了他一眼，恨恨道：「好！周郎！算你占了便宜！你告誡你的手下小心點！不要犯在我程某手中！」

說完，他大喝一聲：「走！」三駕馬車轟地啟動，一隊穿盔戴甲的鐵騎帶著與主人一樣的高貴與位重的氣勢，簇擁著馬車，張揚地擦過周瑜的馬車往前奔去，捲起一陣灰塵。

小紅看馬車過去，也看見了程普驕橫的樣子，甚為不滿，噘著嘴道：「哼！這人怎麼這樣兇啊！哥！都說軍中除了孫將軍外，你便是最有權勢的人了，此人竟敢對你如此無禮！」

周瑜沒有理她。

「豈有此理！太囂張了！」李通恨恨地將鞘中的劍拔出一半道，「全然不把將軍放在眼裡！聯手下那些軍士都如此放肆！待我上前教訓他們！」

「程將軍是軍中老將，理當受尊重！」周瑜阻止道。

方夏不滿道：「那也不可倚老賣老、以下犯上啊！」

「就是！也不能拿他當人，便不是人了！」小紅又道。

周瑜煩躁地瞪了瞪小紅，又扭頭瞪著方夏道：「胡扯！你怎敢如此辱　老將軍！小心我軍法治你！」

方夏嚇得趕緊喏喏連聲。

小紅看著周瑜的煩躁的臉色，氣呼呼道：「竟發了沖天大火！我知道是為那女人沒有理你！哼！」說完，她用腳一跺馬車底板，對車夫吼道：「快走啊！發呆啊！」

一直坐在前坐上等候周瑜口令的車夫聽了小紅的吼叫，趕緊揮起馬鞭，驅車前行了。

周瑜轉過臉，瞪著小紅，嘴巴張了張，似乎要訓斥小紅對車夫的無禮，但看見小紅滿臉委屈滿臉怒氣和樣子，終究又忍住了，無奈地嘆口氣。

馬車氣衝衝地沉悶地往前奔行。方夏和李通騎馬打馬悶悶地跟在後面。

第十三回　遇挫折周郎求親，苦相思蔣幹縱情

周瑜剛回到府上，孫策便就叫人來請他去衙中議事。到了孫策的將軍府衙，孫策正癡癡地坐在案旁想心事，見了周瑜，趕緊迎上來，將他拉到椅上坐下，笑道：「公瑾啊！自那回見了大喬，孤可是朝思暮想！這是平生從未有過的事！」

「我料到主公會動心的！」周瑜笑道。他的臉色有些疲憊與蒼白，但沉浸在興奮中的孫策並未覺察到。

「孤實在等不及了！直想今日便令呂範去求親！」孫策笑道。

周瑜一愣，看著他眼中閃出的興奮的火花，笑道：「那主公且先去向大喬求親好了！我就暫緩一步！」

「哈哈！你我兄弟二人，又同娶一姐妹，自然要一同成親！孤怎可以拋下你去獨享快活？」孫策拍拍周瑜的肩，笑道。

「有小紅在此，公瑾實在不敢造次！」周瑜為難道。

「無妨！」孫策果斷地一揮手，「你我只是先派人去求親而已！並非辦婚事，她如何知曉？」

周瑜苦笑：「你伯符兄乃是江東領袖、一軍之主，與誰定了親，大江南北、普天之下，哪有不傳遍的？」

「公瑾此言差矣！」孫策搖搖頭，笑道：「我已仔細思量過了！權當此事為軍事機密！除你我、呂範、喬家和我倆身邊心腹外，誰也不讓知道！孤當曉喻左右心腹，走透了機密者，治以死罪！你看如何？」

周瑜想了想，振一振精神，無奈道：「好吧！就依主公的，走一著險棋吧！兩日使人送小紅回家！」

「好！」孫策精神煥發，伸出手掌。

周瑜強打精神，一掌擊在他的手掌上，兩隻手掌相擊，發出啪的清脆的響聲。

其實，周瑜不大積極求親，一是小喬那憤怒的含淚的臉蛋一直在周瑜心頭閃動著，使他悶悶不樂，也擔心求親遇到風波。此外，小紅在此，也使他不安心，怕有所閃失，令小紅大鬧。他現在想的倒不是求親，而是如何消除小喬心中的誤會，如何讓那嬌美的扭曲的臉蛋變得燦爛多情。但既孫策如此說了，他只好先依計行事了。

這天晚上，昏暗的燭光裡，蔣幹在他的府宅裡喝悶酒。因是廬江郡丞，府衙給他拔了一所住宅，又拔了個婢女服侍他。這婢女原在劉偕家做婢女。劉偕逃竄之後，家中的婢女便被分給眾將和謀臣。蔣幹白日公幹，夜裡讀書、賞月、彈琴，或拜訪廬江名士高人擺龍門陣，日子倒也愜意。但這一切均被大、小喬的出現打亂了。說實話，早在八年前和周瑜救喬家時，他就喜歡上這兩個小丫頭。當然此喜歡非彼喜歡。彼喜歡乃是喜歡，此喜歡卻有傾慕之心。那時他就認定這兩小姑娘日後必是國色天香，沒有想到如今果然是清香四溢，令人魂不守舍，更沒想到竟然還有緣和她們重逢。他一見鍾情，動了娶這兩個姑娘為妻的心思，哪怕只娶其中一個也足矣。他身為郡丞，官職也不算小了。江東一共才多少郡啊！此外，他家中富裕，並不亞於周瑜，本人又飽讀詩書、口若懸河、廣交名士，在江淮間頗有才名，以如此資本娶她倆當並不為過的。沒想到兩個姑娘均名花有主。這主偏偏是孫郎、周郎。就算他也是人中之傑，無論如何也爭不過周郎、孫郎的。他只能眼巴巴看著讓自己心動不已的女子被別人娶走。這實在是讓人沮喪痛苦的事情。

他的那個婢女一直在旁為他斟酒，這次終於借他嘆氣的時候怯怯地說上話了。

「大人！您是不是想夫人了！」婢女道。

蔣幹沒有吭聲，悶悶地喝下一口酒。

婢女眨眨眼，以為自己說中了，鼓起勇氣又道：「大人要是想夫人，就把夫人接過來啊！」

蔣幹煩躁地瞪她一眼：「多嘴！」

婢女趕緊低下頭，不再吭聲了。

蔣幹大飲一口酒，放下酒觴，有些不支地往後晃動了一下，婢女趕緊扶住他，他在婢女攙扶下，坐直，用手摸摸額頭，搖搖頭。

「大人沒事吧！」婢女溫存地怯怯地問。他沒有理睬她，閉上眼，似有些頭暈，又似在調理微醉的麻木的神經。

過了一會，他睜開眼，恍惚間，他看見一個豔驚四座的女子風韻款款地向他走了過來，溫存地、嫵媚地在他身邊坐下。

他愣住了！是小喬！小喬過來了！在朦朧的燭光裡，小喬更顯得俏麗動人！她含情脈脈、笑臉依依地勸他少喝點酒，口齒餘香。又溫順地給他斟酒。紅袖掀起，芳香四溢。他的臉頓時火一樣燒了起來，一直燒到胸中和體內，熊熊燃燒，讓他的身體裡有一種不可遏止的衝動，有一種要爆發要釋放溫存的不可阻擋的力量。

「小喬姑娘！小喬姑娘！」他喃喃地叫著，目光迷離，忽然一下緊緊抱住小喬，用灼熱的嘴唇吻了上去。

但小喬姑娘卻在他懷裡拼命掙扎著，並且尖聲大叫：「不要！大人！大人！奴婢不是小喬姑娘！」

「小喬姑娘！」烈火在他體內燃燒著，他根本聽不見「小喬姑娘」的喊叫，他只覺得小喬姑娘像條魚一樣在他懷裡掙扎著，更顯得可愛，顯得性感，顯得嫵媚，也更刺激著他的欲望，於是他推開礙事的樽桌，將「小喬姑娘」摁在席上，撕扯著她的衣裳。

「小喬姑娘」不再動彈了，默默地、溫存地隨他擺佈。

一番雲雨結束了，「小喬姑娘」半裸著身子，掛著兩行清淚，默默地躺在席上。

蔣幹也滿足而愉悅地起身，整理衣衫。然後，充滿憐愛地走上前，跪在「小喬姑娘」身邊，欲要說些溫存的話，這一剎那，借著朦朧的燭光，他看清了，這個滿足了自己慾火的女人並不是小喬姑娘，而是服侍他寢食的那個婢女。他的眼睛瞪大了。他有些不信，取了燈燭，舉起來，照到她面前，結果，他實實在在地看清了這個讓自己心滿意足的女子的臉蛋，分明是一張清秀但遠不可與小喬相提並論的臉蛋，一張羞澀的溫順的稚嫩的臉蛋，一張掛著清淚微閉著雙眼的臉蛋，還有半裸著的遠沒有小喬修長動人的胴體，他終於從幻覺跌落下來，一種難過、懊悔、無奈、驚恐的感覺瀰漫他全身。

「姑娘！」他放下燈燭，給婢女蓋上衣衫，拜倒在地，驚慌道：「姑娘！在下一時酒醉，致有此事！乞姑娘寬恕！」

婢女沒有吭聲，起身，在幽暗的燭光下穿好衣衫，拜伏在地，身子微微顫抖著，含淚道：「只要大人高興，奴婢心甘情願！」

蔣幹心裡一陣愧疚，更有一陣感動。他仔細打量了一下婢女，猛地將婢女摟進懷裡，小聲道：「姑娘不要難過！本官納你為妾，如何？」

婢女顫聲道：「奴婢豈敢高攀大人！」

「就這樣定了！從今日起，你便做本官小妾！」蔣幹果斷道。

奴婢又拜伏在地，含淚道：「謝大人！」

「好了！起來吧！我們一同喝酒！來！我今日要一醉方休！哈哈哈！」蔣幹大笑起來，笑聲中有些辛酸、有些無奈、有些悲涼、有些淒苦。然後，他將她拉到席邊，兩人一起喝了起來，直喝得酩酊大醉。

第二天，呂範就奉孫策之令帶著金幣絲帛等厚禮來喬家求婚了。

喬玄夫婦對呂範來做媒求親顯得十分高興。江東軍攻佔廬江近一個月，他們也略知江東軍各將領的大致身分地位了，知道呂範在江東非尋常人物，地位僅次於周瑜、程普，是與張昭、朱治、張紘等一樣有名望的人，向來被吳太夫人視著親戚！所以喬玄夫婦令家僮笑納了聘禮，將呂範迎之上座，奉上茶水，相談甚歡。呂範正要與喬玄夫婦商議擇個良辰吉日迎娶二位小姐時，小喬氣衝衝地從裡屋裡奔了出來，氣衝衝地叫道：「不行！本姑娘不願意！」

大喬跟在後面一邊拉她，一邊急道：「妹妹！你別這樣！」

小喬甩掉大喬的手，逕直走到呂範面前。

「你把聘禮拿回去！我不會嫁給周瑜的！」小喬怒氣衝衝道。

呂範愕然地看著她。

喬玄和喬夫人也愣住了。

「這位定是小喬姑娘了！」呂範用歆羨的目光打量著小喬道。

「正是舍下小女！」喬玄道，跟著呵斥小喬道：「女兒！你瞎胡鬧什麼？」

「不！女兒並非胡鬧！」小喬堅決道，「女兒就是不願嫁給周瑜！請這位先生把周瑜的聘禮拿回去！」

「姑娘！」呂範不解道，「這是為何？姑娘丰姿綽約、高雅出眾，周將軍文武雙全，英俊過人，你二人結為秦晉之好，不知會羨慕世上多少女子！不知姑娘何出此言？」

小喬冷笑：「哼！周郎怎麼樣，小女子我都不稀罕！你回去告訴周郎，要他不要來煩本姑娘了！」

說完，轉身，頭也不回地朝後面裡屋裡去了。

呂範像被當頭一棒打暈了一樣，愣在那裡不動了，呆呆地看著她離去。

喬玄和喬夫人也愣住了，不知道小喬為何如此認真地拒絕周瑜。

「小喬怎麼了？這是怎麼了？好好的怎就這樣了？」喬夫人一臉焦急，問大喬道。

「女兒並不知情！母親自去問她好了！」大喬猶豫了一下，道。對呂範行了個萬福禮，說了聲告辭，也跟著往後面走了。

喬玄納悶地看著大喬離去，然後轉過臉來，無奈地對呂範道：「呂將軍請不要生氣！請轉告周郎，這中間或有誤會，待我與夫人問明實情再做理會！」

呂範寬厚地笑道：「無妨！無妨！好事多磨！好事多磨！只是這聘禮……」

喬玄道：「且先放在寒舍！無妨！無妨！」

然後，兩人又聊了幾句家常，呂範告辭而去。

呂範走後，喬玄和夫人趕緊趕到小喬臥房裡興師問罪。小喬正坐在琴邊彈琴。大喬默默地坐在她旁邊。

「女兒！這到底是怎麼回事啊！婚姻大事，可不是鬧著玩的啊！」喬夫人哭喪著臉焦急地一屁股坐在小喬身邊問。

「周郎已經有了女人，我何必還要嫁給他？」小喬使勁彈出一個高調。

「會有這樣的事？」喬玄與喬夫人大吃一驚，面面相覷。又一齊朝在一邊的大喬望去。

大喬就將昨日在城隍廟前遇見的情況對喬玄夫婦說了。

喬夫人聽了不以為然道：「這有什麼大驚小怪的！那女子說不定他的婢女或親戚什麼的！」

「看他們那樣親密的樣子，絕非普通親戚一般！若我沒猜錯的話，定是他定了婚的未婚妻！」小喬埋頭彈琴，丟出一句話。

「哪裡的話！我從沒聽說周郎有未婚妻！」喬玄也道。

「沒聽說並非就沒有！興許在江東金屋藏嬌也未可知！哼！」小喬道。

「這！」喬玄一愣，想了想道：「好了！我明日去找呂範將軍打聽一下就知了！」

「他未必會說實話！」小喬冷笑。

「什麼實話、假話！就是周郎有未婚妻也無妨！」喬夫人道，「男人一夫多妻都是常理！」

「那爹爹怎沒有一夫多妻？」小喬反問。

「他敢！」喬夫人瞪一眼喬玄。

「就是！」小喬道，「我的夫君也需得只娶我一個！只對我一個人用情！」

喬夫人語塞了。

「好了！不要爭了！待我問清楚再說！」喬玄大聲道，走了出去。

喬夫人嘆了口氣道：「唉！」也往外走了。

夜色如墨，一陣鬱悶的琴聲從周瑜府宅傳出。周瑜書房裡，微弱的燭光映照著雪白的牆壁。周瑜盤腿坐著彈琴。他臉色陰鬱、神情憔悴，失去了往日的瀟灑飄逸。

白日，呂範求親的情況他已知曉。既在意料之中，又多少有些意外。他沒有想到小喬不仔細思量一下便斷然拒絕，似也任性了些。孫策聽了呂範的敘說後，大怒，聲稱一定幫他教訓小喬，讓她知趣，被他阻止了。孫策無奈，只好一面安慰周瑜不要急，一面令呂範尋機去對喬家說明。周瑜嘴上沒有說什麼，心底裡卻像被刀劃一樣難受。他想小喬親眼看見小紅親熱地挽著他的手，就算解釋了，也未必說的清。不管怎樣，他心中的鬱悶、傷感、焦慮還是一時難以排遣。

他彈的是漢樂府詩《傷歌行》：「昭昭素明月，輝光燭我床。憂人不能寐，耿耿夜何長……」

周瑜這間書房的一間窗子正對著後花園。琴聲飄了出去，遊蕩在後花園，惹惱了一個人。這就是小紅。小紅到皖城後，就住在周瑜的府上，住後院裡的一間大房。草兒奉孫策之命與她同住。另有一個從江東帶來的婢女侍候著她。此刻，她也正煩悶地在後花園散步，周瑜鬱悶的琴聲飄了過來，她的眉頭皺了起來，一種嫉恨的情緒像利刃一樣刺劃著她的心。自上次從城隍廟前遇見那兩個女子後，周瑜就一直不開心，也很少搭理她。她心裡清楚周瑜一定是被那兩女子中的一個迷住了。這讓她憤懣、難受。方才，她在房裡悶悶地坐了一會後，聽見周瑜彈琴，心裡煩，就起身往後花園來走走，沒想到周瑜的琴聲又跟了過來。她朝周瑜臥房的窗戶處看了兩眼，恨恨地嘆了一口氣。

這時，草兒找進了後花園。她剛從李柱子那裡回來。這幾天，她一直陶醉在幸福之中。在江東，她聽說李柱子攻皖城受了傷，立了大功，做了孫策的侍衛司馬，高興得如同飲了蜜。李柱子在她心中地位陡地升高到極處。李柱子喜歡她多年，這是孫府上下都知道的，她也認為李柱子是個好人，是真心的，只是一時接受不了他。現在，李柱子立功的事終於摧毀了她心中的防線。作為一個婢女，嫁給一個深愛自己的縱不是英雄，但有英雄之舉的漢子，有什麼不滿足的呢？在從前，內心裡，她一直存一份希冀周瑜娶她為妻或納她為妾的幻想，現在，她這份希望早已熄滅了。因她知道李柱子立功都是周瑜和孫策的安排，周瑜是一心要撮合他和李柱子相好的。事到如今，還有什麼企盼呢？與其守著一份無望的期盼，不如把握現在的幸福！於是她決定嫁給李柱子。這幾日，她天天和李柱子在他的帳中相會，耳鬢廝磨，共訴衷情，好不快活。還給他燉了雞湯端過去。這晚，她又給李柱子帶了熬的雞湯過去，與他在郊外玩到半夜方歸來。回來後，在寢房中沒看見小紅，就找到後花園來了，結果，看見小紅正一臉的煩悶苦惱，還有不可遏止的焦慮憤怒，就問小紅出了什麼事。小紅便將前幾日，周瑜在城隍廟前遇見兩個美麗動人的女子後，一直魂不守舍、悶悶不樂的事告訴了草兒。

草兒聽了，生出幾分同情，安慰道：「小姐！我想周將軍的心肯定是在你的身上！你倆是青梅竹馬的兄妹啦！」

小紅委屈道：「我倒希望如此！可是，看他這兩日對我不理不睬、無精打采的模樣，我就知道他心思定不在我的身上！」

說完，她在石椅上坐了下來，一行清冷湧了上來。草兒趕緊拿出手巾為她拭淚。

「小姐容貌不俗，堪稱國色天香！在這世上，有幾個女子敢和小姐爭夫君啊！小姐只管放寬心好了！」草兒邊為她拭淚邊勸道。

「你有所不知！那兩個女妖精也長得很是出眾！周郎見到她們時，眼睛都拉直了！聽周郎喊其中一個女子稱小喬！」小紅道。

「小喬？」草兒想了想，堅決道：「好！小姐莫急！我明日向李柱子打聽一下！看這個叫小喬的是何許人，和周郎又有何關係，再做打算！」

見草兒如此仗義，小紅破涕為笑，高興地摟住她：「草兒！謝謝你了！事成後，我一定在吳太夫人面前和周太夫人面前為你評功擺好！」

「小姐！不用客氣的！肥水不流外人田！我怎麼可以讓外面的女子和小姐爭夫君呢？」草兒認真道。

小紅感動地抱緊了她。

草兒將臉擱在她的肩上，眼角隱隱濕潤了，一種說不出的感傷之情，和一種永生不得再追求心中偶像的訣別之情噬咬著她，淚水像要湧出，她小心地揉了揉眼，揩乾濕潤的眼角。

第十四回 消誤會周郎調琴，鬧喬家小紅洩憤

這日，正是陰天，垂柳依依，秋風颯颯。喬家後花園臨巷的院牆處，周瑜戴著紫金冠，穿著長袍官服，在院牆下徘徊。他背著手，皺著眉，不停地往院牆上方望，耳朵豎起。方夏牽著兩匹馬站在他後面。

院牆內，一陣隱隱的琴聲從裡面傳出來，襯出花園內的寂寞。要在往日，這裡面當是歡聲笑語的。

「大人！您就大著膽進去見她好了！」方夏終於開口了。

周瑜沒有抬頭，也沒有吭聲。

「大人征戰沙場，從沒有一個怕字！難道小喬姑娘比刀光劍影還要嚇人？」

周瑜惱怒道：「多嘴！」

方夏不敢吭聲了。

「唉！我周瑜什麼刀光劍影都沒有怕過，偏偏就怕小喬姑娘紅顏一怒！在沙場上殺人無數，未

曾眨過眼，也未曾心跳過，偏偏小喬姑娘一個眼神，就讓我心跳不已！」周瑜念念有詞地兀自嘆道。

方夏捂著嘴笑了。

忽然，周瑜站住了，想起什麼似的，臉上隱隱露出一絲笑意。

「快！上馬！」他道。

方夏趕緊將他的「白雪飛」牽給他，周瑜接過韁繩，跨上馬，對方夏道：「到孫將軍府上去！」

說完「駕」地一聲，打馬前奔，方夏趕緊上了馬，跟了去。

到了孫策將軍府，周瑜要方夏在門口等著，自己走了進去。不一刻，他手裡拿著把紙摺扇臉上掛著笑在孫策陪同下走出來。

「公瑾！祝你好運！」孫策站在執戟衛兵前面，拍拍周瑜的肩。

周瑜笑了笑道：「多謝！」

說完上了馬，領著方夏又往喬家奔來。

到了喬家大門口，周瑜、方夏下馬。周瑜令方夏在門外等著，就上前叩門。一個家僮給他開了門。喬夫人正在裡面，見他來了，眼睛一亮，臉上溢出笑來，趕緊將他迎了進去。周瑜問喬玄，喬夫人答到米店忙去了。「貴軍來此，我家米店生意好多了！」喬夫人邊說邊熱情地請他上座，並吩咐丫環給周瑜上茶。

周瑜笑道：「夫人！周瑜公務繁忙，恐不能久待！只是路過貴府，給大喬姑娘捎上孫伯符將軍送的一把摺扇，不知方便否？」

喬夫人眉開眼笑道：「哪有不方便的！上回的事，周將軍不要見怪！這丫頭喜歡使些性子！」說完，對婢女道：「快去後花園叫姑娘們出來！」

周瑜起身道：「不用了！夫人！我自去就行了！」

喬夫人笑道：「好！」趕緊要婢女領著周瑜往後花園裡去了。

進了後花園，只見小喬正在亭子裡彈著琴。她眉頭微蹙著，表情漫不經心，顯得嬌憐可人。大喬與丫環娟兒在一旁下著棋。

領著周瑜到後花園的婢女張口就要喊小姐，周瑜示意她不要吭聲，婢女禁了口，然後周瑜輕手輕腳走近小喬。走近了，他躬躬身子，用溫存的語氣柔和道：「小喬姑娘！你這支曲子彈得如行雲流水一般！實在動人！只是在下從沒聽過，不知道曲名喚做什麼？」

小喬嚇了一跳，趕緊抬頭，看見是周瑜，臉上風一樣閃過一縷驚喜，還有一絲秘密被窺破的羞澀，很快就消失了，替之以來的是慍怒與矜持。

「你來做甚？我家不歡迎你！」小喬嗔怒道。

大喬見周瑜來了，高興地起身，對周瑜施了個婦人禮，道：「周將軍光臨，小女子有失遠迎！」

周瑜趕緊拱手施禮，然後從懷中掏出那把摺扇給大喬：「主公聽說我要來貴府，託周郎給大喬姑娘帶一份信物！並問姑娘好！」

大喬高興地接過摺扇，將扇展開，只見扇上印著孫策親筆墨蹟：「絕世而獨立，佳人難再得！」

大喬看了扇上墨蹟，臉上浮現一縷甜蜜的羞色，微抬起袖，幸福地掩面而笑。

「在下好生羨慕主公，有意中人可收他信物！而周郎就算是有千般愛意，萬份信物，也只能望洋興嘆了！」周瑜假意嘆道。

「少廢話！信物送了，你可以走了！」小喬在一邊喝道。

「這個……大喬姑娘不留周郎小坐片刻麼！」周瑜笑道。

「是啊！是啊！」大喬從幸福中會過神來，趕緊笑道，「周將軍請上坐！」又對婢女娟兒道：「娟兒，快給周將軍上茶！」

娟兒應一聲就去了。

周瑜落落大方地在亭中石椅上坐下，對著小喬莞爾一笑道：「對了！適才小喬姑娘所彈的那支曲子還未曾賜教給我呢！」

大喬一旁笑道：「周將軍，這是一支傷春曲，是本地坊間藝人依楚曲仿製的，表達春閨裡少女思春之情或傷懷之意的！名為《有所思》。」

「哦！」周瑜故作恍然大悟的表情點頭：「原來如此！在下以為只是周郎才有傷懷之情，原來小喬姑娘也有！」

小喬冷笑道：「本小姐沒有傷懷之情，也沒有人值得本小姐傷懷！你身邊有的是紅粉佳人，自然多得是傷懷之情了！」

周瑜臉上露出一絲不易覺察的笑，他知道已經接近所要談的話題了。他娓娓道：「周郎確有傷懷之情，卻非姑娘所說的紅粉佳人甚多之故！周郎的傷懷之情乃是為人誤解，情志不遂；已為王老五，求婚仍遭拒；喜歡他人，卻空嗟嘆！此種傷感之情，亙古未有，常人不可理解！形之於聲，勢必哀婉動人，令聞者滄然！不信可以在琴弦間發此哀聲！」說完，他指指小喬面前的那架琴。

大喬嫣然笑道：「好啊！久聞周將軍是善音律之人，今日可一飽耳福了！妹妹，你就讓周將軍彈一曲吧！」

小喬恨恨地瞪了周瑜一眼，悻悻地起身，坐到了一邊。

周瑜從容地坐到了琴旁，彈起剛才小喬彈的那支曲子。

他輕拔慢挑，立時，大弦曹曹，小弦切切，一片滾動的聲樂從手指間生起，就像指間生起一陣音律的大霧，由琴間往外瀰漫，在花園裡流淌、縈繞。琴聲中，但見春天的花園裡，鮮花怒放，又於時光流駛中悄然凋謝。少女思春，落寞地徘徊於花園，間或將落寞的目光望向藍天和遠方。小鳥婉轉歌唱，聲聲都是相思之曲；鮮花迎風嘆息，嘆息對春之留戀。春風捎來花香，又帶走鬱鬱縈懷之感傷與相思。

一曲終了，餘音嫋嫋，周瑜手撫琴弦，眉宇間掛著憂鬱，似仍沉浸在音樂中。而所有人也如他一樣回味著嫋嫋餘音。

好一會，大喬率先打破了沉寂，笑道：「哎呀！原來周將軍會彈這支曲啊！真是婉轉動聽，讓我們都陶醉其中了！」

周瑜欠欠身子笑道：「哪裡！獻醜了！其實我也只是聽小喬姑娘剛才彈過一段，也就試著彈了一回！」

這支曲子他確沒有彈過，但方才聽小喬彈了一段，精通音律的他便知道此調與漢樂府詩《傷歌行》，也即昨晚他彈奏的那支曲一樣的曲調。顯然這支民間音樂仍是仿樂府歌曲。漢樂府歌的音律無外乎那樣幾種，音律是死的，只往裡面套詞便了。所以，只要是仿漢樂府的調，便難不到周瑜。

小喬聽了周瑜說的話，嗔怒地頂道：「吹牛！只聽過一遍就能彈得這樣好？你以為你是神仙啊！」

周瑜想了想，莞爾一笑，道：「周郎說過了！這傷感之曲恰如周郎心底裡發出一般，故爾一聽便會！形之於情、發乎於聲！」

「騙子！我管你什麼情不情、聲不聲的！我要回房歇息去了！」小喬道。說完，起身要走。

大喬趕緊拉住她道：「妹妹！周將軍素善音律，機會難得，我等何不請他多彈幾曲，也算開開眼界？」

周瑜一聽，趕緊道：「就是！周郎難得與兩位姑娘切磋一回！」然後看了看大喬道：「大喬姑娘！你可知伯符送你的扇上所題的字的出處？」

大喬道：「應出自漢武帝樂師李延年的《北方有佳人》吧！」

周瑜笑道：「正是！這可是伯符的內心之語！其實，周郎也有內心之言，欲訴諸於聲！且聽好了！」

說完，他撫琴彈起司馬相如的《鳳求凰》：「鳳兮鳳兮歸故鄉，遨遊四海求其凰。時未遇兮無所將，何悟今兮升斯堂！有豔淑女在閨房，室邇人遐毒我腸。何緣交頸為鴛鴦，胡頡頏兮共翱翔……」

還沒有彈完，小喬打斷了他：「夠了！夠了！去彈給那個挽你胳膊的女子聽吧！本小姐沒心思聽！你快死了那份心思吧！你與本小姐，沒門！」

周瑜的琴聲滑出一個倉猝而淒涼的音符，戛然而止，就像一個陶瓷器皿，忽然間噹啷在石上砸碎。他愣愣地呆住了。

「卻是為何？」半晌，周瑜顫聲道。很可憐無助的表情。

大喬看了看小喬，笑道：「周將軍！恕我直言！我妹妹一心只要找終身只愛她一人的夫君！可是，先是見周將軍挽著一女子親密無間，爾後聽說乃是將軍青梅竹馬的堂妹，專程來皖城看望將軍。既是堂妹，竟親密如此！周將軍既要與我妹妹訂親，就不該和其他女子往來，更不該對我妹妹隱瞞此事。我妹拒收聘禮之舉就緣於此吧！」原來，喬玄與呂範又敘過一回，得知那神秘女子其實是周瑜堂妹小紅，故大喬小喬都知了。

周瑜懇切地對小喬，也對大喬道：「那女子確是周瑜的堂妹，周瑜自小視她為妹妹！兩人間既無婚約，也無親密之情，請小喬姑娘明鑑！」

小喬冷笑：「哼！未訂親，也未有親密之情，一個女子怎會從江東專來到皖城看你？又怎會與你如此親熱攜手？」

周瑜道：「家母自小視堂妹如親生女兒，我也自小視之為親妹，彼此間言談無忌！故攻下廬江後，她來看周郎，順便來看異鄉風光。挽著周郎的胳膊，只是做小妹的習慣而已！而況，昔日我隨孫伯符將軍過江東創業之際，向叔父借三千兵以助孫將軍，便多虧了她從中說話，故她縱有不妥，我也多遷就於她！所以，任她做出親密之態！」

「哼！你要我怎樣相信？」小喬道。

「小喬姑娘！我怎樣說，你都未必信！周郎也不便多說了，只是要告訴姑娘：周瑜是個癡心鍾情的男人！周郎若娶了妻，一生便只會愛她一人；周郎若喜歡一人，定不會娶其他人！堂妹永遠都只是周郎的小妹！」周瑜道。

小喬似被他說動了，看了看他，轉過臉去。園中，垂柳依依，月季花綻吐幽芳，夾竹桃寂寞開放。

「周將軍萬人景仰，天下女子誰不愛慕，但一生一世只娶一個女子？實在令人佩服！」大喬高興道，「可是，不知周將軍眼下喜歡的女子是誰呢？」

「那還用問麼？自然是小喬姑娘了！」周瑜真誠的語氣道。

小喬的臉立馬飛紅了，不勝嬌羞的模樣。

大喬看看小喬，又看看周瑜，高興地對兩上婢女道：「我們進屋去吧！」

小喬臉色通紅，起身拉著大喬，噘著嘴撒嬌道：「姐！不可以走的！」

大喬笑道：「妹妹！你可與周將軍單獨說話嘛！」

小喬紅著臉，柳眉倒豎，故作嗔怒狀：「這成何體統？我怎可以與他單獨在園中敘話？要敘你敘好了！本姑娘回房歇息了！」

說完，昂首挺胸，風韻款款、故作矜持地從周瑜身邊飄過，但周瑜都看得出，那倒豎的柳眉裡和泛著紅暈的矜持的臉蛋裡，隱藏著不勝驕羞的嫵媚與甜美，還有心花怒放的欣喜與歡愉！

周瑜的嘴角不自住地泛起了甜蜜，微笑地目送小喬進屋。

「小喬姑娘！後會有期！」他風采翩然地衝著小喬的背影欠欠身子道。

小喬沒有理他，鼻子裡哼了一聲，兀自穿過小徑，往屋宅後門走去。

「周將軍！看來，妹妹已經消除了誤會！」小喬一走，大喬高興道。

「但願如此！」周瑜面有喜色道，「謝謝大喬姑娘相助！以後還得有勞大喬姑娘多多美言！」

「那是自然！我倒真希望將軍和我妹妹喜結連理之好！」大喬笑道。

「是啊！我和伯符親如兄弟，兩人誓言同日婚娶。要是我娶不到小喬的話，也會誤大喬姑娘的婚事的！」周瑜頑皮地笑道。

「說什麼啊！」大喬臉上飛起一片羞色。

「哈哈哈！」周瑜爽朗又調皮地笑了。

蔣幹因為娶了貼身侍婢做妾，暫且解除一時煩悶。但幾天以後，那種揮之不去的鬱悶又湧上心頭。這一天，他在郡府處理完公務，想起大喬、小喬那讓人留連不已的倩影了，又好久沒往喬家一敘了，就溜出大門，晃悠悠直往喬家去了。

才走到喬家後花園的院牆下，他就聽見裡面傳出嘻嘻哈哈的歡笑聲。他聽得出是大小喬在裡面嬉戲，心裡頓時癢癢的。一種壓抑已久的歡愉的情感在體內喧囂著，並且迫不及待要奔湧出來。儘管他知道大小喬已經許配給孫策、周瑜了，但此刻，大小喬的陶醉的甜美的笑聲讓他產生莫明的興奮，潛意識地產生一些幻覺與自信，自信或許還會討她們喜歡。於是，他挺挺胸，邁動發熱的雙腿，興沖沖地拐過屋角，去叩喬家的大門。

喬夫人正在做針線活，見蔣幹來訪，便將他迎了進來。寒暄數句，蔣幹稱要與兩位姑娘敘敘話，喬夫人雖覺得不便，但因蔣幹也算是救過自己一家性命的恩人，不好阻攔，令婢女領著往後花園去了。

後花園裡，大喬、小喬還有使女娟兒正蕩著鞦韆。大喬坐在鞦韆上，小喬在下面故意使勁地甩，將鞦韆甩得很高。大喬緊張又興奮地尖叫：「妹妹！慢一點！慢一點！我好害怕！」

小喬在下面開心地笑著喊：「哈哈！看你還取笑我不！看你還取笑我不？嘻嘻！」

大喬故意生氣地嚷：「好啊！你不要因與周郎好了就得意了！看下回我還幫你說話不？」

小喬臉色緋紅，嘻笑道：「你又取笑我！叫你還取笑我！」邊說邊更加用勁地搖鞦韆。

大喬在上面興奮緊張得哇哇直叫，連喊：「妹妹！饒了我吧！」

蔣幹走了上去，搭訕道：「二位姑娘玩得很開心啊！」

小喬一見來了客人，就慢慢將鞦韆停了下來，迎了上來，笑嘻嘻對蔣幹道：「原來是蔣大人來了！有何貴幹啊！」跟著，大喬也下了鞦韆。丫環娟兒給她們遞上毛巾，她們輕輕擦著粉臉上細密的汗珠。

「這個！」蔣幹一本正經地作個長揖施禮道：「蔣某路過此地，順便來拜訪故人！方才與夫人打過招呼，聽說兩位姑娘在園中玩的開心，便來看看！」

「呵呵！謝謝蔣大人了！」大喬客氣笑道，「大人既來了，就請上坐敘敘話好了！」說完，將蔣幹引到亭子間坐下，又要婢女娟兒去端茶水來。

「蔣大人果真只是路過而已？」小喬擦了汗，目光瞪著他，帶著幾分揶揄的笑，話中有話道。

「當然！當然！想兩位姑娘乃是孫郎和周郎未婚之婦，自然順路探訪，以求一飽眼福了！呵呵！」蔣幹乾笑道。

大喬不好意思地笑了笑，跟著問：「不知蔣大人可有家室沒有？」

蔣幹嘆了口氣，道：「內人已過世多時！」

大喬用同情的目光看著他：「實在不幸！」又道：「蔣大人如此一表人材，日後定會再續佳緣的！」

蔣幹嘆口氣：「唉！可惜沒有公瑾、伯符的好福氣啊！」說完，一雙眼睛在大喬、小喬臉上死盯著看。

小喬感到有些不自在，狠狠地瞪了他一眼。

就在這時，府宅內忽然傳來一陣喧嚷聲，跟著，只見柳眉倒豎的小紅和草兒領著十多個全身披掛，執戟拿刀的武士衝進後花園。

喬夫人跟在後面扯著小紅的胳膊又氣又急地喊：「你們講不講道理！你們憑什麼來我家亂闖一氣！」

小紅氣衝衝地一把將她推開。她身後的二個武士上前冷面無情地架起戟，將她攔住。

蔣幹吃了一驚。草兒他自然認識。小紅，他也認識。呂範領江東將領們的眷屬過來時，他隨孫策、周瑜一道在城外迎接過他們。他趕緊起身，對小紅道：「小紅姑娘！你怎麼……」

小紅沒有理他，氣衝衝地走到大喬、小喬面前問：「誰是小喬？」

小喬看見了小紅剛才推開母親的情形，就憤怒地瞪著她問：「你是何人！憑什麼隨便闖進我家裡？」

小紅冷笑一聲，用手指著小紅的額頭：「就是你勾引我的未婚夫嗎？你這個不要臉的賤貨！」

「你說什麼？你說清楚！」小喬漲紅了臉。

喬夫人奮力推開兩武士架著的戟，上前抓著小紅的胳膊：「姑娘！你把話說得清楚些！我家姑娘哪裡有勾引你未婚夫？」

小紅瞪著眼睛，氣衝衝地推開喬夫人，一巴掌打在小喬臉上，惡狠狠道：「周瑜是我堂哥，也是我未婚夫！這門親事是兩家父母在江東就已定下的！你這個不知羞恥的賤人竟敢勾引他！」

小喬愣住了，像遭了當頭一悶棍一樣，臉色由紅而變得慘白。她不知所措地、愣愣地看著小紅，嘴唇嚅動著，跟著，悲憤的眼淚流了出來。這晴天霹靂般的消息已使她顧不上一巴掌的羞辱了，現在全身心充滿著的是對周郎的憤恨。

大喬跑上來，摟著小喬，慍怒地對小紅道：「這位姑娘！可不要亂說話！是周郎託人帶著聘禮來我家向我妹妹求親的！我妹妹尚未答應！怎算我妹妹勾引你家周郎？」

小紅冷笑：「雖然沒有答應！但心裡面想著我家周郎，眼裡也對周郎眉目傳情，這豈不是勾引？」

小喬淚水縱橫的臉蛋上掛著鄙視與倔強，眼睛不卑不亢地看著小紅，幾滴晶瑩的淚水從眼眶湧出，順著臉蛋滾落，潔白的牙齒倔強地咬著紅潤的嘴唇，好像要將猝不及防的打擊及傷痛緊緊擋在外面。半晌，她帶著一絲冷笑，含淚對小紅道：「你聽著！我沒有勾引你家周郎！我不會嫁給他的！請你給我滾出去！」

小紅勃然大怒，眼一瞪，喝道：「大膽！一介平民敢對本小姐如此放肆！來人！給我拖出去重打！」

二個士兵披甲掛刀的武士衝了上來，一人一邊站在小喬身邊將小喬的胳膊往上一提，就要往外拖。小喬疼得眼淚迸濺，慘叫一聲：「哎喲！」

「慢著！」蔣幹在一旁急忙對兩武士喝道：「快快把人放了！」但兩武士面無表情，沒有理他。

蔣幹對他們眼一瞪，喝道：「大膽！竟不聽本官號令！」兩個武士在軍中見過蔣幹，又見他發了怒，猶豫了一下，站住了，但仍架著小喬。蔣幹又緊張地對小紅道：「小紅姑娘！萬萬不可造次！大喬已和主公定親！小喬就是主公的姨妹了！此事若鬧大了，姑娘會吃不了兜著走！」

「你是誰？」小紅上下打量蔣幹。

「小姐！這是蔣幹蔣子翼先生！是周將軍的同窗好友！現為廬江郡郡丞！」草兒也怕事情鬧大了，趕緊道。又上前拉一拉小紅的衣襟道：「小姐！千萬不要動手！見好就收罷了！」

紅兒愣了一下，跟著蠻橫地、滿不在乎地對蔣幹冷笑道：「哼！你就知道主公定會娶這個大喬？我回江東後在吳太夫人面前說幾句，主公還會娶她？」

「你們快放了我的女兒！」喬夫人眼淚汪汪地撲了上來，後面兩個武士拉住了她的胳膊，她掙扎著，仍然不停地喊。

「你們放開我！強盜！」小喬也含淚掙扎。

小紅看著她冷笑一聲，得意地將頭昂起，目光朝天空看去，好像故意在小喬面前擺神氣，更是故意要羞辱小喬、奚落小喬，要延長小喬在眾人面前被兩個武士架著時的狼狽、痛苦的模樣！

「周瑜竟會看上你這種德性的女人，由此看周瑜也好不到哪裡去！本小姐看不上你的周瑜！呸！」小喬被兩個武士架著胳膊，仍倔強地含淚罵道。

「蔣大人！你身為廬江郡郡丞，有人私闖我家府宅滋事，你竟然不管！還有沒有王法！」喬夫人衝蔣幹哭喊著。

「是啊！蔣大人！你快救救我妹妹！」大喬也含淚央求蔣幹。

蔣幹臉色蒼白，額上汗水縱橫，兩手微微顫抖，他用焦急又嚴厲地對小紅道：「小紅姑娘！不要胡鬧了！快放了人回去！如果主公和周郎知道你大鬧喬家，一定會大發雷霆的！就算主公、周郎和喬家沒有姻緣，你帶著士兵擅闖民宅一條罪就夠斬首的了！你應孫將軍執法嚴峻的！」

草兒似也意識到事情的嚴重性，緊張地對小紅道：「小姐！蔣大人說的對！我們趕快走吧！這些軍士都是李柱子手下的！事情鬧大了，李柱子就死定了！孫將軍軍法很嚴的！」她的聲音有些發顫。

「哼！我才不怕！」小紅滿不在乎地瞪了蔣幹和草兒一眼，然後悻悻對小喬道：「今天是警告你！以後你要再勾引周郎，本小姐就帶人燒了你的家！走！」

說完，她氣衝衝轉身離去。

押著喬夫人和小喬的幾個武士鬆開她們，跟在小紅身後離去了。

小喬的胳膊被兩武士擰得生疼，待武士一鬆開，她「哎喲」呻吟一聲，就癱倒在地，喬夫人一把撲上來，摟著她邊撫摸邊眼淚汪汪地哭喊道：「哎喲！我的兒啊！你受苦了！這個女人好厲害！就是劉勳、劉偕在廬江時，也沒有人敢來我家如此妄為！我一定要找孫郎告他！」

大喬也上前撫著小喬的胳膊含淚勸慰。

蔣幹上前對喬夫人勸道：「算了！喬夫人！此事到此為止算了！要是孫將軍知道了這事，肯定會怪罪周郎！而周郎也不會輕易放過小紅和那眾多軍士！此外，本官正在此處，也有縱容之罪！還望太夫人和二位姑娘息怒並包涵！」

喬夫人怒氣衝衝道：「不行！我一定要告她！沒有王法了不成！再說，我女兒馬上就成了江東第一夫人！怎受得了這口氣！」

大喬也含淚道：「欺人太甚了！下回遇見孫將軍，我定告訴將軍！」

小喬含淚不語，倔強地站了起來，搖頭道：「母親！算了！不要和那種女人計較！再說，若不是她告訴我真相，女兒怕還被周郎騙著呢！」此刻，周郎已有未婚妻的事實給她帶來的傷痛與悲哀遠甚於方才受欺凌的屈辱。

「妹妹！你這是何意？莫非你要把周郎拱手讓給她不成？」大喬道。

小喬臉上掛著淚痕，嘴角掛著倔強和憤怒，冷笑道：「不是我拱手相讓！是我不中意周郎！」說完，她推開喬夫人，倔強地朝屋裡走去。

蔣幹看著她的背影，臉上露出一絲惶恐與無奈，他覺得自己也不便待在此處了，就匆匆向喬夫人與大喬告辭，離了喬府。

第十五回 遭冷遇周郎垂淚，做人質二喬遇劫

這日，孫策召集眾將議事，擬與周瑜三天後領兵攻打駐在沂縣的劉勳，留呂範、程普鎮守皖城。議畢，各部回去準備糧草器械。孫策喚周瑜留下，問起與小喬事如何，周瑜笑稱已有八成勝算。孫策笑道：「恭喜了！公瑾何不一鼓作氣，趁勝追擊，在出征前定下此事？」

周瑜笑道：「不急！改日再請呂範先生走一趟便可定下來！」

孫策笑道：「此前我倆人再去走走如何？」

周瑜知他思念大喬，要借機去探望大喬，就一本正經道：「你已與大喬定了親，只需再託人去議個良辰吉日迎娶就行了，豈可頻頻見面？」

孫策道：「呵呵！莫非男女之間不可約會，只要見一面便成親，豈不太草率乏味？」

周瑜逗他道：「規矩便是如此，豈可違背？誰要主公如此匆忙便定下了親？」

孫策知他在逗自己，猛地伸出手，伸進周瑜胳肢窩，騷他的癢道：「吃不到葡萄便說葡萄酸！竟敢戲弄孤！」

周瑜忍不住笑了，反過手來騷他，兩人就在大廳裡當著內侍的面嬉鬧起來。一邊的侍衛禁不住竊笑了。兩人似覺不妥，趕緊住了手。孫策使勁擂了周瑜一拳，兩人哈哈大笑開來。

當下，周瑜和孫策各自回府換上儒服，紮起冠巾，帶上方夏、李柱子，一起騎馬往喬家去了。到了喬家後花園院牆下，兩人將馬交與方夏、李柱子，騰身上了院牆，趴在院牆上往裡看。只見院牆裡面，小喬正抹著眼淚，大喬一旁安慰著她，忽然，小喬一頭埋在大喬肩上，嗚地哭出聲來。

孫策和周瑜在牆上愣住了。周瑜的眉頭皺了起來，他看了看孫策，孫策會意地一點頭，然後，兩人手一撐，越過院牆，縱身躍了過去，輕輕落地。

兩人進了院內，徑直走到他們面前，孫策拱手施禮笑道：「大喬姑娘！冒昧造訪，請多多包涵！」

大喬嚇了一跳，抬頭一見是他，臉倏地紅了，既驚又喜，笑道：「將軍喜歡以這樣的方式造訪嗎？」

孫策有些窘迫，仍笑道：「請姑娘包涵！只是偶爾為之！這樣可免去諸多禮節的繁瑣！」

小喬抬頭看見周瑜，臉色陡變，淚光熒熒的眼中射出兩道憤怒的光芒，然後堅決地扭過臉去，不理他。

周瑜一愣，仍上前微笑著對小喬作揖施禮道：「小喬姑娘！又見面了！」

小喬猛地轉過臉來，怒道：「你們三番五次翻過我家院牆是何道理？要不要我找皖城尉來捉拿你們！」

周瑜笑道：「小喬姑娘！我等只是興之所至而已！如姑娘不喜歡，我們且出去，再從大門進來！」

小喬杏眼圓睜：「你少和我油嘴滑舌！滾出去！」

孫策、周瑜愕然。

周瑜想了想，問道：「小喬姑娘！發生什麼事情了？」

見小喬不理，就故做輕鬆地笑一笑，眨眨眼對孫策道：「主公！小喬姑娘今日心情不適，故不歡迎我倆人翻牆而入！我們且出去再從大門進來好了！」

孫策欣然道：「好啊！」

小喬抬頭對孫策道：「孫將軍！我家隨時都歡迎你來！但周某不可以來！我不要他再踏進我家半步！」

周瑜愣住了，愕然地、難堪地站在那裡，窘迫道：「小喬姑娘！這是為何？」

孫策也愣住了，問：「是啊！小喬姑娘！為何對周郎如此？」

大喬拉一拉小喬的胳膊，小聲道：「妹妹！不要這樣！」跟著轉臉對孫策、周瑜笑道：「孫將軍、周將軍！沒事的！你們請亭上坐吧！」

又對丫環娟兒道：「快給二位將軍上茶！不要讓太夫人知道了！」

娟兒應道：「是！」就往屋裡走去了。

「莫非小喬姑娘尚對城隍廟前的事耿耿於懷？此事我已對小喬姑娘說明了！天日昭昭，可鑑我周某的坦蕩！」周瑜走近小喬，誠懇道。

「滾出去！」小喬瞪著他含淚怒吼道，又轉過臉去。這一剎那，周瑜看見了她的臉因為憤怒而扭曲了。

周瑜方才春風得意的表情蕩然無存了，玉樹臨風的身材頓時像矮了半截，俊美的臉變得慘白，嘴唇輕輕嚅動著，身子也禁不住顫動了。眼裡含著一縷屈辱，呆呆地看著小喬，一時不知說什麼好。

「小喬姑娘！有話好說，何必動怒？不知周將軍哪裡惹小喬姑娘生氣了？」孫策趕緊勸小喬道。

「他沒有惹我！是我討厭他！我不喜歡這個人！請他出去！他不走！我走！」小喬說完扭頭就往屋裡走。

大喬趕緊拉住她：「妹妹！不要這樣！」

小喬甩開她，徑直走了。

周瑜眼裡湧出屈辱難堪的淚水。

大喬著急地勸周瑜道：「周將軍！請不要和她計較！她就愛使性子！愛撒嬌！」

孫策過來拍拍周瑜的肩：「公瑾！待我去訓一訓這個丫頭！」

周瑜拉住他，咬一咬嘴唇，慘然地但竭力若無其事地對他和大喬笑道：「或有些誤會！即便是小喬姑娘真不理我！也由她自主！強扭的瓜是不甜的！」

又對拱手對孫策道：「主公！周瑜先告辭了！」

說完，他轉身朝院牆處走去。

孫策在後面喊：「公瑾！」

周瑜不理他，含著淚，直往前走，走到院牆邊，他猛地朝前跑兩步，雙腳往院牆上一蹭，在牆壁上連走兩步，雙手往牆上一撐，身子越過院牆，消失了。

「大喬姑娘！告訴我，小喬與周郎究竟是怎回事？」周瑜走後，孫策嚴肅地問大喬。

大喬便將小紅帶人大鬧喬家的事說了出來。

孫策聽完，稜角分明的英俊的臉龐變得鐵青而陰沉，濃眉緊皺，雙拳擰緊，骨關節不自覺發出嘎吱的聲響。炯炯有神的眼睛很嚇人地瞪著前方。

「豈有此理！小紅只是周郎堂妹！她喜歡周郎，僅是落花有意，流水無情而已，何來訂親一說！」孫策恨恨道。

「原來是這樣！」大喬有些害怕地望著他。跟著溫存又小心道：「要真是這樣自然好！我去勸勸小喬！」

「嗯！」孫策點點頭，又咬牙道：「這個小紅太囂張了！還有那些侍衛！竟敢如此！」

「不要責罰小紅姑娘和那些士兵！小紅姑娘只是愛之切而已！」大喬柔聲勸道。

孫策看著她，臉上的憤怒似乎被她溫柔如水、楚楚動人還有幾分膽怯的目光融化掉了。他啟齒一笑，憐愛地摟著她的肩膀，溫存道：「孤會處置好的！你放心好了！」

大喬溫柔脈脈地含羞地瞥了他一眼。

孫策情不自禁地將她擁入懷裡，強壯有力的臂膊摟緊了她。兩人陶醉地擁在了一處。

夜。周瑜獨坐在書房裡彈琴。

琴聲抑鬱。燭光在琴聲中迷離而搖晃。

周瑜表情深沉而感傷。按鍵的手指沉重而凝滯。

小紅出現在書房門口。她打量了周瑜一會，眼珠轉動了一下，款款走了過來。

「哥！該休息了啦！」小紅臉上掛起嫵媚的笑。

周瑜沒有理她，好像沒有聽見一樣。

小紅坐到他身邊，用手推一推他的肩膀噘嘴撒嬌道：「哥！因為小妹我住在這裡便不高興麼？」

周瑜手指擱在琴弦上不動了。琴聲帶著餘音消失了。

「紅兒！我沒什麼事！你早些休息吧！」周瑜平靜道。

「不！人家要陪你啦！」小紅撒嬌道。燭光映照著她嬌嫩又嫵媚的佈滿紅暈的臉。

「我說了，你去休息！」周瑜不快道。

草兒忽然有些驚慌地闖了進來，喊：「周將軍！主公來了！」

周瑜納悶她看了她一眼，不解她為何驚慌，道：「快請！」

話音未落，孫策已大步走進書房。

周瑜愣住了。只見門外立著幾個全身披掛的武士。孫策鐵青的臉上籠罩著怒氣，憤怒的目光在小紅和草兒身上掃視著。周瑜很熟悉這種目光。這是沙場鬥將被激怒後要與敵將鬥陣時的目光，是領千軍萬馬攻城掠地不達目的決不甘休的目光，是帶著殺氣的目光。他轉眼朝小紅和草兒望去，只見小紅發慌地不自在地避開孫策的目光，而草兒則緊張又惶恐地雙手侍立著，像做錯了什麼事等候發落一樣。

「主公深夜光臨，有要緊事嗎？」周瑜詫異地問。

「你們兩人幹的好事！」孫策沒有理睬周瑜，臉色冷竣，怒斥小紅和草兒道。

「孫將軍！您說什麼啊！」小紅假裝不明所以地問。

草兒慌忙跪下道：「孫將軍！不關小姐的事！都是奴婢的主意！」

「說！將此事稟報給周將軍！」孫策喝道。

草兒不敢違令，跪在地上一五一十地將大鬧喬家的事對周瑜和盤托出。

草兒說完了，孫策恨鐵不成鋼的口氣道：「你自小就在孤府上長大，也懂得些家規國法，怎可以如此膽大妄為？明知大喬乃是孤的未婚妻，小喬乃是周將軍意中人，也是孤的妻妹，竟帶侍衛擅闖喬府，大鬧喬府，辱沒小喬姑娘！不要說闖入喬家，便是闖入尋常百姓家，如此也是死罪！」說完，他臉色凜然一變，喊：「來人，拉出去斬首！」

門外二個武士大步走了進來。

草兒跪在地上磕頭不已，淚如雨下：「主公！奴婢錯了！奴婢只是想幫小姐一把！」

小紅也「噗通」跪下哭道：「孫將軍！請饒了草兒！都是奴女所使，若不是為了奴女，她斷不敢如此！」

周瑜聽了草兒所說，心裡竟有了幾分激動與驚喜！原來是小紅從中在搗鬼！如果對小喬說明了這一切，小喬豈不就釋然了？他還用得著如此鬱悶感傷？因為驚喜，他對小紅與草兒所犯的過失竟有些不以為然了，至少不像孫策那樣勃然大怒。他搖搖頭，嘆了口氣，對小紅道：「紅兒！你這是何苦來著！你知不知道你這是犯下死罪！」

小紅跪在地上嚎淘大哭道：「哥啊！小妹錯了！小妹只是喜歡你才這樣做的！嗚！嗚！哥，你不要嚇我啊！媽啊！爹啊！哥要殺我啊！」她就無助地喊叫起來。

草兒含淚長跪在地道：「孫將軍！周將軍！草兒知錯了！草兒伏罪！」然後她對孫策磕了一個頭道：「草兒只求孫將軍一件事！」

孫策板著臉：「講！」

草兒含淚道：「李柱子並不願違軍紀，只是受了小人逼迫才告訴奴婢關於小喬姑娘和周將軍訂親之事，又受奴婢逼迫才派了幾個軍士隨奴婢前往喬府。求孫將軍不要怪罪李柱子和那幾個軍士，奴婢九泉之下跪謝孫將軍了！」

孫策板著臉道：「那幾個軍士，為首的二個已被斬首！李柱子也令打二百軍棍，剝去軍職，趕回江東，不需你操心！」

草兒淚流滿面：「是奴婢害了他們！」

「拖出去斬首！」孫策道。

二個武士拎起草兒往外拖。

小紅爬到孫策腳下伏地請求：「孫將軍！求你放了草兒！都是小女子的錯！」

周瑜對二武士喊：「慢！」

兩個武士站著不動了。

周瑜面向孫策，拜倒在地，對孫策懇切道：「主公！兩人所犯事皆與公瑾相關！公瑾願為兩人說情！草兒只是一個婢女，並不知軍法，又是太夫人的貼身丫環，且將與李柱子結成百年之好，請主公暫且饒她一命！至於紅兒，罪責難逃，但因是叔父和母親所託，此前又對周瑜有借兵之恩，也請主公看在周瑜份上饒了她！如有再犯，數罪並罰！」

「公瑾所說的我又如何不知？看在公瑾面上和昔日助公瑾借兵的份上，紅兒就免了！但草兒卻饒不了！」孫策恨恨道。

「若無紅兒威逼，草兒豈敢如此？請主公一同免了死罪！」周瑜道。

孫策看了看周瑜，又看了看草兒，恨恨道：「好吧！看在公瑾請面上，孤且饒了你！死罪饒了，活罪難免！拖出去打五十大板！明日趕回江東！」

草兒含淚拜道：「謝主公！」

兩個軍士即刻將她拖了出去。不一會，院中傳來草兒被打板子的哀叫聲。

周瑜起身，板著臉對小紅道：「你明日也和草兒一同回去吧！先退下去！」

小紅抽抽泣泣又拜了孫策，趕緊退下。

然後，孫策又勸慰了周瑜一會，說了些小喬只是誤會等貼己的話，就告辭了。

孫策走後，周瑜激動地走到窗邊，推開窗子，朝夜空望去。此時已近中秋，窗外皓月當空，圓而豐滿，金黃燦然，親切柔和，如女人嫵媚的微笑。華光四射，給屋宅和樹影披上柔美輕紗。一縷縷帶著涼意的秋風掠過高牆，拂過樹枝，奏出輕柔的樂章，拂上周瑜臉面，讓他有沁入心脾之感。

他猛然轉身，大聲喚來方夏。

「方夏！隨我去喬府！」周瑜命令道。眉宇間洋溢著興奮。

「大人！這麼晚還要去？」方夏小心道。

「無妨！我只是要在她家後花園院牆處轉轉！」周瑜笑道。

方夏：「是！」說完去前院備馬。

周瑜整了整衣衫，走出廳堂，站在前院，等方夏牽馬過來。忽然，小紅衝出來，倚著門含淚喊：「哥！」

周瑜回頭見是她，板著臉道：「你又要怎樣！」

「哥！我明日就要走了！你陪我到後花園說會話！」小紅眼角又滲出淚水。

周瑜想想，拍拍方夏牽來「白雪飛」，對方夏道：「算了！」

然後，隨小紅穿過廳堂，直往後花園去。

後花園裡，丹桂飄香、秋菊吐蕊、夜涼如水。皓月當空，華光四射。秋夜景色，分外美妙，但兩人都無心欣賞，只悶悶坐在亭子間的石椅上。

小紅未語先哭：「哥！那個叫小喬的女子真的就勝過小妹？竟讓你如此待她？」

周瑜輕輕嘆口氣，抬頭望著夜空金黃色的明月，沉吟一刻，緩緩道：「凡事自有天註定！我愛小喬，實是上天安排！要不，為何安排我兩人少時相遇，今又相逢？為何又偏偏她也是兩姐妹？應了我與孫郎娶兩姐妹的戲言！為何自那回在街上見到她，便讓我抨然心動？或許是就是那一刻，月老牽的紅線便拴住了周郎的心！又或許，還在我少時，在往曆陽的路上，月老便定好了這份姻緣！」

小紅歇斯底里打斷了他：「夠了！不要說了！嗚……」她臉蛋扭曲了，渾身顫料著。

周瑜看了看她的臉色，愧疚地撫著她的肩，溫存道：「小紅！你是個好姑娘，但姻緣是上天安排好的！哥哥今日傷了你的心，日後，一定賠罪補償！」

「走開！我不想聽你說了！嗚——」小紅猛地推開他，放聲大哭，然後，起身往屋裡跑，跑了兩步回頭喊：「我要回去！去你的天註定！去你的小喬！我不想再見你！」

周瑜傷感地看著她的背影，默然無語。

在亭子後面一顆桂花樹旁下，剛挨過板子，尚未回房，仍在院中盤桓的草兒正站在一棵大樹後，一手撫著挨過打的臀部，一手撫著樹幹，默默地看著這一幕，兩行淚水悄然流下。

第二日，朝霞如火，秋高氣爽。一乘豪華的青色傘蓋的馬車直奔喬家。數百刀戟鏗鏘的武士跟在後面。馬車裡，端坐著身著黃色官服、頭戴紫金冠的孫策和峨冠博帶、丰姿飄逸的周瑜。周瑜想了一夜，決定今日親自來喬府求婚。孫策也稱好，並陪他前來求婚。

到了喬府門口，李通跟著馬車的李通下馬上前叩門，卻無人應。李通便推開門，臉色頓變，叫聲「不好！」趕緊拔出刀，撞開大門衝了進去。後面的侍衛跟著擁入。門一撞開，周瑜和孫策就隱隱聞到一股血腥味。兩人趕緊下了馬車。不一會，李通衝了出來，焦急地稟道：「稟孫將軍、周將軍！大、小喬被人劫去了！」

孫策、周瑜如聞霹靂，臉色驟變，趕緊往喬府走去。只見堂屋大廳裡橫著一具家僮屍體。剛被軍士解開了綁繩的喬玄夫婦坐在椅上一個在抹淚，一個嚎淘大哭。婢女娟兒和另兩個婢女被砍倒昏死在屋裡。地上滿是鮮血。見孫策、周瑜進來，喬夫人「哇」地撲上來，跪倒在地，抱著孫策的腿哭喊道：「將軍！請救我女兒！一定要把我女兒救出來啊！」

喬玄含淚告訴他們：昨夜三更，劉偕帶人化裝闖進喬家，砍倒幾個婢女並家僮，搶走了大喬、小喬！

周瑜眼睛濕潤了，懊悔不已地猛一頓足，嘆道：「昨夜我正要來此處的！如果來了，豈會出這種事？」說完，淚水流出。

孫策的眼眶也濕潤了，他恨恨道：「可惡的東西！要是大小喬有個三長二短，我必誅滅劉家九族！」

此時，負責城防的太史慈縱馬奔來稟報說昨夜城牆西南段兩個巡哨的軍士被人砍死在城牆上，城牆上有人攀爬的痕跡，估計是劉勳派人進城了。

「他們必定是抓了大小喬做人質，以要脅我們！事不宜遲！我們即刻進軍罷了！」周瑜果斷道。

「是啊！主公！我部糧草早已準備好了！這些天刀槍都生銹了！」太史慈也道。

「好！即刻起兵，攻打沂縣！」孫策咬牙切齒大聲道。

兩人又安慰了一下喬玄夫婦。躺在地上的三個婢女，娟兒肚皮被捅破，但一息尚存，另二個已經死去。孫策、周瑜令人喚醫官包紮救治。然後，兩人趕回府中，召集眾將領，商議即刻攻打劉勳事宜。

翌日，大軍從西城門出發，直奔西邊一百里外的沂縣。共一萬五千人馬，以太史慈為先鋒。程普領軍守皖城。

當大軍出發時，呂範領紅兒一行也上了往江東的船。呂範奉孫策之令前往江東去取劉勳妻兒，以便到時交換大小喬。小紅、草兒、李柱子被逐回江東，隨船同行。李柱子被免去軍職，回去繼續在孫府做家僮總管。周瑜令他回去後即刻與草兒完婚，他含淚答應了。贏得了草兒，對他而言，勝過一切。只是，眼見得大軍出發，往沂縣征戰，而他再沒有機會沙場建功立業了，頗有些感傷。

孫策、周瑜領大軍當日趕到沂縣，直逼沂縣城下。此時，劉勳已在城上嚴陣以待。

劉勳被孫策打出皖城後，逃到沂縣，一面加固沂縣城牆，一面派人找江夏太守黃祖求救。黃祖即派其驍勇善戰的兒子黃射領五千精兵前往沂縣來助劉勳。黃射的人馬到了後，劉勳膽子大了，雖然被趕出皖城，但也漸收攏了一萬多人，加上黃射的兵和在沂縣召募的人馬，也有二萬，足可以與孫策、周瑜一戰。他派人往聽皖城打探，得知：孫策、周瑜暫無心西進，正忙平定各縣，也忙著向大小喬求婚。他想自己妻兒均為孫策所獲，如拿了大小喬，既可做人質換自己妻兒，也可以此要脅孫策退兵，於是就令劉偕將大小喬劫來。劉偕當即領十多個有武力的軍士化裝成客商趁夜爬上城牆，砍倒巡哨的江東軍軍士，潛入喬家，綁了喬玄夫婦，將大小喬綁起，堵上嘴，用麻布袋扛出城外，劫到沂縣。劉勳令人將大小喬關在自己的府衙後院的一間房，派人看守。現在，他得知孫策、周瑜領兵來攻城，便令所有軍士上城嚴守。他相信，憑沂縣的高城，憑黃射高強的武藝和所帶來的黃祖的久經沙場的老兵，孫策、周瑜很難破城。

江東軍兵臨城下，孫策用槍指著城上的劉勳喊道：「劉偕！速交出大喬小喬，我保你安全！你妻小也並歸還你！否則，我殺你片甲不留！」

劉勳也罵道：「孫策豎子！你快快還了我的廬江，滾回江東！否則，本官要大喬小喬與你陪葬！」

孫策大怒：「攻城！」

一時，戰鼓擂響，吶喊聲聲。江東軍扛著雲梯，奮力攻城。箭矢如雨，滾石橫飛。

攻了一刻，孫策、周瑜見城防果然堅固，一時難以攻下，不忍江東子弟多有傷亡，便令停止攻打，在離城二里處就地紮寨。

第十六回　妙計施展殄滅劉勳，精誠所至抱得美人

第二日，孫策、周瑜領大軍又去攻城，大軍到了城下，只見劉勳在劉偕、黃射的陪同下，立在城牆上。劉勳手指孫策，口中喊：「孫郎、周郎！我讓你們看看大喬、小喬！」說完，一揮手，幾個武士從後面將大喬、小喬押著推上前來。大喬看見了城下面的江東軍，還有孫策，淚流滿面，泣道：「孫將軍！周將軍！」

小喬也淚流滿面地看著下面，喊道：「孫將軍！」

「大喬！」孫策含淚喊道。

「小喬！」周瑜也含淚喊道。

「劉偕！你要碰大小喬一根毫毛，孤誓滅你九族！」孫策對城頭上的劉勳怒喝。

「劉勳！有道是禍不及婦孺！你我交兵，竟以女子為人質，算何本事？你且放了她兩人，我們也歸還你的妻兒，再約時間交戰，如何？」周瑜也喊。

劉勳冷笑：「我妻子兒女早被你等送往江東了！你等抓了我妻子，我抓你倆人未婚之婦，也算

公平！」

周瑜道：「你妻女確已被送往江東！這正是孫將軍不許部下加害之意！昨日，孫將軍已令呂範回江東去取你妻兒了！我等願以你妻女交換大喬、小喬！」

劉勳冷笑道：「遠水不解近渴！待你取來，已不知何年何月了！」

周瑜道：「只三五日便到！」

劉勳冷笑：「我劉某江山都被你等奪去了，還在乎什麼妻子兒女？自與你倆人結怨後，劉某便知不是你死便是我活！你二人若真要領回這兩女子，就把廬江還給我，滾回江東去！」

旁邊的孫策怒目圓睜，對周瑜道：「只怕談不攏了！戰場上了結吧！」

周瑜道：「可！我親自去擂鼓助威！」

孫策於是舉起鐵槍，往上一揮，大喝一聲：「攻城！」

戰鼓擂了起來，江東軍士兵們吶喊著扛著雲梯往城下衝去。

城上劉家軍將滾木、擂石還有箭矢雨一併傾瀉下來，大多江東軍還未跑到壕溝前，便中箭倒地。孫權蓄養勇士潘璋首次隨孫權從軍，欲要建功，一手挽盾，一手提刀，奔跑過去，飛躍過壕塹，還沒到城下，便被箭射倒在溝中。幸得孫權令人冒死搶了回來。勇將周泰、董襲身先士卒，領軍衝殺，也中箭落馬，被部下搶回。孫策的年僅十八歲的侍衛呂蒙身披重鎧，手挽盾牌，領十多名壯士扛著一架雲梯，好不容易匍匐騰挪至壕坑之下，卻被亂箭困在壕溝裡無法爬出來。太史慈領眾弓箭手箭無虛發，射落城上敵兵無數，但仍壓不住對方箭矢，自己的弓箭手反被射到不少。

孫策見狀，大怒，對一隊正扛著雲梯準備衝鋒的軍士道：「你們隨我衝鋒！看我飛身上城殺散眾軍後便攀援而上！」

說完，挺槍縱馬飛出陣去。太史慈、陳武、韓當、黃蓋等人見狀，也縱馬大吼著衝出陣去。

周瑜正在後面親自擂鼓助戰，一見前面孫策衝了出去，大驚失色，扔了鼓槌，趕緊跨上馬，嘴裡喊道：「不可！」追了上去。

孫策一馬當先直奔城下，快衝到壕溝處時，城上的劉勳看得親切，惡恨恨地一揮手喊：「放！」

城牆垛下立刻站起一排埋伏好的弓弩手，舉弓一起往下射去。

一時，萬箭齊放，直飛向孫策。身後的太史慈等眾將見狀大驚，趕緊喊：「主公！後退！」話音未落，密集如雲的箭已朝孫策撲來，孫策揮槍撥開一排箭，但箭既多且猛，根本就撥不盡，幾枝箭同時射在他的馬上，他的馬「噗通」一聲跌翻在地，將他顛下馬來。他一滾落下馬，一排箭就往他身上飛過來。他「哎喲」叫了一聲，就再未起來。手中的鐵槍落在地上。

周瑜在身後看見這一幕，驚呼道：「伯符！」然後，對身後大喊：「盾牌手！弓箭手！快上！」

城頭上，一直被押在劉勳身邊做擋箭牌的大喬、小喬在城樓上見此情景，淚如泉湧，含淚喊：「孫將軍！」小喬看見周瑜也跟著衝了上來，心懸在嗓子眼上，含淚呻吟道：「周郎！小心啊！」

周瑜自然聽不見小喬的呻吟聲，他縱馬衝到孫策前面，將「白雪飛」的頸脖一按，「白雪飛」

立時趴了下來，正擋在孫策前面，周瑜一面用劍拔開朝孫策和自己飛來的箭，一面喊盾牌手上來。同時衝到孫策面前的太史慈、陳武等人的戰馬也中了箭，他們跳下馬，護在孫策身邊，一面用兵器拔著飛來的箭，一面大喊盾牌手。

城頭上，劉勳、劉偕一齊喊：「給我射！射死孫郎、周郎有賞！」於是，箭如蝗蟲一般朝他們飛過來。

後面的江東軍的盾牌手舉著盾牌衝了上來，裡三層、外三層、高低二層用盾牌護住孫策、周瑜、太史慈等人。李通和方夏等侍衛也奔上來，拿著盾牌擋在了周瑜、孫策前面。於此同時，被壓在壕溝裡的呂蒙等人趁機衝出壕溝，奔到孫策、周瑜身邊，舉著盾牌護住孫策及周瑜、太史慈等將。江東軍的一排弓箭手也衝上前，在盾牌手的掩護下，舉起弓箭朝城上放箭。城牆上，一排劉家軍弓箭手被射中，栽了下來。太史慈抓起一個倒在地上的弓箭手的弓箭，連連開弓，射倒城上十多名弓箭手。其餘的弓箭手不敢再露頭了，周瑜趁機指揮眾人抬著孫策退了下來。攻城的江東軍見主帥退下，也就潮水般退了回來。

退到陣上，周瑜見孫策已經昏迷不醒，便令撤軍。他恨恨地看著城牆上喊：「劉勳！我周瑜不會放過你！」又對大小喬喊：「大喬姑娘、小喬姑娘！我會救你們的！你們忍一忍！」

城牆上，劉勳、劉偕、黃射得意地哈哈大笑開來。劉偕喊道：「江東小兒！這回嘗到你大爺的厲害了吧！」

大小喬含淚看著撤走的江東軍，以及被侍衛抬走的孫策，心如刀絞，一齊難受地哭了。大喬哭泣道：「孫郎！」身子晃了晃就要暈倒，小喬喊一聲「姐姐！」趕緊掙開身後的武士，用力扶住了大喬。

回到大營後，周瑜令人清點了一下傷亡人數，合計陣亡士兵三百餘人，中箭帶傷者上千人。周泰、董襲等多名將領帶傷。孫策的戰馬被射死。周瑜的「白雪飛」也受了重傷。孫策因披了重鎧，雖中了十數箭，但均未傷及骨肉，只大腿和後股中了兩箭，血染征袍，回營不久便醒來了。醫官稱箭頭有毒，剜出箭頭，又用刀挖出周圍的肉，上了金槍藥，包紮好了，稱只需歇息幾天就好了。周瑜等眾將就放心了，慰問了一陣，囑他安心歇息，就退下。周瑜自在寨中調度軍馬、安排宿營、撫慰傷卒、探視受傷將領，又多設崗哨，以防偷襲。

入夜，周瑜忽然想了一條計策，趕緊趕往孫策帳中，只見孫策精神已經好多了，剛由侍從服侍著喝了一些牛肉汁，正躺在床上為今日中箭的事憤憤然。見周瑜進來，孫策恨恨道：「這劉勳實在可惡！明日一早，我帶兵繼續攻城！要他們知道我孫郎並沒有中箭！」

周瑜笑道：「今日主公中箭，正是好事！塞翁失馬，焉知是禍？」

孫策看了看他，眼睛一亮，笑道：「哈哈！公瑾定又有了主意了！」

周瑜笑了笑，傾一傾身子，附在孫策耳邊道：「劉勳使出此計，用意是要讓我軍失去主帥從而趁勢掩殺我軍，我等何不將計就計，詐稱主公箭傷發作而亡？他們必來追殺我軍，就正中我軍的埋伏！」

「妙計！只是，孫郎已亡，尚有周郎，我看他們未必敢劫營！」孫策道。

「無妨！周瑜明日詐稱為主公報仇，領兵攻城，然後也詐死，不就成了？」周瑜胸有成竹道。

「好一條苦肉計！公瑾！你真是足智多謀！」孫策高興地擂了周瑜一拳。

「這都是主公中箭換來的計謀！」周瑜笑道。兩人哈哈大笑開來了。

當晚，孫策大營裡傳出一陣陣淒厲的哭喊聲。白幡林立，迎風淒涼地飄展。大小軍士各個戴孝，全都愁眉不展。眾將領哭天號地、涕泗橫飛。悲哀的鼓角在在原野上迴蕩，傳諸久遠。在孫策大帳外，一群僧人口中念念有詞在做著道場。香爐裡香煙繚繞，紙錢飛揚。整個軍營籠罩著一片肅穆悲哀景象。火把照亮守護著大帳的戴著孝的軍士們悲傷迷離的面龐。當夜，幾個原在皖城俘獲的原劉勳的軍士從孫策營中投奔劉勳，告訴劉勳說江東軍主帥孫策傷重死去，周瑜正在為他發喪。

第二天，周瑜帶領大軍再次兵臨沂縣城下。因為時間緊迫，只有部分將領及軍士掛了孝，其餘士兵多以白布條繫的額頭上權作戴孝。劉勳、劉偕、黃射在城頭上嚴陣以待。周瑜故意令幾個原劉家軍的軍士投奔劉勳，告訴孫策的死訊。劉勳對此深信不疑，因為他們多親眼看見孫策連中數箭。這箭都塗了毒藥的。遺留在陣地上的江東軍的中箭的士兵的屍體都發綠了，可見毒性是很大的，孫策未必抗得過去。但他們不急於夜劫江東軍營，因周瑜還在。他們知道周瑜會來復仇的。果然，城牆下，周瑜領軍來復仇了，他們內心裡欣喜若狂。

「劉勳！你殺我主公！我誓要取你首級祭我主公！」江東軍中，周瑜身裹薄鎧、外罩素袍，立在馬上大喊道。這馬不是「白雪飛」，而是從軍中隨便取的一匹馬。受了重傷的「白雪飛」正在營中療傷。

城頭上，劉勳哈哈大笑道：「周郎！只怕你今日也要去見你主公去了！」

周瑜大怒，圓睜雙眼，揮槍高呼：「眾將士！捉拿劉勳，為主公報仇！就在今日！」

說完，一馬當先，直奔城牆下。

太史慈、呂蒙緊隨其後。

李通和方夏領著衛隊也跟在後面。

城牆上，劉勳大喝道：「放箭！」

亂箭從城上直向城下飛來。

周瑜揮槍拔開亂箭。

太史慈也揮槍拔箭。呂蒙一手提刀，一手舉起盾牌擋住箭。

城牆上，黃祖之子黃射張開弓瞄準周瑜一箭射去。

箭如流星，直飛向周瑜胸口。

周瑜「哎喲」大叫一聲，往後一翻倒栽在馬下。

箭插在他的胸肋上。

太史慈在身後大喊：「周將軍！」

縱馬上前，揮槍拔開亂箭。

呂蒙也趕緊上前，按下戰馬，用盾牌為周瑜遮住飛來的箭。

一群盾牌手迅速衝上前架起盾牌。

李通、方夏趕緊上前抬起周瑜往回撤。

沂縣城門大開，黃射領軍衝了出來，直撲向周瑜，邊衝邊喊：「周郎已被我射死！快給我殺盡江東軍！」

太史慈挺槍上前敵住黃射。呂蒙也領江東軍上前迎戰。兩軍混在在一處。

太史慈與黃射等廝殺一陣，見周瑜已撤出戰場，就舉槍在黃射臉上虛晃一下，趁黃射一閃之際，收了槍拔馬回跑。

呂蒙也領著江東軍往回撤。

黃射因隨他殺出來的人少，也不敢追擊，一面大罵著江東軍，一面歡呼著回城。

回到營地，眾將將周瑜抬進大帳。軍中醫官趕了過來。一直假裝昏迷的周瑜「醒」了過來，令醫官、太史慈及孫權留下，其餘人全部出去。眾將一出去，跛著腿的孫策被一個內侍攙扶著內帳走了出來。

「公瑾！如何？」孫策走到周瑜床邊笑問。

周瑜從胳肢窩裡取出箭，笑道：「差一點便要了我的命！」

「哈哈哈！公瑾若有閃失，損失就大了！」孫策擂了他一拳，笑道。

周瑜笑道：「既是苦肉計，總得擔些風險！所幸那一箭往心口射的，若往頸上射，我就沒法做假了！」

他轉臉對醫官道：「等會你二人向眾將宣稱我不治身亡！」又對孫權和太史慈道：「我與伯符已詐死，外間事暫由你二人做主！黃昏時派一心腹軍士假意投奔劉勳，告訴劉勳說明日全軍將抬著我和主公棺木回皖城治喪！」

孫權和太史慈應喏了，領著醫官一同出去，宣佈周瑜的死訊。

夜晚，沂縣城內，劉勳府中關押大小喬的房間門口，兩個守門軍士議論起孫郎、周郎的死訊。大喬、小喬聽見了，都一起趴到窗子邊喊：「請問軍爺！你們說什麼？周郎……也不在了？」

「是啊！城內城外都知道了！」一個軍士惋惜道，「是投過來的江東軍說的！周郎和孫郎都是中了我軍毒箭！唉！先死了孫郎、又死了周郎，這江東軍一下氣數就盡了！這真是天有不測風雲啊！」

大喬、小喬瞪大了眼睛，淚水忽地從眼裡湧出。

「周郎！」小喬忽然哭了起來，瘋了似的使勁拍著門大喊：「不會的！你瞎說！周郎不會死的！不會的！」

大喬含淚抱住她：「妹妹！不要哭！孫郎、周郎都不會死的！一定是誤傳！不要哭！」大喬已在昨夜知道孫郎的死訊，一夜未眠，眼都哭腫了，仍沉浸在悲哀之中，又得知周郎死訊，更是傷痛不已，但也只好忍住悲哀，盡力來安慰小喬。

小喬轉身撲進大喬懷裡痛哭。

就在此時，有人推開門，劉偕得意洋洋的臉閃現在門口，兩人恨恨地瞪了他一眼，摟在一處，後退到牆角。

「城外哭喪，城裡也哭喪啊！料你們都知了！孫郎、周郎都上西天了！哈哈哈！」劉偕走進來，幸災樂禍地笑道。

大小喬不理他，轉過身子，摟在一處，背對著他。

劉偕繞到二人面前，嘻皮笑臉地摸一摸小喬的臉：「姑娘！不要哭！孫郎、周郎死了，還有我啊！哈哈哈！跟著本將軍也不差啊！」

小喬含著眼淚，抬起頭，一巴掌打在他的臉上。

劉偕摸著臉，老羞成怒道：「臭丫頭！你不想活了！」

「你這個卑鄙的傢伙！明著打不過孫郎、周郎，就暗箭傷人！算什麼本事！你還我的周郎來！」小喬淚如泉湧，哭著、喊著就往劉偕身上撲，邊撲邊舉起小手瘋了似的朝他身上亂打一氣。

「媽的！你敢打老子？」劉偕惱怒地抓住小喬亂打一氣的手，使勁往懷裡一拉，拉到懷裡，抱著便亂親一氣。

小喬尖叫一聲，在他懷裡拚命反抗、掙扎。發了瘋似地躲著他他肥厚的嘴，用雙拳打他，用手推他。

大喬上前，一面焦急地喊著：「妹妹！妹妹！」一面把小喬往外拉。

劉偕猛地挪出一支手一把將大喬也攬進懷裡，然後緊緊摟著她倆高興道：「哈哈！二個一起來！我喜歡！我喜歡！」他的眼睛瞇成一條縫，嘴裡的臭氣呼呼地呼了出來，額上的疤痕愈發猙獰恐怖。

大小喬合力死勁地推開他，喝道：「滾開！」然後痛哭著抱成一團，同時厭惡地、恨恨地瞪著他，好像瞪著世上一頭最醜陋又最兇狠的野獸。

劉偕用手抹了抹流出的口水，猙獰地笑著，又要撲上去。

一個軍士忽然闖進來稟道：「啟稟將軍！主公請你馬上過去！」

「何事！」劉偕不快地喝道。

「卑職不知！主公只是請將軍盡快過去！」軍士道。

劉偕悻悻地看了大小喬一眼，邪笑道：「兩個寶貝！等著！我會再來的！」

然後轉身離去。

門「哐」地關上了。

大小喬抱在一處痛哭不已。

小喬不僅傷心周郎之死，而且覺得傷害了周郎卻永遠無法再對周郎表達心中的歉意與溫存了！

先是因為調皮，禁不住對周郎冷言冷語，使些性子！後因為小紅的大鬧，誤解了周郎，竟將周郎趕出後花園，狠狠地傷了他的心。她現在都還記得周郎噙著眼淚的驚愕的眼睛和顫抖的身子、蒼白的面孔。那是一種怎樣的難受啊！後來，大喬把孫策的話轉告給她，說小紅和周郎的事是子虛烏有的。她內心裡又充滿了甜蜜與喜悅。她想她誤解了周郎，傷了周郎的心，過兩天見了周郎，一定要對周郎主動一些、溫存一些！一定不要再使些小性子，不要讓周郎再難受了！哪裡想到，從此便再沒了機會了！那天在城頭上，她看見周郎領兵在城下救她。她從他的目光裡看到了柔情、焦慮，看到了愛憐與慰藉，掛念與相思，全沒有她想像的冷漠與怨恨。這一剎那，她的眼淚嘩嘩地流出，原來，相愛的人之間是不用記仇的，也不必內疚的。那一刻，她內心裡默念：「周郎！如果我們再能相聚，我一定不會不會為難你了！一定好好做你的新娘！」但，命運竟是這樣無情，今天竟傳來周郎的噩耗！她還沒來得及親口對周郎解釋那天發火的事啊！還沒有告訴周郎她其實喜歡他，只是有一點調皮和愛使些小性子！還沒有告訴他她會好好地做他的新娘的！甚至還沒有好好地給他一個溫清脈脈的微笑和多情的目光！這一切都再也沒有機會了。周郎就這樣離她而去，或許在他臨死前心中還有著對她的怨恨和一絲沒有得到她的愛的難受吧！這是怎樣的遺憾啊！

想到這裡，她撲在大喬懷裡，喃喃道：「姐啊！我不應該對周郎那樣兇的啊！嗚——」大喬眼淚汪汪，摟緊了她，淚水默默地流淌。孫郎死去，她心裡的難受不比小喬好多少。她的眼淚已經哭腫了！昨天，小喬安慰了她半夜，今夜，當她來安慰小喬了！

劉勳把劉偕叫過去，是準備出兵攻打江東軍。他得到報告，說江東軍已經拔寨離去了，於是就令人去喚劉偕。結果隨從稟告說劉偕就到後院關押大小喬的房裡去找大小喬去了。他大怒，令人喚來劉偕，將劉偕痛責一番。劉偕小聲辯道：「原要拿這兩女子換廬江！現在孫郎、周郎已死，留她們何用？正好留著我與大哥一人一個做妾！」劉勳氣得臉發青，一巴掌打過來道：「沒出息的東西！就算是找女人，也不是現在！如此怎不會丟掉江山？就是給你一百個女人你也守不住！」然後他令劉偕和黃射各領一軍，左右接應，務必追殲江東軍。劉偕挨了一巴掌，捂著臉，趕緊出去，和黃射點起軍馬衝出城，直撲江東軍營地。

到了江東軍營地，只見江東軍已經拔寨。地上狼藉一片，到處是扔掉的破軍服、衣裳、盔甲、破麻鞋、旗幡、羅鼓，還有拉屎的糞坑和燒火的灶臺。

劉偕和黃射看見這情景，得意地笑了。劉偕喊：「打起火把給我追！本將軍論功行賞！」頓時一片火把燃起。數條點著火把的長龍瘋了一樣朝前追去。馬嘶人叫，鐵蹄聲聲，兵器鏗鏘。

趕了約七、八里地，隱隱看見了江東軍大隊人馬在前面慢慢地行走。舉著火把、穿著孝服、抬著棺木，肅穆悲哀。劉偕將槍一揮，喊：「殺！」

劉家軍吶喊朝前殺去。

忽然左前方一聲炮響，一片火把燃起，跟著，吶喊聲起，一彪軍殺過來。與此同時，前面緩緩而行的江東軍也返身殺了過來。

劉偕朝左前方殺來的那支軍仔細看過去，大吃一驚，只見領頭的正是孫策。火光映照著他英俊又稜角分明的臉，還有一身的金盔金甲。

「孫郎在此！你等中計了！」孫策縱馬橫槍，高喊著。

劉偕、黃射驚呆了。

再看返身殺過來的那支舉喪的兵，領頭的正是江東名將太史慈。他白衣白袍，挺槍躍馬，直衝過來。後面跟著呂蒙、潘璋兩員驍勇的小將。

衝在前面的劉家軍一見孫策出現，嚇得魂飛魄散。待清醒過來後，有的就地跪下投降，有的轉頭就沒命似地跑。後面的劉家軍見前面的回跑，也跟著一起往回跑，於是，追趕江東軍的劉家軍轉過身來像破了堤的水一樣朝後滿地漫開去。

黃射對著這片潰退的潮水大喊：「後退者斬！快給我頂住！」

但沒人理他，士兵們仍潮水般往回跑。

劉偕拔轉馬頭轉身就跑，邊跑邊驚慌道：「我們中計了，快撤回去守城好了！」

黃射恨恨地看了他一眼，又朝孫策那邊看了一眼，也趕緊拔轉馬頭回跑。

江東軍在後面追殺著。

沂縣城牆上，劉勳正全身披掛，在城牆上等著隊伍凱旋而歸，結果聽見了一片山動地搖的喧譁聲從遠至近奔來，也看見了一片火把之中，黑壓壓的敗軍潮水般朝城門湧來。而孫策領著江東軍舉著火把在後面追殺。他大吃一驚，知道中計，趕緊令人放下吊橋，打開城門。

但潰兵距城門還有一箭之距時，只聽一聲炮響。斜刺裡一片火把點起，一陣吶喊聲中，又一支江東軍攔腰殺過來。火光中，只見「周」字大旗下，銀盔銀鎧銀甲的周瑜，腰懸寶劍，手執一杆鐵槍，威風凜凜衝在前頭，高喊：「周郎在此！你們已經中計，還不快快投降！」他身後左是周泰，右是陳武，都虎目圓瞪，提著長柄大砍刀，直往劉家軍中殺奔過來，氣勢如山，如虎入羊群。

跑在潰兵前頭的劉偕、黃射見了周瑜，哪裡敢迎戰？拼命地拍著馬往城門洞跑。周瑜領軍將潰兵攔腰截斷。潰兵中被截住的一部分跪地投降，一部分拼命抵抗。周瑜就令陳武領一部人馬會合追上來的孫策、太史慈的人馬一同圍殲被截住的潰兵，自己和周泰領其餘人馬直往城門洞追趕劉偕。城頭上劉勳見此情景，臉色慘白，兩股顫抖，趕緊喊：「快！快關城門！」

他身邊二個親隨將領一個喚張游，一個喚鞠賴，皆與他沾親帶故，趕緊一人一邊架住他道：「主公！來不及了！我們快跑吧！」就將扶上馬，牽下樓，帶一夥侍衛沒命地擁著他朝遠處跑去。與此同時，劉偕、黃射領著潰兵湧進城門洞，匯合著劉勳一同狂奔亂跑。周瑜隨後也領軍殺進了城門。孫策、太史慈解決了城外大部潰軍後，也跟在周瑜後殺進城來。

在城內，江東軍沿街追殺劉偕、黃射的人馬。劉勳在城內守城的江東軍早已潰不成軍，紛紛跪地投降。黃射從江夏帶來的兵馬多是經精心訓練的，也是強悍的精兵，自恃勇力，一部分在城外抵擋一陣後，悉被殺死，一部分在城內抵擋，在黃射指揮下，與江東軍廝殺著。

太史慈在亂軍中撞見黃射，鬥了數合，黃射撥馬便逃，太史慈擱下槍，取出弓箭，張弓搭箭，一箭射去，黃射翻身落馬。又趕上去，割了他的首級，懸在自己馬項上。

孫策在亂兵中看見劉偕，縱馬追了上去，口中喊：「大膽惡徒！敢欺吾妻！拿命來！」劉偕無路可逃，只好回頭硬著頭皮迎戰，二合之後，孫策大喝一聲，一槍將他捅下馬來，手下侍衛趕上去梟了他的首級。劉偕的隨從紛紛跪地請降了。

周瑜和周泰領軍穿過亂軍，追擊劉勳，在城中心追上劉勳的兩員親隨將領張游、鞠賴及數十殘兵，兩將見周瑜追來，就拍著馬，舞著兵器衝上來。周瑜手起一槍，將鞠賴挑下馬。張游也被周泰一刀砍下馬來。兩將後面的殘兵全部跪地請降。周瑜問一個殘兵劉勳哪裡去了，那軍士答半路上劉勳令他們往前跑，引周瑜追趕，自己則拐進小巷裡不見了。又問大小喬關在哪裡，軍士答關在劉勳府衙裡。周瑜就令周泰領人全城搜索劉勳，自己令那軍士帶路，領著李通、方夏直奔劉勳的府衙。

劉勳府衙裡面有許多沒跑掉的劉勳侍衛，均跪地投降。周瑜問他們大、小喬關在哪裡，這些侍衛都手指後院。周瑜將鐵槍及馬匹交給李通，令他看好這些投降的侍衛，不許江東軍入內搶掠，然後令一個投降了的劉勳的侍衛領路，領著方夏等眾侍衛舉著火把直奔後院。

到了後院，穿過一個迴廊，還沒走到關押大小喬的房間，就聽得一聲喊：「周郎！本官在此！」周瑜順著聲音望去，只見劉勳手裡握著一把劍，張開兩隻胳膊箍著大喬、小喬的脖子，推著她們從後花園的假山後轉了出來。

「大喬姑娘！小喬！」周瑜站住了，喊道。

大小喬一起呆看著他，眼裡淚水晶瑩，閃動著驚訝與喜悅、激動。而大喬的眼神中還有一絲焦慮與憂鬱。周瑜即刻明白了什麼，大聲道：「大喬姑娘！孫郎和我使的詐死之計！」

大喬眼裡的憂鬱與焦慮立時消失，激動的喜悅的淚花從臉上滾下。

小喬眼裡滾落著幸福又甜美的淚水，癡癡地熱烈地看著周瑜。

周瑜感動地、溫存地凝望著她。半晌，他對劉勳喝道：「劉勳！快放了大喬小喬，不僅饒你不死，還可讓你妻兒團聚！」

劉勳得意地冷笑道：「老夫雖國破家亡、一敗塗地，但今日與大小喬同歸於盡，也不算輸得太慘吧！哈哈哈！」他的笑聲有些發顫，稀疏的鬍鬚在笑聲中顫料著，肥胖顢頇的臉在在火把映照下顯得更加臃腫，那雙因擠壓而如綠豆般小的眼睛裡仍閃爍著倨傲、驕橫、奸邪、仇恨。一陣秋風吹來，幾片葉子落在他的散亂歪戴著紫金冠的頭髮上。

「劉勳！你我都在大漢境內，何談國破？你妻兒行將從江東趕來與你相會，又哪裡談家亡？你放了兩位姑娘，領妻兒在江南之地任選一處所在，安養天年，何樂不為？就是北投曹操，也未嘗不可！」周瑜勸道。

「休得花言巧語！本官與你二人結怨已久，早不奢望你二人放過！你等既是好人，就不會犯我廬江、侵我領地了！」劉勳恨恨道。

周瑜道：「天下大亂，百姓塗炭，唯賢者能者治之！孫將軍既賢且能，欲一統江南，救百姓於水火，有何不妥！豈可與先生殘殺季原、劫殺張勳相提並論？自然，往事已矣，周某與孫將軍決不計較區區舊惡！今日若放了大小喬，周郎保你安享天年！」

劉勳無言以對，但仍在猶豫著。他懷裡的大喬、小喬默默地看著周瑜流淚。秋風吹來，幾片落葉從她倆面前飄過，兩人情不自禁地瑟瑟顫抖著。周瑜看見小喬瑟瑟顫抖的模樣，禁不住一陣心疼。

就在這時，一陣喧譁聲傳來，孫策領太史慈等將湧進府衙，朝這裡衝過來。見此情景，眾將領和親隨張弓舉槍，團團圍住劉勳。孫策怕傷了大小喬，喝令退下，然後上前對劉勳喝道：「劉勳！快放了她兩個！我保你不死！君子一言，駟馬難追！」

「足下也是讀過聖賢書的！如此負隅，與昔日紂王自焚於朝歌有何區別？徒惹天下之人笑話而已！」周瑜又道。

劉勳沮喪地嘆了口氣，臉上的橫肉顫動著，冷笑道：「時乎！命乎！昔日劉某未殺兩小子，今日竟領此大辱！哈哈哈！」說完，他狂笑開來。笑著笑著，眼淚就出來了。然後，他停住了笑，將大小喬往外一推，將手中的劍噹啷扔在地上，胖肥的身子沮喪又無力地朝地上癱坐下去，擠成一堆，兀自流淚不已。

孫策、周瑜的侍衛趕緊上前執刀拿槍圍住了他。孫策與周瑜長舒一口氣，孫策對劉勳道：「足下放心！我孫郎決不食言，定讓足下頤養天年！足下妻兒也將一併送到！」

「送我到許都曹公處！」劉勳坐在地上忽然喘息著歇斯底里地叫道。

「悉聽尊便！待足下妻兒送到，即刻送一併送往曹公處！」孫策又道。

周瑜道：「府君且放心好了！足下未殺大小喬，此一功足可抵過！」然後對侍衛喝道：「來人！送劉府君大人往府中歇息！好生看護！」

幾名侍衛上前，扶起劉勳，連抬帶拉，送到內府去了。

「將軍！」獲了救的大喬嬌柔地對孫策喊了一聲，含淚朝孫策撲去，孫策迎上去，張開有力的健壯的雙臂，猛地將她摟入懷中。

小喬站在那裡，一縷紅暈抹在她的臉上，幾分柔情，幾分嬌羞。她假裝嗔怒地瞥了周瑜一眼，然後，轉過身子，側對著周瑜，不理他。

周瑜漲紅了臉，走了上去，站在她身邊，執著又認真地辯道：「小喬姑娘！我沒有騙你！小紅只是我的妹妹……」

話沒說完，小喬轉過臉，黑葡萄般晶瑩透亮的眼睛閃動一下，如一汪秋波漾動，嗔怒地打斷他道：「知道啦！」然後，又趕緊扭過臉，微噘著紅潤的小嘴，撒嬌地望著前面。既矜持，又有一種無言的柔情與嬌柔動人的風情，散發著清香的、風韻無比的身子輕輕顫動著。

周瑜的呼吸急促了，他從小喬的臉上和身上讀懂了那份溫柔，那份期待，那份默許，他激動，感動，熱血沸騰，也有些不知所措，似乎覺得幸福來的太快了！他轉到小喬面前，欣喜又溫存地叫了一聲：「小喬！」小喬身子顫動了一下，將臉偏向另一邊，不看他，小嘴依然微微噘起，但臉上分明流淌著一縷嬌羞。周瑜欣喜若狂，抿一抿嘴，憨笑了一下，張開雙臂，不顧旁邊有眾多部下和侍衛看著，溫存地摟住她的雙臂，然後，猛地攬入懷中，好像慢了一拍小喬便會消失一般。

小喬發出短促又輕微的一聲呻吟，嬈繞又窈窕的身子就順從地偎進他的懷裡，不勝驕羞。雲鬢散發著幽香，衣衫內若隱若現的玉頸凝乳一般動人。周瑜禁不住緊緊摟住她，無限憐愛又溫存地將唇吻上她的耳根處。

孫策與大喬、周瑜與小喬，二對人緊緊擁在一處，好像世界只有他們兩對人，其餘的一切都不存在了。

周圍眾將領和侍衛一時不知措，退也不是，做聲也不是。太史慈機靈，悄悄舉起胳膊，做了個退下的手勢。於是眾將領，連同李通、方夏等眾多侍衛、軍士一個不剩地悄悄退了下去，退出角門，退出後花園。偌大的後花園只剩下他們兩對人。園中，夜風徐徐，秋葉翻飛。菊花默默綻吐幽芳，海棠花衣著紅妝，默然含羞。

「成何體統！你我並未成親！怎可以如此無禮！」小喬在周瑜懷裡故作嗔怒地呢喃道。

周瑜摟緊她，在她耳邊溫存又調皮地笑道：「你我已心心相印，何拘禮乎？豈不聞司馬相如與卓文君，未有婚約便同赴溫柔之鄉，反贏得世人讚美！你我天生一對，地造一雙，行將恩愛終生、白頭偕老，又何須在意婚前婚後？」

「你壞死了！」小喬臉色通紅，聲音嬌柔甜美，不停地用小拳頭輕輕擂他寬厚的肩，將頭深埋入他的懷中。

西天漸現魚肚白，一縷曙色帶著一縷晨風從東邊天空款款而至。城中有了雞鳴之聲。園中寒煙一樣密佈的菟絲和女蘿漸露出它們莖蔓相牽身影，彷彿睡醒了一般，靜靜地溫存地凝望著眼前的一切。

「答應我！今生今世，只許娶我一人！」小喬在周瑜懷裡喃喃道。

「豈止是今生！便是來生也如此！」周瑜溫存又莊重地發誓道：「周郎發誓，來世今生，定娶小喬一人為妻！若另娶他人，或納妾，天打雷轟！」

小喬在他懷裡得意地驕傲地笑了。忽然眼珠轉了轉，抬起頭，衝旁邊的孫策道：「孫將軍！你也需對我姐發誓，終生只娶我姐一人！」

孫策正與大喬相擁著親暱，聽了小喬喊，嚇了一跳，趕緊扭過頭，笑道：「孤正有此意！」然後對大喬道：「大喬姑娘！孤發誓！今生今世只娶姑娘一人，決不納妾！」

大喬感動地將頭埋進孫策懷裡。

小喬也將頭嬌羞甜蜜地埋入周瑜懷中……

幾天後，在皖城孫策的將軍府內，孫策與大喬，周瑜與小喬二對新人成親了。張昭專程趕往皖城主婚。吳太夫人、二夫人，周異夫婦及眾多江東名人、豪門望族赴了婚宴。廬江一帶的士人及江東軍大小將領均前來作賀。宴席大擺數日，好不熱鬧。

吳太夫人對大喬頗為滿意，讚她美麗、賢淑、溫柔、端莊。周太夫人原本不滿周瑜冷落小紅，如今見小喬如此美麗動人、活潑大方，也喜得合不攏嘴了。兩家都皆大歡喜。結婚大禮上，孫策、周瑜當著眾來賓對著新娘發下誓言：今生只娶新娘子一人！誓言博得滿堂喝采，足令江東江南眾多婦人羨慕不已。

釀小說24　PG0946

周瑜外傳
——歷史小說

作　　者　耿　峥
責任編輯　蔡曉雯
圖文排版　張慧雯
封面設計　王嵩賀

出版策劃　釀出版
製作發行　秀威資訊科技股份有限公司
114 臺北市內湖區瑞光路76巷65號1樓
電話：+886-2-2796-3638　傳真：+886-2-2796-1377
服務信箱：service@showwe.com.tw
http://www.showwe.com.tw
郵政劃撥　19563868　戶名：秀威資訊科技股份有限公司
展售門市　國家書店【松江門市】
104 臺北市中山區松江路209號1樓
電話：+886-2-2518-0207　傳真：+886-2-2518-0778
網路訂購　秀威網路書店：http://www.bodbooks.com.tw
國家網路書店：http://www.govbooks.com.tw
法律顧問　毛國樑　律師
總 經 銷　聯合發行股份有限公司
231新北市新店區寶橋路235巷6弄6號4F
電話：+886-2-2917-8022　傳真：+886-2-2915-6275

出版日期　2013年6月　BOD一版
定　　價　300元

Printed in Taiwan

國家圖書館出版品預行編目

周瑜外傳：歷史小說 / 耿崢著. -- 初版. -- 臺北市：釀出版, 2013. 06
面； 公分. -- (釀小說；PG0946)
BOD版
ISBN 978-986-5871-28-4 (平裝)

857.7 102003831

讀者回函卡

感謝您購買本書，為提升服務品質，請填妥以下資料，將讀者回函卡直接寄回或傳真本公司，收到您的寶貴意見後，我們會收藏記錄及檢討，謝謝！如您需要了解本公司最新出版書目、購書優惠或企劃活動，歡迎您上網查詢或下載相關資料：http:// www.showwe.com.tw

您購買的書名：＿＿＿＿＿＿＿＿＿＿＿＿＿＿＿＿＿＿＿＿

出生日期：＿＿＿＿＿年＿＿＿＿＿月＿＿＿＿＿日

學歷：□高中（含）以下　□大專　□研究所（含）以上

職業：□製造業　□金融業　□資訊業　□軍警　□傳播業　□自由業

□服務業　□公務員　□教職　□學生　□家管　□其它＿＿＿

購書地點：□網路書店　□實體書店　□書展　□郵購　□贈閱　□其他

您從何得知本書的消息？

□網路書店　□實體書店　□網路搜尋　□電子報　□書訊　□雜誌

□傳播媒體　□親友推薦　□網站推薦　□部落格　□其他＿＿＿＿＿

您對本書的評價：（請填代號　1.非常滿意　2.滿意　3.尚可　4.再改進）

封面設計＿＿　版面編排＿＿　內容＿＿　文／譯筆＿＿　價格＿＿

讀完書後您覺得：

□很有收穫　□有收穫　□收穫不多　□沒收穫

對我們的建議：＿＿＿＿＿＿＿＿＿＿＿＿＿＿＿＿＿＿＿＿

＿＿＿＿＿＿＿＿＿＿＿＿＿＿＿＿＿＿＿＿＿＿＿＿＿＿

＿＿＿＿＿＿＿＿＿＿＿＿＿＿＿＿＿＿＿＿＿＿＿＿＿＿

＿＿＿＿＿＿＿＿＿＿＿＿＿＿＿＿＿＿＿＿＿＿＿＿＿＿

請貼
郵票

11466
台北市內湖區瑞光路 76 巷 65 號 1 樓
秀威資訊科技股份有限公司　　收
BOD 數位出版事業部

....

（請沿線對折寄回，謝謝！）

姓　　名：＿＿＿＿＿＿＿＿　年齡：＿＿＿＿　性別：□女　□男

郵遞區號：□□□□□

地　　址：＿＿＿＿＿＿＿＿＿＿＿＿＿＿＿＿＿＿＿＿

聯絡電話：(日)＿＿＿＿＿＿＿＿＿＿(夜)＿＿＿＿＿＿＿＿＿＿

E-mail：＿＿＿＿＿＿＿＿＿＿＿＿＿＿＿＿＿＿＿＿